私の推しは悪役令嬢。
-Revolution-

I'm in Love with the Villainess -Revolution-

［著］いのり。
［イラスト］花ヶ田

3

一迅社ノベルス

CONTENTS

第七章 ✦ 王宮

「特務官……？　分かりません。陛下は私に一体何をせよと仰《おっしゃ》るのですか？」

油断なくロセイユ陛下の目を見据えながら、私は尋ねた。陛下はしばらくこちらを試すように見つめていたが、やがて口を開いた。

「そなたはこの国の政治をどう見る？」

陛下は唐突に話の流れを変えた。

「いち平民などには考えの及ばない世界のこととわきまえております」

「謙遜はよせ。学院時代のそなたの成績は知っている。国政にも深い理解があるのは分かっているのだ」

いやー、それは単なるゲーム知識の丸暗記なんですよ——とは言えない。

「陛下の能力主義政策が功を奏し、王侯貴族だけでなく、平民からも優秀な人材が登用されてきているかと」

「一方で平民運動のような過激な運動も起きているがな」

陛下は溜《た》め息をついた。

「この国の政治は腐敗の兆候がある。有力貴族たちが高級官僚を寡占、世襲している。私はそこに新しい風を呼び込みたかった。能力主義政策はそのためだ」

「ある程度の成功は収めていらっしゃるのではありませんか？」

「確かに有能な平民を登用することは少しずつ始まっている。だが、貴族が上、平民が下の構図は一向に変わらぬ」

　原因は分かっている、と陛下は続けた。

「有力貴族をトップとしたヒエラルキー構造があるからだ。その構造には、王族とて簡単には手が出せぬ。まして平民ならなおさらだ」

　腐敗を正すには、この構造を叩《たた》くしかない、と陛下は言った。

「そこでお前だ」

「繰り返しになりますが、私などに何をせよと仰るのですか」

「有力貴族たちの不正を暴く手伝いをして欲しい」

「お断りします」

　私は即答した。

「何故《なにゆえ》か」

「いや、現状でも食事に毒盛られてますし、そんな恨みを買うようなことはしたくありませんよ」

「嘘《うそ》をつくな」

「嘘じゃないです」

「ピンピンしているではないか」

「解毒したんです」

「では問題なかろう」

ぐ。やりにくい。陛下ってば意外と弁が立つな。そりゃそうか。この国で一番の政治家だもんね。

「まあ、聞け。全ての貴族が不正をしているとは思わんが、少なくとも二人、不正をしている疑いが濃厚な者がいる」

「はあ……」

「宰相サーラス＝リリウム、そして財務大臣ドル＝フランソワの二人だ」

「――！」

私はロセイユ陛下の能力に対する認識を改める必要があった。陛下はこの時点でサーラス様やドル様の不正に気づいていたのか。

「Revolution」において、陛下はそれほど大きな存在感がない。能力主義政策を打ち出してはいたが、それ以外では凡庸な王という印象だった。むしろ、平民運動の台頭を招き、攻略ルートによっては自ら王制を失ってしまう愚鈍な王とすら言われる。

もちろん、我が身を顧みずに民の幸せを願ったということでもあるのかもしれない。でも、有力貴族に対してはなすすべがなかった王、という印象は拭えないでいた。

「宰相や財務大臣を務めていらっしゃるような大物貴族に対して、平民たる私などが何を出来ましょう」

私は言外に陛下のお願いを拒否した。このような展開はゲームにもない。攻略ルートによっては、ドル様とサーラス様の不正追及をすることはあるが、それも攻略対象たる王子たちがメインですることだ。私ひとりでどうこう出来る問題とはとても思えなかった。

「お前はサーラスの娘とも、ドルの娘とも懇意であろう」

「！」

それはつまり、リリィ様やクレア様を利用しろということか。

「やはりお断りします」

「ふむ、そうか。ならばそなたを始め、リリィやクレアにも今回のユーの一件で大逆罪を問うことになろうな」

「ユー様の一件は、ユー様が指示なさったことです」

「今はそうなっている。だが、お前たちがユーをそそのかしたとすることも出来る」

つまりこれは脅しだ。しかも、この国の頂点に立つ者からの。

「そんなことをしたら、ドル様もサーラス様も黙っていませんよ？」

クレア様はドル様の、リリィ様はサーラス様のそれぞれ娘なのだから。

「そうだろうな。だが、今ならぎりぎり王家の権威の下、二つの勢力を減ずることも出来る」

「……」

陛下の言うことははったりに思える。もしそんな強引なことが可能ならば、そもそも私に二人の不正調査をせよなどと頼んだりしないはずだ。でも、今回の件は王室にとって前代未聞のスキャンダルである。万に一つ、陛下が本気であったなら、クレア様の身が危険にさらされる。

私は必死に頭を巡らせた。今、こんなことで捕まるわけにはいかない。クレア様を救うためなら牢《ろう》獄《ごく》行きなど喜んで受け入れるが、このタイミングでそうなると困るのだ。クレア様が窮地に陥るまで、もうそれほど時間がないからだ。私はそれをどうにかするまでは、クレア様のそばを離れるわけにはいかない。

「分かりました。特務官の任を承ります」

「結構」

　陛下は満足そうに頷《うなず》いた。私が陛下の依頼を受けたのにはいくつか理由があるが、一つにはこの依頼が有用かもしれないと思ったということがある。いずれやってくるクレア様の危機に対して私はいくつかの対抗策を講じているが、これも利用出来そうだと思ったのだ。その中身についてはいずれ。

「こちらも二つお願いを聞いて頂きたく存じます」

「申せ」

「まず、クレア様とリリィ様にも同様の下知を頂けますか？　お二人の協力なしに陛下のご依頼は完遂出来ません」

　これはどうしても必要なことだった。

「ふむ。それは構わぬ。むしろ二人を巻き込むことは、お前に反対されるかと思っていたが」

「いくらなんでも、私一人でどうこうするには問題が大きすぎます」

　本当は二人を巻き込みたくはないが、仕方ない。

「よかろう。もう一つは？」

「仮にドル様やサーラス様が不正をしている証拠を見つけた場合でも、クレア様やリリィ様を罪に問わないで頂きたく存じます」

「ふむ……」

「お家の取り潰しは構いませんが、クレア様やリリィ様を連座で罰するというのでしたら、このお話はなかったことにして頂きます」

「……」

陛下はすぐには返事をしなかった。髭《ひげ》を撫《な》でながら、深く考え込んでいる。

「よかろう。二人を罪に問うことはしない」

「ありがとうございます」

とりあえず、これだけ聞いてもらえるなら、陛下の依頼は私にとってもメリットがある。

「実際に調査に入る前におうかがいしますが、特務官というのはどの程度の権限があるのですか？」

「そなたの必要に応じて与えるが、万能というわけにはいかぬ。何が必要だ？」

「財務の監察権限と警察権限は最低限頂きたいです」

前者は金の流れを追うため、後者は不正を見つけた際に相手を取り押さえるためである。

「ふむ。よかろう」

「もう一つ。これがむしろ重要なのですが、司法取引の権限も認めて頂きたく存じます」

「司法取引とは何か」

そうか。この世界にはないのか。

「罪を犯した者が罪を認めたり、共犯者を告発したり、捜査に協力したりした場合に、刑の軽減や罪状の取り下げをすることです」

「……それを行うとどうなる？」

「いくつかありますが、今回の場合に一番大きなメリットは、より重要な犯罪の捜査の進展に役立つ情報を得られることです」

私は陛下に、どのようにしてドル様やサーラス様を追い詰めようとしているかを説明した。

「……ふむ。ならばこれが役に立とうな」

「？」

陛下は兵士の一人を呼び寄せると、トランプのカードのようなものを一枚受け取って私に示した。

「これは？」

「録音の魔道具だ。音声をこの中に記録することが出来る。複製を作ることが出来ないために、重要な取引や捜査の際に使われる」

稀少な物なので扱いに注意せよ、と陛下が言った。

「他にあるか」

「今のところはございません」

私がそう答えると、陛下は意外そうな顔をした。

「報酬を問わぬのか？」

「私の報酬は、クレア様とリリィ様が罪に問われないことで十分ですので」

「……そなたは欲がないな」

「そうでしょうか」

クレア様の身柄が保証されるなら、それ以上のものなんてない。

「学院でのキマイラ襲撃事件の時もそうであったろう？」

「あの時も、レーネたちの命を救って頂きました。私は十分な報酬を頂いております」

「……誰もがそなたのようであれば、この国ももっとよい国になったのであろうな」

いや、それは褒めすぎだろう。というか、自分で言うのもなんだが、私はかなり変人だという自覚がある。王国が私みたいな者ばかりになったら、滅亡待ったなしに決まっている。

「では、頼むぞ。捜査の端緒《たんしょ》については、ロッドに聞くがいい」

陛下によると、これまで捜査を行ってきたのはロッド様らしい。私はロッド様に自由に面会する権限も貰《もら》って、釈放された。

「クレア様をどうやって説得するか……頭が痛いなあ」

◆◇◆◇◆

「冗談じゃありませんわ！」

釈放されて最初にやったことは、クレア様への説明だった。私は学籍を失って特務官となったが、クレア様への下知はまだだったため、とりあえず学院のクレア様の部屋を訪れていた。ちなみに宿はこれまで通り学院の寮を使って良いとのことだった。

ロセイユ陛下からの依頼を説明したところ、クレア様の反応は思っていたとおりのものだった。

「お父様が不正!?　そんな馬鹿な話があるわけがありませんわ!!」

クレア様はドル様が疑われていると聞いて、たいそう憤慨している。まあ、クレア様の性格を考えればこうなるよね。

「まあまあ、まだ疑いがあるというだけですし」

実際には陛下は「疑いが濃厚である」と言っていたわけだが、そんなことを話したら、クレア様は下手をすると王宮に乗り込みかねない。私はクレア様をなだめるべく言葉を選んだが、クレア様の怒りは収まらなかった。

「そんな疑いをかけるだけで陛下の正気を疑います！　フランソワ家は代々王国の金庫を厳粛に預かってきたのです。それが不正などと！」

　クレア様にとって両親は絶対である。父親であるドル様、そして母親であったミリア様は、クレア様が理想とする貴族そのものだった。

「で、でも、クレア様、これは逆にチャンスかもしれません」

　クレア様の剣幕に怯《おび》えつつも、そう言ったのはリリィ様だった。陛下からの依頼にはリリィ様の協力も必要なので、本来であれば私から出向くべきだったのだが、彼女は偶然クレア様のところに遊びに来ていた。それでいいのか枢機卿《すうききょう》。

「チャンスって、どういうことですの、リリィ枢機卿？」

「リ、リリィもお父様がそのような不正をしているとは信じたくありません。ですから、リリィたちでお父様たちの潔白を証明すればいいのではないか、と思います」

　リリィ様の言い分は非常に健全である。まあ、実際には「何かがないこと」を証明するのはとても難しいのだが。だからこそ、実際の裁判では罪を問う側に立証責任があるのだから。

「お、お父様たちにかかっているのは、どのような不正の疑いなのですか？」

「それが、私もまだ詳しくはうかがっていないのです。陛下はロッド様に聞くようにと仰っていました」

「でしたらうかがいに参りましょう」

　鼻息荒くクレア様が言う。放っておけば、一人でもロッド様に会いに行きそうである。

「さすがに今日はもう遅いですよ。明日になればクレア様やリリィ様宛ての辞令も下るでしょうから、それを待って改めてうかがいましょう」

「……歯がゆいですわね」

　クレア様は不満そうに続ける。

「大体、どうしてリリィ枢機卿まで巻き込んでいますの、あなたは」

「え？　いや、だって、サーラス様のことも調べるのであれば、リリィ様にも協力を――」

「事の重大性が分かっていませんのね。この国の有力者の内情を探るということは、それ相応の危険が伴うということですのよ？」

　それはそうだ。私はゲーム知識として知っているが、サーラス様もドル様も真っ黒なのだから。

「リ、リリィも水属性魔法の使い手です。きっとお役に立てます」

「危険すぎますわ。そもそも、レイの護衛にはわたくしがおります」

　いや、身分的には私の方が護衛と言うべきなんじゃなかろうか。

「で、でも、リリィは心配なんです！」

「杞憂《きゆう》ですわよ」

「ふ、二人っきりになったらクレア様がレイさんに何をするか！」

「そっちですの!?」

　リリィ様の心配は斜め上だった。

「え？　なにかしてくれるんですかクレア様？」

「しませんわよ!?」

「なんでですか!!」

「なんでもなにもありませんわよ！」

「レ、レイさんに手を出さない⁉　正気なんですか⁉」

「ああ、もう、面倒くさいですわね、あなたたち二人とも‼」

なんか久々にクレア様のツッコミを貰った気がする。そう、これこれ。これがなくっちゃね。

「仕方がありませんからリリィ枢機卿の同行も認めますけれど、くれぐれも注意をなさって下さいまし」

「も、もちろんです」

「レイもですわよ？」

「はーい」

そんなやり取りをしてから、その日はお開きになった。


明くる日の放課後、私たちはさっそく王宮のロッド様を訪ねた。

「お、来たな」

ロッド様の部屋はさすが王族という感じで、趣味の良い高級調度に囲まれた広い部屋だった。室内は暖色系の色使いでまとめられている。どことなく火属性、という感じの部屋だ。

クレア様の自宅も凄《すご》いが、それでもこの部屋には及ばない。教会で清貧な生活を送っているリリィ様など、非常に居心地が悪そうにしている。私？　比較するのもおこがましくて、いっそ開き直ってるよ。

「オレは回りくどいことは嫌いだからさっさと用件を済ませるぞ。サーラスとドルは不正に財を蓄えている」

そう切り出したロッド様の言い方は、容疑ではなく断定だった。普段から自信満々のロッド様だが、今回もその例外ではない。

「お言葉ですがロッド様。そのようなことを仰るからには、何か決定的な証拠があるのですわよね？」

爆発するかと思われたクレア様だったが、一晩経《た》って頭が冷えたのか、冷静に根拠を問うた。

「いや、ない」

「な、ないんですか？」

リリィ様が拍子抜けしたような声を出した。そりゃそうだろう。根拠もなしに疑いをかけるのは、言いがかりと同じである。

「まあ、待て。ないのは決定的な物証だけだ。状況証拠ならいくらでもある」

そう言うと、ロッド様はこれまで彼が捜査した調書を見せてくれた。

「サーラスもドルも頭が回る。そう簡単には尻尾をつかませちゃくれない。言葉にしたり書面に残したりはせずに、部下や周りの者が忖度《そんたく》して勝手に動くんだ」

ロッド様が示した資料には、サーラス様やドル様の周りで少なくない金が消えていると示唆されている。中には具体的な容疑と名前が挙がっている貴族もいる。

「ここに名前がある者から捕まえればいいのではありませんの？」

父親の無罪を信じている口調で、クレア様が問うた。

「実際に手を汚すのは確かにこいつらだが、こいつらをいくら取り締まっても意味がない。トカゲの尻尾切りで終わるだけだ」

実際に何人か捕まえてもみたんだがな、とロッド様は言う。

「で、どうするんだ？」

ロッド様が挑戦的な光を湛《たた》えた目で私に問いかけた。

「陛下にも話しましたが、まずはロッド様の仰る枝葉の部分から取りかかります」

「ほう？」

「この資料、写しを頂いても？」

「そう言うと思って用意させてある。持っていけ」

ロッド様が卓上の鈴を鳴らすと、側仕《そばづか》えの者が紙の束を持ってきた。私はそれを受け取る。

「ではロッド様。私たちはこれで」

「ああ、ちょっと待てレイ＝テイラー」

部屋を辞そうとした私を、ロッド様がなぜかフルネームで呼び止めた。私は嫌な予感がした。

「何でしょうか？」

「いや、何でもないことなんだが、一応、今のうちに聞いておこうと思ってな」

ロッド様が珍しく言いよどんだ。嫌な予感が増す。

「なんだか、私、ものすごくうかがいたくないんですが」

「そう言うな」

「帰っていいですか？」

「オレの用件が済んだらな」

　どうあっても逃げられないらしい。

「レイ＝テイラー。お前、オレの妃《きさき》になるつもりはあるか？」

◆◇◆◇◆

　その問いかけはあまりにも突然だった。私は最初意味が分からなかった。端から見れば、きっと間抜けな顔をしていたことだろう。

　硬直から最初に復帰したのは、クレア様だった。

「正気ですの、ロッド様⁉」

　その問いかけはほとんど悲鳴じみていた。

「へ、平民を、王族に加えると仰るんですか⁉」

「そうだが？」

　リリィ様の問いにも、ロッド様は平然と応じた。つまり、私はロッド様にプロポーズされたわけか。これが普通の平民だったら、嬉《うれ》しさのあまり卒倒するところだろう。あるいは、現実感がなさすぎてからかわれていると思うか。

　私はといえば、そのどちらでもなかった。考えることはただ一つ。

　——どこでフラグが立ったんだろう？

　ロッド様とはそれほど接点がなかったはずなのだ。学院の最初の試験で少し目をつけられたかもしれないが、その後はチェスでわざと負けたりして好感度を下げることまでした。そもそも、私はほとんどクレア様と一緒にいたので、ロッド様の好感度が上がるイベントはほぼ起きていないはず。どこで選択肢を間違えたのかすら分からなかった。

「一応、おうかがいしますが、からかっていらっしゃいます？」

「いや、本気だ」

「はあ……。一体、私のどこがお気に召しました？」

「性格と……あとは能力だな。お前のことは以前から大したヤツだと思っていた」

ロッド様が楽しそうに言った。いや、思い当たる節が全くない。

「私、何かしましたっけ？」

「学院襲撃を未然に防ぎ、セインの毒を治療し、オルソー家の断絶を救い、マナリアに一泡吹かせ、ユークレッドの幽霊船騒ぎを解決した」

なんかえらく過大評価されていた。……っていうか、ユークレッドの一件までバレてるのか。

「いえ、それほとんどクレア様の手柄なんですが……」

「そうなのか、クレア？」

ロッド様の問いに対するクレア様の答えは——。

「いえ。レイの尽力によるものですわ」

というものだった。えええ……。

「決定的だったのはユーの一件だ。王宮が長年抱えていた難問を、お前は見事に解決してみせた」

「あれも私一人の手柄ではないのですが……」

「謙遜はよせ。中心にいたのはお前だということは分かっている」

いや、謙遜なんかじゃなくてですね。

「オレの伴侶となるべきは、つまらん深窓の令嬢などではなく、お前のような女傑が相応《ふさわ》しい」

とにかく、ロッド様は私を大変買ってくれているらしい。

「で、どうだ？」

「どうって、普通にお断りいたしますが」

「ちょっと、レイ!?」

私が何を当然のことをとばかりに答えると、クレア様がうろたえたような声を上げた。

「あなた、自分が何を言っているか分かっていますの!?」

「何って、求婚されたからお断りを――」

「王妃になれるかもしれないんですのよ!?」

「ええ、別になりたくないですもん」

私からすれば、どうしてクレア様がそんな顔をしているのか分からない。クレア様はまるで信じられないものを見たような顔をしていた。

「望んでも得られない栄誉ですのよ!?」

「私にとっては栄誉じゃありません」

「どうして！」

「だって、私が好きなのはクレア様ですもん」

あれ？　まだ伝わってなかった？　それはさすがにショックだなあ、などと思っていると、

「ふはっはっは！　そうだよな！　お前ならそう言うよな！」

ロッド様が机をバシバシ叩きながら、心底おかしそうに笑った。

「クレア。レイにとってお前と一緒にいることは、王族との結婚よりも価値があることらしいぞ？」

「ご無礼は平《ひら》に。この者も突然のことで混乱しているのです。落ち着けばきっとロッド様のお気持ちに応えようと思うはずです」

「いえ、私はいたって冷静で——」

「お願いですから、あなたはちょっと黙っていらして」

私を遮るクレア様の声は、悲壮な色合いを帯びていた。

「ロッド様。どうかこのご縁談、この場限りになさらないで下さい」

「もちろんだ。レイがどう思おうと、オレの気持ちは変わらんからな」

「ありがとうございます。ではこのお話は改めて」

「ああ」

「行きますわよ、レイ、リリィ枢機卿」

そう言うと、クレア様は私とリリィ様を引き連れてロッド様の部屋を辞去した。

「ちょ、ちょっと、クレア様」

「……」

私はクレア様に抗議しようとしたが、ものすごい目で睨《にら》まれて思わず言葉を飲み込んでしまった。

クレア様が再び口を開いたのは、帰りの馬車に乗ってからのことだった。リリィ様とは王宮を出たところで別れた。

「レイ……。ふざけるのも大概になさいな」

クレア様は私をひたと見据えると、聞いたこともないような咎《とが》める口調で私に言った。

「ふざけてるって、何がですか？」

「決まっているでしょう！　ロッド様の求婚を拒否したことですわ！」

クレア様は何だか腹を立てているらしい。

「いえ、だって、好きでもない人と結婚出来ないでしょう」

「結婚はあなた一人の問題ではありませんのよ!?　あなたが王室に嫁げば、ご両親のお喜びはいかばかりか……」

思いもしなかったクレア様の指摘に、私は意表を突かれてしまった。二十一世紀の日本人である私にとって結婚とはごくプライベートな事柄だが、この世界の常識はそれとは異なるということを忘れていた。以前にも説明したが、この世界において結婚とは家と家との約束事だ。恋愛結婚よりも政略結婚の方が当たり前の世界なのである。

「でも、多分ですが、両親も私の選択を支持してくれると思いますよ？」

この世界における私の両親は、常に私の選択を良しとしてくれる人たちだった。たとえ私が一生誰とも結婚しなくても、それはそれでいいと認めてくれると思う。

「それはそうでしょう。あなたのご両親は素敵な方々ですからね。でも、あなたはそれに甘えていいんですの？　お父様やお母様を喜ばせたいとは思いませんの？」

「それは……」

私はここに来て、クレア様との価値観の違いに気づいた。クレア様にとって結婚とは、自分を育ててくれた家に対する貢献なのだ。よりよい家に嫁ぐことはもはや義務に等しく、それ故に、ロッド様の求婚をあっさり断った私が不誠実に見えているのだろう。

　これは……どうしたものか。

「でも、クレア様。私はクレア様以外の誰とも結婚したくないんです」

「レイ、よくお聞きなさい」

　クレア様の真剣な声色に、思わず背筋が伸びる。

「あなたがわたくしを慕ってくれているのは分かりました。そのことは素直に嬉しいと思います。でも、結婚は話が別ですわ」

「別じゃないですよ」

「いいえ。恋愛はある程度自由にすればいいでしょう。でも、結婚は個人の意志でするものではありませんわ」

「クレア様……」

「ロッド様の求婚をお受けなさい。別に結婚したからといって、わたくしとの縁が切れてしまうわけではありませんわ。むしろ、王族と上級貴族なら、今よりも懇意になることだって――」

「クレア様！」

　私はひょっとしたら初めて、クレア様の言葉を大きな声で遮った。クレア様が驚いたように口をつぐむ。

「私にとって、結婚は恋愛と同じくらい……いえ、恋愛以上に個人的なことです」

「レイ……」

「なんと言われようと、私はクレア様以外の方と結婚するつもりはありません」

価値観の相違はある。クレア様には理解出来ないかもしれない。でも、ここだけはどうしても譲るつもりはなかった。

「レイ、よく考えなさい。同性同士では結婚は出来ないんですのよ？」

「なら、私は一生結婚しません。それだけのことです」

「わたくしが誰かと結婚しても？」

「……はい」

クレア様が誰かのものになるのは、本当は嫌だ。以前なら自分を押し殺して祝福出来たかもしれないが、マナリア様に本音を自覚させられてしまった今、同じことが出来る自信はない。それでも、だからといって私はクレア様以外の人と結婚するつもりはない。まして、家のためにロッド様と一緒になるなどもっての外だ。

「……あなたのこと、最近では少し理解出来るつもりでおりましたの」

「ありがとうございます」

「でも――」

クレア様はこう続けた。

「あなたのこと、また分からなくなりましたわ」

その一言は、私の心を深く深く抉《えぐ》ったのだった。

◆◇◆◇◆

季節はもう秋になろうとしていた。風に乗ってキンモクセイの香りが運ばれてくる。日本ではおなじみの秋の香りだが、この「Revolution」の世界にも存在していてよかった。こういうところも、やはり日本のゲーム会社が作ったゲームだなあと思う。

二十一世紀の日本ではトイレの芳香剤などと揶揄《やゆ》する人もいたが、この世界においてはそのような偏見は存在しない。キンモクセイの香りが好きだと公言したところで、そうそう反対意見には出会わない。街道を歩きながらかぐわしい香りを胸いっぱいに吸い込む。

だが、生憎《あいにく》、気分はちっとも上向かなかった。

ロッド様から貴族たちの不正に関する説明を受けた翌日から、私たちは早速調査に乗り出した。もっとも調査と思っているのはほぼ私だけで、クレア様とリリィ様は父親の潔白を証明するための活動と思っているようだが。私たちはまず、ドル様とサーラス様の両方に関わり合いのある貴族から調べることにした。その貴族は軍の備品調達を任されており、ロッド様の調べによれば会計を誤魔化しているとのことだった。名前はウェッジ＝トンプソン様というらしい。

そんなわけで、私たちはウェッジ様のお屋敷に向かっている最中である。

最中なのだが……。

「……」

「……」

「あ、あのぉ……？」

リリィ様が気まずそうな顔をしながら、私たちの顔色をうかがうような声を出した。まあ、気持ちは分かる。学院で合流した後、クレア様も私も挨拶以外一言も喋《しゃべ》っていない。そりゃあ、気まずくもなるだろう。

「きょ、今日はいい天気ですね！」

「曇っていますよね？」

「そ、そうですね……」

「……」

　むしろ雨でも降りそうな空模様である。

「お、お二人は今朝、何を召し上がりましたか？　リリィはライ麦のパンにコーンポタージュでした」

「今朝は寝坊したので、朝食抜きです」

「そ、そうですか……」

「……」

　リリィ様はきっと場を持たせようとしているのだろうが、そのことごとくが失敗した。リリィ様は全く悪くない。悪いのはクレア様と私だ。

「あの……クレア様？」

「……なんですの」

「いえ……なんでもないです」

　私もこの空気をなんとかしようとクレア様に話しかけてみたが、クレア様はそっけない反応。こりゃダメだ、と私は口をつぐむことにした。

その後も沈黙を続けるクレア様と私の間で、リリィ様がなんとか悪い空気を払拭《ふっしょく》しようと頑張ってくれた。でも、結局、空気はどんよりとしたままだった。

そうこうしているうちにトンプソン邸に到着しようとしている。出来れば着く前にこの雰囲気をどうにかしたかったんだけど。

「ふぎゃ！」

などと考えていると、突然、可愛《かわい》い悲鳴と共に目の前からクレア様の姿が消えた。視線を下に動かすと、何かに躓《つまず》いたのか、大の字になっているクレア様が見えた。

「ムキー！　レイだけでなく、靴紐までわたくしに歯向かうんですの!?」

見れば、クレア様のパンプスの紐が切れている。

「レイさん、靴紐と同系列に扱われていますが、ご感想をどうぞ」

「赤く染まって小指に巻きつこうと思います」

もちろん、左手のである。などと冗談を飛ばしてみつつも、私は別のことを考えていた。

ここ最近は情緒が安定していたクレア様だが、本来、彼女はささいなことでキレるおヒス持ちだった。そんな一般的に見れば醜態ともいうべきクレア様の姿を見て私は、ああ、愛《いと》しいなあと思ってしまった。求愛の件でギクシャクしているが、クレア様と私の価値観が違うなんてこと、元々分かりきっていたはずだ。私は私とまるで違う価値観を持つ彼女をこそ、愛おしいと思ったのだから。

このところのクレア様は、ちょっと理解が良すぎた。今だって、私の結婚観に異を唱えはしても、クレア様自身の結婚観を無理に押しつけようとはしてこない。クレア様は、出来る範囲で私を尊重してくれようとしている。なら、私はどうする？

こんな風にギスギスした空気なんて、私たちには似合わない。私は気分を変えることにした。

「ドジなクレア様も萌《も》えます」

「！　ド、ドジとは何ですの、ドジとは！」

私が意図してふざけ始めたのを察してくれたのか、これまでだんまりだったクレア様も反応をくれる。

「少しじっとしてて下さいね」

私は荷物の中から革紐《かわひも》を取り出すと、それを細く割いて臨時の靴紐に仕立てた。

「……手際がいいですわね」

「クレア様に鍛えられましたから」

切れた靴紐を外して革紐を通し、応急手当てしていく。

「……どうせわたくしはドジですわよ」

「そんなことありません！　下着が見えて眼福でした!!」

「あなたは突然何を言い出すんですの!?」

「え、何って……欲望ですけど……？」

「だから不思議そうな顔するんじゃありませんわよ！」

キレるクレア様も大変萌えます。

「ず、ずるいですー！　リリィも百合《ゆり》百合したいです！」

「ゆ、百合百合って何ですの？」

「れ、レイさんに教えて頂いたんです。女性同士のいちゃいちゃのことを、百合と言うんだそうです」

「あなたはリリィ枢機卿に何を教えてますの!?」

「てへ」

私は小さく舌を出しながら立ち上がると、転んだままのクレア様に手を差し伸べた。

「クレア様、仲直りしましょう」

「……別にわたくしたち、ケンカしているわけではないですわ」

「そうですね。でも、ちょっと価値観の相違というか、意見が合わない部分があって気まずかったのも事実です」

「……そうですわね」

クレア様は私の手を握り返してくれた。私は力を込めて少し強めに引き上げた。

「きゃっ!?」

「おっと」

ぽふん、とクレア様の華奢《きゃしゃ》な身体《からだ》が私の腕に収まる。

「んー、この抱き心地。ずっと離したくない」

「はーなーしーなーさい！」

「り、リリィも、リリィもー！」

ぎゃーぎゃー。

「クレア様。私の結婚のことは、ちょっと一旦置いておきましょう」

「え!?　レイさん、結婚なさるんですか!?　相手はどなたですか!?　ま、まさかリリィの想《おも》いが届いて――!?」

「リリィ様はちょっと黙ってて下さい」

「……しゅん」

申し訳ないが話が進まない。

「結婚するにしろしないにしろ、今すぐにという話ではありません。私ももっと考える時間が欲しいですし、これが原因でクレア様との関係が悪くなるのはイヤです」

「……レイとの関係を悪くしたくない、というのは、わたくしも同意いたしますわ」

「ですから、一時棚上げ、ということで」

「……仕方ないですわね」

そう言うと、クレア様は何か吹っ切れたように微笑《ほほえ》んだ。

「じゃあ、さっさと仕事を片付けますわよ？」

「はい！　しおらしいクレア様もいいですが、やっぱりクレア様はイケイケじゃないと！」

「イケイケって何ですの!?」

「今みたいなクレア様です！」

「わけが分かりませんわよ!?」

などと言いながら、いつものようにじゃれる。良かった。調子が出てきた。

「……けっ……なにいい雰囲気作ってんだよ」

「……」

「……」

「あばばば……す、すみません！　わざとじゃないんです！」

「もう慣れましたけど……」

「いっそ清々《すがすが》しいほどの豹変《ひょうへん》ぶりですわね」

わざとじゃないのはもう分かってるけど、それでもびっくりはする。

「じゃあ、行きましょうか。クレア＝フランソワ様による悪徳貴族粛正の始まりです」

「響きが物騒ですわよ!?」

「り、リリィを置いていかないで下さーい！」

◆◇◆◇◆

「これはこれは、クレア様にリリィ様。当家にようこそおいで下さいました」

トンプソン男爵家当主、ウェッジ＝トンプソン様はにこやかに微笑むと、私たち三人を出迎えた。

ウェッジ様はドル様よりも少し若い小太りの男性だった。

トンプソン家の邸宅は大きさこそフランソワ邸に及ばないものの、下級貴族には分不相応とも思える大きさだった。案内された邸内も、私からするとやや成金趣味とも思えるようなきらびやかな美術品がたくさん飾ってあった。ウェッジ様は応接間に続く廊下で、あれはどこそこの名画で、うん百万ゴールドもしまして……などと、非常に分かりやすい貴族像を演じてくれた。クレア様とリリィ様は辟易《へきえき》していたようだが。

「それで……本日はどのような御用向きでしょうか？」

皆が応接間に腰を下ろすと、ウェッジ様が手もみをしながらクレア様に尋ねた。リリィ様にも時々視線をやっているが、私の方は見向きもしない。完全に二人の側付きと思われているのだろう。実際、私はクレア様の側付きなわけだが。

「実はわたくし、先日より陛下から特務官の任を頂きましたの」

「存じ上げております。女性の身で任官とは、素晴らしいご出世です」

下級とはいえそこは貴族。ウェッジ様は特務官の件を知っていたようだった。さすがに耳が早い。

「それで、本日はトンプソン家のことを調べさせて頂きたくうかがいましたの」

「おやおや……。それは穏やかではありませんね」

ウェッジ様は顔を露骨にしかめた。

「当家が特務官様に調べられるような不正を行っているとでも？」

「その疑いがありますので、調べさせて頂きますのよ？」

「なんと……。聡明なクレア様とも思えないお言葉です」

心外だ、とばかりに大げさなジェスチャーで、ウェッジ様は天を仰いだ。

「わたくしとて好き好んで疑いをかけているわけではありません。トンプソン男爵、無実だと主張なさるのでしたら、なおさら調査にご協力下さい」

「仕方ありませんね。いいでしょう。ご存分にお調べ下さい」

ウェッジ様は苦笑いを浮かべていたが、その顔には「何も出てきやしませんよ」という余裕が見て取れた。

「では、ここ十年間の財務状況が分かる資料を出して頂けますこと？」

「かしこまりました。書庫から取り寄せますので、少々お待ち下さい」

そう言うと、ウェッジ様は呼び鈴を鳴らして使用人を呼び、何事か言付けた。年かさの使用人は一瞬ちらりとこちらを見たが、何も言わずに頷いて部屋を出て行った。

「お待ち頂いている間、お菓子はいかがですか？」

「あ、ありがとうございま――」

「結構ですわ。わたくしたち遊びに来たのではないのですもの」

喜びそうになったリリィ様を遮って、クレア様がぴしゃりと言う。何度も言うようだが、それでいいのか枢機卿。

「ふふ、そう仰らず。最近、ブルーメに競合する店が出来ましてな。フラーテルという店なのですが、良い菓子を作ります。本店はアパラチアにあるのですが、今度王都にも支店が出来まして」

「ブルーメに勝てるとは思えませんわ」

「真偽の程はぜひ、クレア様ご自身の舌でお確かめ下さい。ブルーメにも勝るとも劣らない、そして、そこらのメイドには絶対に作れない味です」

ウェッジ様がそう言って間もなく、メイドたちがトレイにティーポットとココットを載せて入ってきた。

「これがフラーテルの一番人気であるクレームブリュレです。まだ王国内で召し上がった方は、それほどいらっしゃらないと思いますよ」

自慢げに言うウェッジ様だったが――。

「クレームブリュレなら前に頂いたことがございますわ。この者が作れますもの」

急速に興味を失ったクレア様が、私を目で示して言った。

「なんですと⁉　……い、いえ、フラーテルの菓子は素人仕事とは一線を画するものです。ぜひ、召し上がって頂きたい」

　ウェッジ様にとってフラーテルのクレームブリュレは社交の種だったのだろう。まさか相手の従者が作れるとは思ってもみなかったに違いない。目に見えて狼狽《ろうばい》してしまったようだが、貴族特有の図太さで立て直し、一度食べてみてくれと促してくる。どうでもいいけど、さっきから私、ちょいちょいディスられてるね。その度にクレア様の機嫌が急降下していることに、恐らくウェッジ様だけが気づいていない。

「まあ、そんなに仰るなら頂きますわ」

　クレア様はスプーンを持つと一瞬だけこちらに視線を寄越した。私はこくりと頷く。前もって、私たちが調査に向かう先で出された食事には、全て私が解毒魔法をかけるように打ち合わせてあったのだ。私が魔法をかけ終わったことを示して、ようやくクレア様はクレームブリュレを口に運んだ。

「まあ……、悪くはないですわね」

「と、とても美味《おい》しいです！」

　クレア様は抑えめの評価だったが、リリィ様にはかなり好評だったようだ。リリィ様の顔には驚きと素直な賞賛の色が見える。旗色良しと見たのか、ここぞとばかりにウェッジ様が喋り出した。

「美味しいでしょう！　私もこれを見つけた時は驚きました。妻など、以前はブルーメびいきだったのですが、今ではすっかりフラーテルにぞっこんでして。ブルーメの菓子は非常に高価ですが、フラーテルは価格も非常に良心的で――」

「でも、やっぱりこの者が作ったものには及びませんわね」

「!?」

大して興味もなさそうに言い放ったクレア様の言葉に、気持ちよく喋っていたウェッジ様の顔色が変わる。

「そ、そんなはずは……!」

「レ、レイさんはこれより美味しいものが作れるんですか……?」

「ええ。レイ、これちょっと味見なさいな」

そう言うと、クレア様がスプーンでクリームブリュレを一口すくい、私の口元に持ってきた。

「間接キスですけれどいいんですか?」

「な、なんですのそのハレンチな単語は!? ……いいから、味見なさい」

「はい」

遠慮なく頂くことにする。ねっとりねっぷりスプーンを舌でなめ回す。いや、味見のためですよ?

「うーん……。これは生クリームをケチりましたかね。牛乳の比率が少し大きい気がします」

そうだと言ったらそうなんです。

「な――!?」

「あと、表面のカラメルの処理が甘いですね。多分、レシピは完璧なんでしょうけれど、作る職人さんの技術が追いついていないんじゃないかと」

「き、貴様! 何を分かったような口を!」

「トンプソン男爵、わたくしの使用人の非礼はお詫《わ》びいたしますけれど、わたくしも同感ですわ」

「あ、いえ！　クレア様を非難するつもりは決して――！」

クレア様の冷静な声に、ウェッジ様は慌てて猫なで声を出したが、苛立《いらだ》ちを込めた目で睨まれた。

やー、怖いなー。

でも、私は嬉しくなった。このクリームブリュレのレシピを私は知っている。フラーテル、か……いい名前だね。

そんなことをつらつら思っていると、ドアがノックされて先ほどの年かさの使用人が入ってきた。手には書類の束を持っている。

「では、見せて頂きますわ」

菓子を片付けてもらい、書類の束を受け取る。私は帳簿の類いをまずざっと眺めて全体像を把握しようとした。

「クレア様、困ります。いくらクレア様が特務官に任命されていると言っても、一介の使用人にまで当家の財務資料を漁《あさ》られるわけには」

私が帳簿を開くと、すかさずウェッジ様からクレームが来た。

しかし――。

「この者も特務官ですわよ。特務官は三名とお聞き及んでいらっしゃいませんの？」

「!?　こ、この者が!?」

ウェッジ様が目を白黒させた。

「何か他に問題でも？」

「い、いいえ。失礼しました」

「とにかく、そういうわけですから、余計な心配は無用です。レイ、始めなさい」

「はい」

クレア様の頼もしさを感じながら、私は帳簿に手をつけ始めた。

◆◇◆◇◆

この「Revolution」の世界は中世的な要素の多い世界である。しかし、二十一世紀の日本で作られたゲームの世界であるためか、変なところで日本的な部分があるというのはこれまでにも度々指摘してきたと思う。トンプソン男爵家の帳簿を見ながら、私はまた一つ日本的な要素を見つけた。

それは複式簿記とそこから作られる財務諸表である。詳しい説明は省くが、これらは二十一世紀の日本でも使われている財務記録の書式である。もしこの世界の帳簿類が中世ヨーロッパのそれと同じように書かれていたら、私には多分どうしようもなかった。でも、複式簿記と財務諸表があるならば、私でもなんとかなる。

「どうですかな？　何かおかしなことは見つかりましたかな？」

余裕綽々《よゆうしゃくしゃく》に微笑みすら浮かべてウェッジ様が問うてきた。私たちは手を止めると、ウェッジ様を見た。

「ええ、色々なことが分かりました」

ウェッジ様の問いには、クレア様ではなく私が答えた。

「ほう、何が分かったかね？」

特務官とは知ったが、平民に敬語を使うつもりはさらさらないらしい。私もその方がやりやすいので助かる。

「例えば、ここ数年、トンプソン家の財政状況は芳しくないようですね」

「そうなのだよ。領地で不作が起こってね。おかげで家計は火の車だ」

頭が痛い、とウェッジ様は首を振る。

「そ、その割には調度品は豪奢ですし、高価なお菓子を買う余裕もあるんですね……？」

「リリィ様。教会の方には理解出来ないかもしれませんが、調度や菓子は貴族の格に関わることです。たとえ家計が苦しくても、質を落としては家格に関わります」

「そ、そうですか」

もっともらしいことを言うウェッジ様と、あっさり引き下がるリリィ様。何度でも繰り返すが、それでいいのか枢機卿。

さて、ここからが本番だ。

「もういいですかな？　私も暇ではないのでね。調査がこれまでならお引き取り願いたいですな」

言外にさっさと出て行けと言っている。

「クレア様」

「……本当にやるんですの……？」

「はい。絶対です」

「……はあ。分かりましたわ」

大きな溜め息を一ついて、クレア様も覚悟を決めたようだった。

「控え控えー！　控えおろー！　この紋所《もんどころ》が目に入らぬか！」

私は立ち上がると、フランソワ家の紋章の入ったピルケースを示しつつ、ウェッジ様に強い口調でそう言った。

「な、何だと言うのだ……？」

「このお方をどなたと心得る！　現財務大臣が息女、クレア＝フランソワ様にあらせられるぞ！」

「いや、知っているが……」

「ええい、頭《ず》が高い！　控えい！　控えおろー！」

ウェッジ様は困惑の極地にいるようで、リリィ様に助けを求めるような視線を寄越した。

「あの……。リリィ様はこれが何かお分かりになりますか？」

「え、ええと……。なんでも、ミト＝コウモン様ごっこだそうで。リリィにもよく分からないのですが……」

残念。困惑しているのはリリィ様も同じだった。

「クレア様。お戯れはほどほどにして頂きたい」

「まあ、わたくしもそう思うんですけれど、レイがどうしてもやれってうるさいんですのよ……」

あれ、クレア様まで困惑してた。おっかしいなあ。

「まあ、いいです。ウェッジ様、粉飾決済《ふんしょくけっさい》しましたね？」

「粉飾決済？」

「帳簿を誤魔化して、財務状況をわざと悪く報告しましたねってことです」

「!?」

実際には粉飾決済には色々な種類があり、帳簿を誤魔化すことそのものを言うのだが、ここでは詳しい説明は省く。

「何を根拠に！」

「こちらにロッド様が調べた、トンプソン男爵領からの税収をまとめた資料があります。これとこの家にあった帳簿の数字に大きく矛盾があります」

女こどもとなめてかかったウェッジ様が悪い。ウェッジ様のあの余裕は、私たちに帳簿など読めないと侮っていたのだろう。

私が社畜ＯＬだったということは既に説明したと思うが、より詳しくに言うと総合商社の財務部監察課にいたのだ。帳簿を見るのは大得意である。魑魅魍魎《ちみもうりょう》どもが跋扈《ばっこ》するあの世界に比べたら、この帳簿程度の粉飾は可愛いさすら感じるほどだ。

電卓が欲しいところだったが、そこはリリィ様が役立ってくれた。なんとリリィ様、フラッシュ暗算が出来る方だったのである。記憶力も抜群で、私はリリィ様電卓を片手に次々と帳簿を読み解いていった。クレア様？　天使はそんな俗っぽいことしなくていいんです。

粉飾の目的は色々あるが、売り上げ——ここでは税収だが——を低く報告する意図は大体決まっている。

「トンプソン男爵家は脱税をしていますね」

「！　ち、ちが……！」

課される税金を低く抑え、誤魔化した収入も懐に入れてしまう。典型的な私服の肥やし方である。

「ここ十年の脱税額はざっとこれくらいでしょうか。そうすると、追徴《ついちょう》課税金額はおよそこのくらい。

まあ、大変。家が傾きますね」

具体的な金額を上げてみせると、ウェッジ様の顔色が土気色になった。

「その税収の資料とやらは本当に信頼出来るのですか!?」

「ロッド様連れてきましょうか？」

「ぐぐ……」

なおも抵抗しようとするウェッジ様だったが、ロッド様の名前を出したら大人しくなった。

「さて、トンプソン男爵。申し開きはありまして？」

「……ありません。罪を……認めます……」

がっくりとうなだれるウェッジ様。私は陛下から貰った録音の魔道具に、ウェッジ様の自白を記録した。

「私を……どうするおつもりですか……？」

「当然、王宮に報告して罪に問いますわ。覚悟なさいな」

固い声でそう死刑宣告をするクレア様だったが、

「と、言いたいところですけれど、恩赦の可能性があるのでしたわよね、レイ？」

その言葉に、ウェッジ様はうなだれていた顔をぱっと起こした。

「恩赦ではなく、司法取引です。クレア様」

「そうそう、それ。何でも、条件次第で罪を減免するそうですわよ？」

「何でもします！　何でも仰って下さい！」

なりふり構わず、ウェッジ様はクレア様の足にすがりついた。

「レイ、聞きたいことがあるそうね？」

「はい。帳簿を見ると、使途《しと》不明金があります。恐らく他の上級貴族への闇献金と思われます」

「その献金先を知りたいんですのね？」

「はい」

クレア様は頷くと、すがりつくウェッジ様を振り払って、見下ろしながら聞いた。

「誰に献金しましたの？」

「そ、それは……」

「あなたの代でトンプソン男爵家を取り潰すおつもり？」

「……イエール伯爵家です」

観念したのか、ウェッジ様はとうとうその名前を吐いた。どうでもいいけど、ひざまずく大の男を見下ろして詰問するクレア様は、ちょっとどうかと思うくらい様になっていた。脳裏に女王様という単語が首をもたげる。

さて。

私たちの調査の基本方針はこれだ。ロッド様が調べ上げて証拠の挙がっている末端貴族を取り調べ、司法取引で情報を引き出してまだ証拠のない貴族も芋づる式に捕まえていく、という方法である。イエール伯爵はトンプソン男爵家よりも上位の貴族だ。これで一歩、ドル様やサーラス様に近づいたわけである。もちろん、これを考えたのは私だけの力ではない。こんなことを思いつくあの人は、本当に怖い人だと思う。

「捜査へのご協力ありがとうございましたわ。トンプソン家へのお沙汰は、後ほど王宮からあるで

しょう。罪状減免については、わたくしの方からくれぐれもよろしく言っておきますわ」

「クレア様の寛大なお心に感謝いたします」

ここに来たばかりの尊大な態度はどこへやら。ウェッジ様は床にうずくまってクレア様に平伏している。

「これにて一件落着！」

「……ねえ、レイ。そろそろ、先ほどの茶番が何なのか、説明してくれないかしら？」

「あれ？」

水戸○門を知らないクレア様からしたら、そりゃそう思うか。

「屋敷内には使用人がたくさんおりますよね？」

「ええ」

「人の口には戸が立てられないものです。クレア様が大きく名乗った上であれだけ大騒ぎすれば、この人不正してたんだなって周囲に印象づけられますでしょう？」

「なるほど。意味がありましたのね」

いやまあ、クレア様で遊びたいだけのでっち上げなんですけどね。

◆◇◆◇◆

その後、捜査はしばらくは順調に進んだ。司法取引で芋づる式の作戦が功を奏し、これまでに検挙した不正貴族は十人にのぼる。

私たちのことはすぐに噂《うわさ》になったようで、やましいところのある貴族は帳簿を書き換えたり、資料を隠したりと隠蔽工作に走った。だが、帳簿というものはそうすぐになんとか出来るものではない。やましいところがあれば、どんなに隠してもやっぱりおかしなところが出てくるものなのだ。

元々こちらにはロッド様を始めとするグループが長年にわたって調べ上げた資料がある。加えて、私自身に粉飾を見抜くノウハウもあるので、貴族たちの隠蔽工作は無駄な抵抗であることが多かった。悪徳貴族をバッタバッタとなぎ倒していくクレア様とリリィ様は、今や平民に大人気な時の人である。

そんなわけで比較的トントン拍子に進んでいたのだが、ここに来て問題が生じていた。

「ど、ドル様やお父様に結びつく証拠は、一向に出てきませんね……」

王宮に与えられた特務官用の部屋で資料を整理しながら、リリィ様がそんなことを呟《つぶや》いた。そうなのだ。下級貴族から始まり、一部の上級貴族にまで捜査の手は及んだが、ドル様やサーラス様に繋《つな》がる証拠は何一つとして出てこないのだ。いい線までは来ているという自負はあるが、あと一歩が足りない。ドル様とサーラス様は、よほど用意周到なのだろう。

「だからといって、お父様やサーラス様は無実だ……ということにはなりませんのよね」

クレア様の声にも力がない。決定的な証拠はないものの、状況証拠は十分すぎるほどあった。ドル様やサーラス様が不正を行っている可能性は高い。実際、捕まえた中級以上の貴族たちは、二人から賄賂の要求があったと口をそろえているのだ。でも、ドル様やサーラス様が実際にそのような指示を下した記録は何一つ残っていない。二人の牙城は堅固である。

私たちが暗鬱な気分でいると、突然、ドアが開いた。

「よう、頑張ってるみてーじゃないか」

「ロッド様……」

入ってきたのはロッド様だった。うげ。

「ごきげんよう」

「おう。クレアはあんまりごきげん麗しくないみてーだな？」

「捜査が暗礁《あんしょう》に乗り上げていますのよ」

「まあ、そうだろうなとは思ったさ。他の貴族連中はともかく、ドルとサーラスはなあ……」

私たちが引き継ぐまで捜査の先陣を切っていたロッド様だけに、私たちが直面している難題も理解出来るのだろう。

「いっそ、直談判《じかだんぱん》してみるってのはどうだ？」

「何の証拠もないのにですの？」

「決定的な証拠はねーだろうが、状況証拠はあるだろ。それだけじゃ足りねえだろうが、実の娘にそれを突きつけられれば、何かしらボロは出すかもしれねーぜ？」

そうだろうか。しかし、他に考えつくこともない、というのも事実である。

「まあ、やるかやらないかはお前らに任せるさ。オレはオレで仕事があるし」

「ロ、ロッド様は今は何をしていらっしゃるんですか？」

リリィ様が尋ねた。

「王都は今、二つの噂で持ちきりだっていうのは知ってるか？」

「ああ、あの益体《やくたい》もない噂ですわね」

クレア様はすぐにピンと来たようだが、私にはなんのことか分からなかった。

「噂ってなんですか、クレア様？」

「レイって、鋭い時とぼけっとしている時の差が激しすぎませんこと？」

なんかディスられた。我々の業界ではご褒美です。

「ひ、一つは精霊の怒りの噂。もう一つはセイン様のお生まれに関する噂です」

リリィ様の言葉を引き取って、クレア様が説明してくれる。

「最近、山の精霊が騒がしい、貴族たちの腐敗に精霊たちが罰を下そうとしている、なんていう噂が広まっているそうですわ。大方、ここ数日で明るみに出た不正貴族たちの醜聞に腹を立てた民衆が作り上げた噂でしょうけれど」

ああ、そうか。今になっても、その程度の広まり具合なのか。私は忸怩《じくじ》たる思いがあったが、それは顔に出さずにおいた。

「もう一つは、セイン様がロセイユ陛下の子どもではない、という噂ですわね。全く……平民は妄想たくましいこと」

クレア様はお怒りのようである。今はどうか分からないが、クレア様はセイン様を慕っていた。好きな人のことを悪く言われれば、そりゃあ腹だって立つだろう。

「まあ、その二つの噂のことだ。不正貴族摘発がお前らに任せられたんで、オレはそっちを調べてる」

「王族たるロッド様が、そんな噂話に付き合うことありませんでしょう」

「いや、そうでもない」

ぼやきにも似たクレア様の言葉に、ロッド様は極めて真面目な声で返した。

「セインの噂はともかく、山の精霊の怒りが降りかかったという事例は過去に実際にあるんだ。大昔だがな」

「そ、そうなんですか？」

「精霊教会の言葉で言えば、禁忌の火、だよ」

「あ、ああ……。サッサル火山の……ですか？」

「そうだ」

以前、学院のお風呂を紹介した時にも説明したが、学院のお風呂は温泉である。ということは、王都は火山帯にあるわけだ。王都に一番近い火山がサッサル火山である。

「記録によれば、数百年前にサッサル火山が噴火してる。その当時、王都では悪政が蔓延《はびこ》っていたらしい」

この時の噴火は、王都に壊滅的な打撃を与えた、と記録にあるそうだ。

「まさかとは思うが、民の不安もあるから無視も出来ない」

「セイン様の方の噂はどうですの？」

ユー様に続いてお家騒動じゃありませんわよね、とクレア様が聞く。

「そっちに関しては、オレの口からは何とも言えん。知りたきゃセインに直接聞いてくれ」

そう言って、ロッド様は口を濁した。

「そういやあ、レイ。オレの求婚に応える気にはなったか？」

「いいえ、ちっとも」

「レイ！」

「あっはっは！　いや、いいぞ。いやよいやよもなんとやらってな」

アンタ一体何歳だと、私は言いたくなった。

「私たち、今忙しいですし、ロッド様もお忙しいんでしょうから、ふざけてないで仕事しましょう」

「へいへい。まあ、噂に関して、お前らも何か小耳に挟んだら教えてくれよ。じゃあな」

そう言ってロッド様は部屋を出て行こうとした。

「あ、待って下さい、ロッド様」

「お？　なんだ？」

「サッサル火山の麓に、小さな村がありましたよね」

「ああ、あるな」

さすがロッド様。王国の地理には明るい。その村は山の頂上を挟んでちょうど王都と逆側にある。

「あの村は避難させた方がいいです」

「なんでだ？」

「噴火した場合、噴き出したマグマが直撃します」

私の言葉に、ロッド様は顎を撫でた。

「そりゃあ、俺だって避難させてやりたいとは思うが、噴火が起きる『かも』だけじゃあ、人は動かんぞ？」

「……ですよね」

やっぱりダメか。

「まあ、気には留めておく。それじゃあな」

そう言うと、ロッド様は手をひらひらさせて部屋を出て行った。

「レイ、あなたねえ……」

「ストップです、クレア様。結婚の件は棚上げするってことに決めたじゃないですか」

「……そうでしたわね」

クレア様はまだ何か言いたげだったが、とりあえずそれ以上は言わないでくれた。愛だね！

「……」

「どうしました、リリィ様？」

私はリリィ様が硬い顔をしているのに気がついて声をかけた。

「い、いえ……、なんでもないんです」

「なんでもないってことはないでしょう。お顔が真っ青ですわよ？」

確かに、リリィ様の顔色は悪い。

「き、禁忌の火のことが……気になりまして」

サッサル火山の噴火のことである。

「か、火山は……本当に噴火するんでしょうか……？」

「気にしても仕方ありませんわ。精霊のお怒りなど、人知の及ぶことではありませんもの」

「そ、それは……そうなのでしょうけれど」

でも、とリリィ様は続けた。

「記録にある噴火では、大変な被害が出たそうです。リリィたちはなんの備えもしなくていいのでしょうか……？」

「リリィ枢機卿。王室や貴族はなんの備えもしていないわけではありませんわよ？」

なおも心配そうなリリィ様に、クレア様が冷静に指摘する。

「王都には農作物の不作に備えた備蓄もありますし、有事に備えた軍という組織もあります。仮に噴火が起きたとしても、全く何も出来ないということはありませんわ」

クレア様の指摘は正しい。正しいが、それだけでは足りないことを、私は知っている。

そして――。

噴火が起こるまで、残された時間はもう少ないのだ。

◆◇◆◇◆

「あら？　セイン様じゃありませんの」

とりあえず今日は解散ということにして特務官室から出ると、帰り際に私たちはセイン様を見かけた。場所は王宮に入ってすぐにある広間。セイン様はそこに飾られている歴代王族の絵画の前で一人たたずんでいた。

「……クレアにリリィ、それにレイか」

「ごきげんよう、セイン様。何をなさっていらっしゃいますの？」

クレア様が三人を代表して声をかけた。セイン様は物憂げな表情のままこちらをちらりと見てから、すぐに視線を絵画に戻した。

「……母の肖像画を見ていた」

セイン様の視線の先を追うと、そこには前王妃であるルル様の肖像画が掛けられていた。私たちも一緒に見上げる。

「ルル様ですか……お美しい方でしたわね。絵画では表現しきれない、内側からにじみ出るようなそんな美しさのある方でしたわ」

クレア様のその言葉はただの追従ではない。事実、ルル様は美しい人だった。銀色の髪はつややかに光を跳ね返し、赤い瞳はどこか妖しさすら含んでいる。傾国の美女、という言い方は失礼にあたるのだろうが、そんな印象を私は受けた。

もっとも、ルル様が王妃となってからバウアー王国は安定を得たのだから、実際には傾国どころか救国の美女だったのである。今のリーシェ王妃が教会の力を強める結果になってしまったのと違い、元アパラチアの王女だったルル様は王国にアパラチアとの共存共栄をもたらした。ナー帝国との紛争に押され気味だった当時の王国は、アパラチアとの関係を強めたことで勢力を増し、手を取り合って帝国に対抗することに成功したのだ。

「……母は見目が美しいだけではなかった。優しい方だった……」

そう言って切なそうな瞳を絵姿に向けるセイン様。セリフがややマザコンっぽいが、セイン様が言うと嫌みがない。イケメン無罪などというつもりはなく、これは多分普段の行いだろう。

「セイン様はルル様を慕っていらっしゃいましたものね」

ルル様とはクレア様も面識がある。クレア様はドル様の娘として、早いうちから王宮に出入りしていたのだ。

「……もっとも、覚えていることはほとんどないんだがな……」

セイン様はふと自嘲するように笑った。ルル様はセイン様を産んだ後、産後の肥立《ひだ》ちが悪くずっと伏せったままだったという。セイン様のこじらせの原因は大本がここにある。

「……母は……俺を恨んでいなかったのだろうか……」

「そんなこと……！　子を恨む母親がどこにおりますの」

「……だが、母は俺を産んだせいで長く生きられなかった。晩年はほとんどベッドから起き上がれず、好きだった社交にもほとんど出られずじまいだった」

　ゲームの設定資料によれば、ルル様はクレア様に近い嗜好《しこう》の持ち主だったようだ。良くも悪くも王侯貴族らしく社交を好み、権謀術数《けんぼうじゅっすう》渦巻く王宮でこそ輝くような、そんな女性だったらしい。

　そんな人が自分のせいでベッドに寝たきりになったと聞けば、確かにセイン様のように考えてしまっても仕方ないかもしれない。

「セイン様は男性だからお分かりにならないかもしれません。でも、女にとって我が子というものは、やはり特別なものですのよ？」

　クレア様はそう言ってセイン様を慰めた。クレア様の言うことは一般論に過ぎない。実際には我が子を愛せずに苦しむ母親がたくさんいることを私は知っている。でも、今この場でそれを言葉に出して指摘することには何の意味もない。

「……」

　とはいえ、セイン様にはクレア様の真摯な慰めも届いているのかどうか。彼はいつもの仏頂面のまま、ずっとルル様の絵を見つめている。

　しばし、沈黙が流れる。

「セ、セイン様。リリィもクレア様の言うことは正しいと思います」

助け船を出したのはリリィ様だった。あるいは、この沈黙に耐えきれなかっただけかもしれないが。

「お、お父様が仰ったことがあるんです。ルル様の王子様たちへの愛情は並々ならぬものがあったと」

「……サーラスが？」

こくりと頷くリリィ様。

「ルル様は特にセイン様のことを気にかけていらっしゃったそうです。丈夫に産んでやれなかった、と」

セイン様のお産は難産だった。ルル様が産後の肥立ちが悪かったのと同じく、セイン様自身も未熟児として生まれてきたのだ。そのため、小さい頃のセイン様は身体が弱く、頻繁に調子を崩していたという。

「すれ違いがありそうですわね」

私もクレア様が言うとおりのような気がするが、当事者の片方はもう故人である。真相は闇の中だ。

「……」

セイン様は何も言わない。元々彼は口数が多い方ではないが、今日は輪をかけて少ない。はて？

「ひょっとしてセイン様、城下で広まっている噂を気にしていらっしゃるんですか？」

「レイ！」

「はい？　……あ」

クレア様に言われて気がついた。ロッド様はああ言っていたが、内容が内容だけに本人に聞くようなことじゃなかった。きっとクレア様とリリィ様はセイン様が塞いでいる理由なんて、とっくに見当がついていたんだろう。私とは違って空気を読んでいただけで。

「……お前たちも聞いたか」

「セイン様。平民たちの無責任な噂など気にすることはありませんわ」

「そ、そうですよ！」

クレア様とリリィ様が私の失言のフォローをしてくれた。

しかし――。

「……だが、俺にも思い当たるところがないわけではない」

セイン様の顔はすぐれない。

「……陛下も……俺にはよそよそしいことが多い。それは明らかにロッドやユーとは違う態度だ」

つまりセイン様は、陛下は真実を知っているのではないかと思っているのだろう。

「……最初は、俺が王子として不甲斐《ふがい》ないせいかと思っていた。だが、それを差し引いても、陛下の俺に対する態度は不可解な点が多かった。もしも噂が本当なら、全てに説明がつくような気がする」

平坦な声色ではあったが、そこには長年降り積もった苦渋がにじんでいた。

「セイン様……」

クレア様が気遣うような声をかけた。元々、セイン様に気があったクレア様のことだ。こんな風に落ち込むセイン様を見れば、そりゃあ母性本能もくすぐられるだろう。

「……いかんな。どうにも調子が出ない。こんな弱音を吐くなど、俺らしくもない」

「わたくしでよければいつでもおうかがいしますわ」

「……その気持ちは嬉しいが、これでもこの国の王子だからな。王にならんとするものがこのような有様ではいけない」

「王を支えるのが臣下の役割ですわ」

「……そうだな。俺が王になったら、クレアはきっと頼もしいだろう」

セイン様はそこでようやく彼らしい笑みを浮かべた。彼は滅多に笑わない。それだけに、その笑顔にはなかなかの威力があった。

「なに見惚《みと》れてるんですかクレア様。私という者がありながら」

そこで空気を読まずにすかさずツッコミに行くのが私である。

「!?　み、見惚れてなんか……っていうか、あなたは一体どういう者ですのよ！」

「え、魂の片割れですよね？」

「初めて聞きましたわよ!?」

「どいつもこいつも色ボケしやがって……」

「リリィ枢機卿もお黙りなさいな!?」

「す、すみません！」

先ほどまでのしんみりした空気はどこへやら。私たちはぎゃあぎゃあと騒ぎ合った。

「……はは、お前たちを見ているとつまらんことを気にするのがバカバカしく思えてくる。心配をかけてすまなかったな。俺は大丈夫だ」

「私は別にそれほど心配してませんけどね」

「レイ！　……何かありましたら、いつでもお話し下さいませ」

「り、リリィも微力ながらお力になります！」

「……ありがとう」

そう言うと、セイン様は絵画の前から立ち去った。足取りはしっかりしたもので、どうやら本当に大丈夫そうだった。

それにしても――。

「こじらせてますねー」

「本当にあなたは……。セイン様が寛大な方でなかったら打ち首ものですわよ？」

「まあ、ふざける相手は選んでいるので。リリィ様と違って」

「え、えええ!?」

私は努めて明るく振る舞った。セイン様も心配だが、私にとっての一番はあくまでもクレア様だ。クレア様が雰囲気に飲まれて気持ちを陰らせることがないよう、ふざけてでも空気を軽くする。

道化と言われてもいい。これが私の選んだ道だから。

◆◇◆◇◆

部屋の主の性格を表したかのような、飾り気のないドアを私たちはノックした。

「どうぞ、入って下さい」

「失礼しますわ」

クレア様を先頭にリリィ様、私の三人でお邪魔するのは、バウアー王宮内にある宰相サーラス＝リリウム様の執務室である。そこでまず目を引いたのは、無数に立ち並ぶガラス細工のようなものの群れだった。小さいものはペーパーウェイトから、謎のオブジェとおぼしき大きなものまである。

「これは……ガラス細工、ですか？」

「いえ、氷細工です。水魔法の応用で、溶けない氷で作りました」

そういえば、サーラス様の魔法適性は水の中適性だった。確か攻撃には向いておらず、得意としている魔法は暗示系だったと記憶している。

「趣味なんですよ。下手の横好きですが、時々、買って下さる方もいるのです。まあ、ほとんどの場合、作品の出来よりも作り手の肩書きに興味があるようですが」

執務机で書き物をしながら、冗談めかしてサーラス様が笑った。サーラス様はそう言うが、私にはなかなかセンスのいいものも混じっているように見えた。まあ、サーラス様自身のことは大嫌いだが。

「世間話はいりませんね。あなた方がここにいらしたということは、私に不正の疑惑でもかかりましたか？」

一段落したのか手を止めると、落ち着いた様子でサーラス様が問う。後ろめたいことなど何一つなさそうな態度で、表情には笑みすら浮かんでいる。泰然《たいぜん》自若《じじゃく》という言葉がよく似合った。

私たちがやってきたのは、サーラス様自身が言うとおり、不正追及のためだった。ロッド様の提案に乗るのは少し癪《しゃく》だったが、他に思いつく手もないということで、直談判を試してみることにしたのだ。

ただ、あまり期待は出来ない。

なぜなら、ここに来る前、既にドル様の家で失敗しているからだ。何の成果もなくドル様の執務室を後にした際、別れ際にかけられた言葉が蘇《よみがえ》る。

『クレア、お前はもう少し賢いと思っていたのだがね』

あの言葉が言葉通りでないことを私は知っているが、クレア様には複雑だったことだろう。自分でも父親の無実を信じたいのに疑わざるをえず、あまつさえその父親からそんな言葉をかけられたのだ。まあ、内心有罪が確定せずに少しはほっとしていたかもしれないが。

そんなことがあったので、今日のクレア様には元気がない。今日の主戦力はリリィ様だ。

「お、父様！　いい加減になさって下さい！」

耐えかねたように、リリィ様が糾弾の声を上げた。

「リリィ、大きな声を出さないで下さい。一体、何をいい加減にしろと言うんです」

対するサーラス様は余裕綽々である。ゆっくりと椅子から立ち上がり、私たち三人の前に立った。

「お、お父様の懇意にしていらっしゃった貴族の方々から証言がありました！　お父様に賄賂を要求されたと！」

「そうですか。それで、証拠は？」

「ま、まだそんなことを仰るんですか！　あれだけの数の方が証言しているんです！　言い逃れなど出来ると――」

「証拠は、ないんですね？」

「う、うぅ……」

静かだが有無を言わせぬ迫力のあるサーラス様の声に、リリィ様は気圧されるように黙り込んでしまった。これは旗色が悪い。

「部屋を調べさせて頂けますか？」

「構いませんが、国政に関する資料はダメですよ」

　私の申し出に、サーラス様は条件をつけてきた。

「私たちには調査権限が与えられています」

「財務監査の、でしょう？　国政調査権は貴族院に与えられた権利です。あなた方個人に閲覧する権限はありません」

　痛いところを突いてくる。さすがに隙がない。

「見せて頂ける範囲で構いません。それでは、帳簿を出して下さい」

「ええ」

　私たちはそれからしばらく時間をかけて帳簿を調べた。だが、いくら調べても、矛盾の一つも出てこない。気味が悪いほどに健全な帳簿だった。

「そちらの金庫も調べさせて頂けますか？」

　執務机の脇には、頑丈そうな金庫があった。

「これはダメです。国政と外交に関する重大な機密が保管されています」

「それを信じろと？」

「どうしても調べたいというのなら、その権限を得てからいらして下さい」

　力ずくで開けようとしても、金庫の番号はサーラス様しか知らない。今のところサーラス様を罪に問う要素は何もないし、現時点では不正の証拠のありかは分からない。打つ手なしだ。

「お父様……。リリィは悲しいです」

もう帰るしかないという段になって、リリィ様がぽつりと言った。

「確かに物的証拠はないかもしれません。でも、調査を続けてきたリリィたちには分かります。お父様は不正をしていらっしゃいます」

「それは言いがかりというものです」

「どんなに誤魔化しても、神は見ていらっしゃいます。罪はやがて裁かれるでしょう。リリィはそうなる前に、お父様自ら罪を告白して下さることを祈ります」

「リリィ……」

「失礼します」

そう言って、部屋を出ようとするリリィ様。私たちも後に続こうとしたが、

「待ちなさい」

サーラス様に呼び止められた。

「リリィ、一つ覚えておくといいでしょう」

「……？」

リリィ様が不理解の表情を浮かべた。

「祈りだけでは何も解決しません。何かを成したいと思うなら、その手を汚すことを恐れてはいけない」

「それは、お父様のことですか？」

「どうとでも。ですが……」

そこでサーラス様は少し言いよどんで、

「リリィ……、あなたは哀れな子ですね」

その意味を私が知るのは、もう少し後になってからのことである。


「結局、ロッド様の仰るとおりになってしまいましたわね」

沈鬱な面持ちでクレア様が言う。トカゲの尻尾切り——まさにそれだった。

「歯がゆいですわ……。ここまで来て証拠がないなんて」

「リ、リリィもです」

クレア様もリリィ様も真面目な人だ。その上、罪を犯しているかもしれないのが実の父親たちである。これで気に病まないわけがない。

「まだ、手がかりは残っていないこともないです」

私が言うと、二人は顔を見合わせた。

「手がかりって、他の貴族を当たりますの？」

「いえ、貴族ではないんです」

恐らく、貴族方面からのアプローチでは、二人を追い詰めることは出来ない。実は、私にはそのことはあらかじめ分かっていた。そしてどうすればいいのかも。

「レジスタンスに接触してみようと思います」

「レジスタンス？」

「……？」

クレア様もリリィ様も首をかしげている。それはそうだろう。

「レジスタンスというのは……この国の革命勢力です」

「!?」

二人の顔色が変わった。これも無理もない。クレア様もリリィ様も特権階級にいる人間だ。二人からすれば、革命勢力なんて敵以外の何ものでもない。

「馬鹿を仰《おっしゃ》い！　そんな者たちと関わるなどごめんですわ！」

「リ、リリィもそう思います！」

当然、二人からは反対の声が上がる。

しかし――。

「なら、お二人は留守番していて下さい。私だけで会いに行きますので」

私は譲るつもりはなかった。これは遅かれ早かれ必要な手順だからだ。

「考え直しなさい！　レイはもうわたくしの身内ですのよ!?　そんなあなたに、革命勢力が会ってくれると思いますの!?」

「思います」

「!?」

クレア様の顔が説明を求めていたが、私はそれを黙殺した。

「とにかく、ここから先は私に任せて下さい」

「ダメです！　許しませんわ！」

「クレア様……」

「危険すぎます！　もしもの事があったらどうしますの!?」

「大丈夫ですって」

　って言ったって説得力がないよね。どうしたものか。

「じゃあ、こうしましょう。私たちはレジスタンスの人たちに、革命なんていう物騒な真似《まね》はやめてもらえるように交渉しに行く。不正に関する交渉はそのついでというのは？」

「話して通じる相手ですの？」

「少なくとも、帰してもらえなくなる、なんてことはないと思います。だいたい、レジスタンスといってもまだ規模自体は小さな組織で、現時点では革命を起こすなんて夢のまた夢ですから」

「……」

「それに、私たちは貴族勢力ですが、不正貴族を取り締まる側でしょう？　全く話を聞いて貰えないってことはないと思います」

　私は言葉を尽くしたが、クレア様は納得していない様子だった。

　しかし——。

「そ、その方たちが、お父様たちの不正の証拠を持っていらっしゃるんですね？」

　乗り気な様子を見せたのは、リリィ様だった。

「リリィ枢機卿。まだお父様たちが有罪と決まったわけでは——」

「それについては私が保証します。彼らは必ず手がかりを持っています」

　証拠そのもの、ではないのだが。

「どうしてそんなことをあなたが断言出来ますの？」

「申し訳ありません、クレア様。それについては説明が出来ません」

まさかゲームの知識だとは言えない。

「レイ！」

「クレア様、レイさんを信じてみましょう」

「リリィ枢機卿……あなた……」

「お父様も仰っていました。何か成すには手を汚すことを恐れてはいけない、と」

リリィが哀れだっていう言葉の意味はよく分かりませんけどね、とリリィ様は力なく笑った。

「リリィはお父様に罪を償って欲しいです。お父様が自首なさらないのであれば、娘のリリィが証拠を突きつけます」

だって、とリリィ様は続けた。

「だって、罪は必ず裁かれるものなのですから」

◆◇◆◇◆

その場所は王都の外れにあるスラム街の中にあった。みすぼらしい一見廃墟《はいきょ》にも見えるその建物の入り口には、屈強な男が二人立っている。クレア様、リリィ様、私の三人は、その様子を離れた場所から観察していた。

「……やっぱりやめませんこと？」

「ここまで来て何言ってるんですか」

「そ、そうですよ。せっかくこうして変装までしたんですし」

リリィ様の言うとおり、私たちは普段の学院の制服姿ではない。そんな姿でスラム街を歩いていたら、襲ってくれと言っているようなものである。もちろん、襲われたところで、私たちならよほどのことがない限りやられる心配はないが、騒ぎを起こしてレジスタンスたちに警戒されてはかなわない。

そんなわけで私たちは平民の服装——それもかなりのボロを着てここまでやってきた。女性ばかりだと分からないように、目深《まぶか》にフードも被《かぶ》っている。

「じゃあ、行きましょうか」

「ちょっと、レイ！　……もう」

「い、行きましょう、クレア様」

私たちは意を決して建物に近づいていった。

「すみません」

私が声をかけると、門番たちは怪訝《けげん》な顔をした。近くで見ると、片方は背が高く腰に剣を帯びており、もう片方はずんぐりとした体型で片手に手斧《ておの》らしきものを持っていた。見るからに荒事に慣れていそうな二人である。

「なんだ。ここはガキの来るところじゃねーぞ」

「ここの頭目《とうもく》様に用があって参りました。お取り次ぎを」

「だから、ガキが来るところじゃねーって言ってんだろ。帰れ帰れ」

背の高い方が威嚇するように言った。ふむ。やっぱり正攻法では無理か。

ならば。

「ラスターのご姉弟《きょうだい》はお元気ですか？」

「!?　てめぇ……どうしてその名前を」

　私の一言で門番たちの顔色が変わった。

「アーラ様に会わせて頂けませんか？」

「……」

「なあおい、こいつらどうして頭目の名前を――」

「黙れ。お前はこいつらが逃げないように見張ってろ。頭目に聞いてくる」

　そう言うと、背の高い方の門番は建物の中に入っていった。

「ちょっとレイ、どういうことですの。あなた、ここの人間に面識がありますの？」

「いいえ、ありませんよ」

「なら、どうして名前がスラスラ出てきたりするんですの」

「クレア様、女には秘密があるものなんですよ」

「あなたねえ、ふざけてる場合じゃ――」

「てめえら、うるせえぞ」

　クレア様とひそひそ話をしていると、門番が戻ってきた。

「頭目がお会いになる。入れ」

　背の高い門番が扉を開けて顎で促してきた。

「ありがとうございます」

　私たちが中に入ると同時に、扉に鍵がかけられた。

「!?　ちょっと！」

「クレア様、いいんです」

「でも！」

「私を信じて下さい」

「……分かりましたわ」

クレア様は不満そうだったが、ひとまず私の言うことを聞いてくれるようだった。とはいえ、いつ爆発してもおかしくない、といった感じでもある。これは色んな意味で気をつけてかからねば。

建物の中は外観からは想像もつかないほど整えられていて、清潔感すらあった。調度などは最低限しかないが、平民街くらいの水準に見える。私たちは門番に続いて廊下を進み、一番奥の部屋に通された。

「頭目、連れてきました」

「ご苦労」

頭目、と呼ばれたのは背の高い女性だった。くすんだ金髪を無造作に後ろに束ねており、顔には――いや、恐らく全身に火傷《やけど》の跡がある。

「さて、聞きたいことはたくさんあるが、まずはそのフードを取ってもらおうか」

火傷の女性――アーラ＝ラスターは口元に薄ら笑いを浮かべながら告げた。笑っているのは口元だけ。目は冷たくこちらを見据えている。気が強いはずのクレア様ですら、隣で気圧されたように表情を曇らせるのが分かった。私たちが大人しく顔をさらすと、アーラの表情が少しだけ動いた。

「……ここがどういう場所か、理解しているか？」

「平民運動の最先鋒。レジスタンスの本部だと認識しています」

「ほう……。誰に聞いた？」

面白いものを見つけたような目で、アーラが続けて問う。

「誰にも。あなたの仲間に裏切り者がいるわけではありませんから安心して下さい」

「そんな言葉を信じろと？」

「信じて頂くしかありません――アーラ＝マニュエルさん」

その名前を口にした瞬間、私は首筋に小さな痛みを感じた。

「レイ!?」

「レイさん!?」

二人がとっさに魔法杖《じょう》を取り出して構えるのを手で制止する。私の首元にはいつの間にか剣が突きつけられていた。目にもとまらぬ早業だった。抜刀の動作が全く見えなかった。

「貴様……。どうしてその家名を知っている」

先ほどまでとは違い、頭目の顔には動揺が見て取れた。アーラ＝ラスターというのは偽名である。彼女の本当のファミリーネームはマニュエルという。私がそれを知っているのは、もちろんゲームの知識である。

「種明かしは出来ません。でも、私はあなた方のことをほぼ全て知っています。今何をしているのか、そして、これから何をしようとしているのかも」

「そこまで知っているヤツを生きて返すと思っているのか？　自殺願望でもあるのか？」

「いいえ。私たちはあなた方と取引をしたくてうかがったのです」

「……取引だと？」

「とりあえず剣を下ろして頂けませんか。喋りにくくて仕方ありません」

私が言うと、アーラはしばらく警戒するようにこちらを睨んでいたが、やがてふうっと大きく息を吐き出すと剣を下ろした。

「……聞くだけ聞いてやる。お前たちを生きて返すかどうかは、その後で判断する」

「ありがとうございます」

ひとまずアーラを交渉のテーブルにつかせることには成功した。しかし、本番はここからである。

「あなた方は今、活動資金に窮しているはず。そこで、あなた方に二百万ゴールドを提供します」

「……ほう？　そんな大金をどこから出す？」

「出所はどうでもいいでしょう。こちらの資金提供の見返りとして、こちらはサーラス宰相とルル前王妃の不義密通の証拠がどこにあるかを教えて頂きたいのです」

「……本当にお前、何者だ……？　どこまで知っている？」

「ですからほぼ全てを、と申し上げました」

アーラは相変わらず警戒の色を弱めない。無理もない。アーラの手札のことごとくをこちらが知っているのだから。

「お、お父様が前王妃と密通!?　何を仰るんですか、レイさん!?」

動揺が極まってしまったのか、リリィ様が口を滑らせた。

「ほう、そちらの娘はリリィ枢機卿か。そしてお前はレイ＝テイラーだな？」

アーラがにやりと笑う。してやったり、という表情だ。

しかし——。

「下手な芝居はよして下さい。フードを取った時から、あなたは私たちが誰か分かっていたはずです」

アーラのこれはブラフ。その手札はこちらが最初からさらしているものだった。正体を隠すつもりはないのだ。アーラがチッと舌打ちをする。

「そしてリリィ様。サーラス様は前王妃と不倫をなさっていたのですよ。その結果生まれたのがセイン様です」

「な、なななな⁉」

つまり、セイン様に関する噂は本当だったのだ。セイン様は現王ロセイユ陛下の実の子どもではない。サーラス様とルル前王妃の子がセイン様であり、セイン様とリリィ様は異母兄妹にあたるわけだ。銀色の髪と赤い瞳は、サーラス様、セイン様、リリィ様に共通のものである。

「そこまで突き止めておきながら、証拠を持っていないのか？」

「はい。アーラさんはその証拠のありかをご存じでしょう？」

「どうしてそう思う」

「今、巷《ちまた》でささやかれているセイン様に関する噂は、アーラさんが流したからです」

「……本当に全て知っているようだな」

アーラは苦笑すると、観念したように両手を上げた。

「ということは、あたしが何者かも当然知っているな？」

「はい」

「言ってみろ」

答え合わせでもするかのように、アーラは言った。

「サーラス様の側近だった旧マニュエル伯爵家の長女、アーラ＝マニュエルさんです」

私がそう口にすると、アーラは皮肉げな笑みを浮かべた。

◆◇◆◇◆

「……そこまで知っているとはね」

ハハッっとアーラは乾いた笑みを浮かべた。

「事情が全く分かりませんわ。説明しなさい、レイ」

「り、リリィも教えて頂きたいです」

そういえば二人には何にも説明してなかった。

「アーラさんが説明なさいますか？」

「いや、一応答え合わせをさせてもらおう。お前が話せ」

アーラは答え合わせと言ったが、私には彼女が自分の口で話すのを嫌ったように見えた。

「では私が。まず、今言ったとおり、アーラさんはサーラス様のお付きだった旧マニュエル家のご令嬢、アーラ＝マニュエルさんです」

「マニュエル家と言えば、十年ほど前に没落した伯爵家ですわね？」

さすがにクレア様はこの辺りのことは押さえているらしい。

「く、クレア様、お詳しいですね？」

「貴族にとって、家名や爵位、そして各家の勢力図は基本教養ですわよ？」

「そ、そうなんですか」

クレア様もリリィ様も上流階級の人間には違いないが、こういうところは純粋な貴族と宗教家の違いなのだろう。単にリリィ様が世情に疎いだけかもしれないが。

「マニュエル伯爵は人柄の良さで名の通った貴族でしたわ。爵位こそ伯爵でしたけれど、その実直な働きぶりから多くの人から好かれる方だったとお父様が仰っていました」

「そ、そんな方が、どうして没落したんですか？」

「今回と似ていますわね。不正経理を行ったそうですわ」

「あれが不正経理なものか！」

アーラが鋭い声を上げた。思わずといった様子で、口に出したことを後悔しているように見える。

クレア様はアーラの大声に一瞬びっくりしたようだが、先を続けた。

「マニュエル伯爵の不正が明るみに出た時は、一大スキャンダルになったそうですわ。あの人格者がなぜ、と」

「実際にはサーラス様にはめられたんですよ。マニュエル伯爵はサーラス様の不正経理の片棒を担がされて、トカゲの尻尾切りにあったんです」

「そ、そこも今回と似ていますね」

リリィ様はでも、と続けた。

「で、でも、そんな元貴族の娘さんが、どうしてこんな……えーと、レジスタンス？ というものをしていらっしゃるんですか？」

「その辺りの心理までは私にも想像しか出来ませんが、恐らくサーラス様――ひいては貴族社会への恨みでしょう」

違いますか、と私が問うと、

「そのとおりだ」

アーラは低い声で答えた。

「父は優しくて実直な人だった。多くの貴族が父を頼りにしていた。だが――父は貶《おとし》められた」

アーラは血を吐くように言った。

「サーラスにはめられ、父の周りにいた他の貴族はあっさりと父を見捨てた。あんな世界、存在すること自体が許されない」

「それがアーラさんの出発点ですか」

私の問いに、アーラは深く頷いた。

「復讐《ふくしゅう》は何も産みませんわよ？」

「知ったような口を叩くな、小娘。復讐者にとって生産性など何の意味もない。あたしが求めるのは、貴族連中の血だけだ」

そう言うと、アーラは底冷えのするような昏《くら》い笑みを浮かべた。革命の旗印となっているアーラだが、その根底にあるのは正義や理念ではなく復讐心なのだ。

「もちろん、あなたからすればわたくしの言うことなど、世間知らずの理想論に聞こえるのでしょうね。でも、わたくしは理想を捨てたくありませんの」

　クレア様とアーラのどちらが正しい、というわけではない。どちらも正しいし、どちらも間違っている。正義か悪かの二分法ではこの世の中は割りきれないことくらい、大人なら――敏《さと》い者なら子どもでも知っている。

　とはいえ、もちろん、復讐心だけでレジスタンスに人がついてくるわけはないので、理論武装は弟が担当している。

「アーヴァインさんは？」

「弟のことまで知っているのか。あいつなら今日も金策だ。何しろ金が足りない」

　アーラの弟であるアーヴァインはレジスタンスの参謀兼金庫番である。アーラが魂でアーヴァインが頭脳。この二人を中心に、革命は起きる。

「話を元に戻しますね。そんなわけで、アーラさんはお父上から聞いて、サーラス様が不義密通の証拠を隠している場所に見当がついていると思うのです。どうですか？」

　私はこの質問をするためにここに来たのだ。ゲームにおいてもサーラスの不正の証拠を探るシナリオはあるが、その証拠の保管場所はランダムなのである。そのランダムフラグが確定するのが、このレジスタンスとの接触イベントなのだ。

「金が先だ。金を持ってこなきゃあ、話にならん」

「お金は保証します。振り込みは『ＸＸ』からいつもの手段で」

「!?　お前がＸＸだったのか!?」

　ＸＸはいつもアーヴァインに多額の寄付をしている謎のパトロンである。その正体は私――ではない。アーヴァインの名前が出た時点で、ピンと来た人もいるのではないだろうか。

「私ではありません。でも身内だと思って頂ければ幸いです」

「……ＸＸの身内なら話は別だ。教えてやるよ」

ふう、とアーラは一息ついてからまた口を開いた。

「恐らく、執務室の金庫だろうな。だが、あの金庫はサーラス以外の誰にも開けられない」

とんだ無駄足だったな、とアーラが笑う。

「金庫ですか。ありがとうございます」

「ちょ、ちょっとお待ちなさい！　じゃあ、こういうことですの？　この者は証拠の場所は知っていたけれど、金庫の開け方は知らない、と？」

「ふ、振り出しに戻っちゃいましたね……？」

クレア様とリリィ様が抗議の声を上げる。

「いえ、それだけで十分です」

「ちょっと、レイ！　本当にいいんですの!?」

「大丈夫です、クレア様。証拠のありかが分かればそれで何とか出来ますので」

「……信じますわよ？」

「ええ、大船に乗ったつもりで」

もうここに用はない。クレア様は爆発しそうだし、リリィ様も怯えているので、そろそろおいとますることにしよう。

と、思った時、

「レイ＝テイラー。お前、レジスタンスに加わるつもりはないか？」

アーラがそんなことを聞いてきた。

「何を馬鹿なことを！　聞かれるまでもありませんわ！　答えはノーです！」

「あたしはレイ＝テイラーに聞いている」

「わたくしの言葉はレイの言葉ですわよ！」

「まあまあ、クレア様。そういうデレはもうちょっといい雰囲気の時にお願いします」

「ふざけてる場合じゃありませんわよ！」

なおも何か言いたそうなクレア様をなだめてから、私はアーラに向き直った。

「私の答えもノーです」

「理由は？　ああ、お貴族様に取り入ったお前には、贅《ぜい》をこらした生活が性に合ったか？」

「いえ、そうではありません」

「なら――」

言葉を続けようとするアーラを手で遮って、私は続けた。

「私の全てはクレア様のものですから。クレア様が革命に与《くみ》するというのなら話は別ですが」

「……レイ」

クレア様が安心したように微笑む。撫でたい。

「そうか……。後悔するぞ？」

「しませんよ」

それじゃあ、と別れを告げて、私たちはレジスタンスのアジトを後にした。

「……結局、手詰まりのままじゃありませんの」

「ど、どうしましょう……」

クレア様とリリィ様は意気消沈といった面持ちである。

「そんなことありませんよ。証拠の場所が確定しているなら、後はいくらでもやりようはあります」

「どうするんですの？」

それは――。

「国王大権です」

◆◇◆◇◆

「……またあなた方ですか」

私たちが執務室に押しかけると、サーラス様は部下とおぼしき兵士と何事か打ち合わせをしているところだった。ガラスのようなオブジェが並ぶ室内に、サーラス様の他、鎧《よろい》姿の人間が四人ほど立ってこちらを見ている。鎧の紋章からして、王国の兵ではなくサーラス様の私兵と思われる。

「私は今、執務中です。ご用件があるなら面会の予約を取ってから来て下さい」

サーラス様はシッシと私たちを追い払うように手を振った。

「『先日うかがった件』でお話があります。お人払いをなさった方が、サーラス様のためかと存じますが」

私は負けずに語気を強めて言った。クレア様とリリィ様は心配そうに見守っている。

「その件はもう終わったはずでは？」

「マニュエル伯爵のご息女から新証言を頂きまして」

マニュエルの名前を出した途端、サーラス様の表情が変わった。

「もう一度申し上げます。お人払いを」

私が繰り返すと、サーラス様は一度大きく溜め息をつき、表面上は「やれやれ」とでも言いそうな顔を作ってから兵士たちに退室を命じた。でも、私は見逃していない。サーラス様の目が鋭い光を放っている。

「……それで？　今度は何を言い出すんですか？　まだ私が不正を働いていると？」

サーラス様は執務室の上で肘を突いて手を組んだ。いわゆるゲ〇ドウポーズである。

「サーラス様にはルル前王妃との不義密通の疑いがかけられています」

「馬鹿馬鹿しい」

サーラス様は——もう敬称はやめよう。サーラスは私を嘲笑した。

「あなたはルル前王妃の想いを利用していました。そして、不義密通の事実を盾に前王妃を脅したんです」

「どうやって？」

「これです」

私は陛下から預かった録音の魔道具を鞄《かばん》から取り出すと、サーラスに示してみせた。

「あなたは密会の際の睦言《むつごと》を、これと同じ魔道具に記録しました。それを王妃に突きつけた」

「私がそのような愚かな真似をするとでも？　大体、そんなことをしたら私だって破滅ではありませんか」

サーラスはまだ余裕の表情を崩さない。

「当時あなたはまだ若い中級貴族でした。受けるダメージは前王妃の方がとてつもなく大きかったはずです。何より、ルル様はあなたを愛していた」

サーラスは前王妃の全面的なバックアップを受けて、今の地位に上り詰めたのだ。彼自身が政治的に有能であったことは疑いないが、それだけで中級貴族が一国の宰相になれるほど、政治の世界は甘くない。

「……本当に想像力がたくましいですね。では、前と同じことをうかがいましょうか。証拠はあるのですか？」

ここからがいよいよサーラスを追い詰める本番である。

「あります」

「ほう。どこに？」

「その金庫の中に」

サーラスの右の眉が跳ね上がった。

「サーラス様は前王妃を脅して今の地位にのし上がった。でも、王妃の死後、そのゆすりネタはかえってあなたの首を絞めるものとなってしまいました。だから、その金庫の中に厳重に保管しているんです」

「あなたが言っていることはおかしい。もし仮に私がそのような不義を行ったとしたら、ルル様の死後、すぐに証拠を隠滅するでしょう」

サーラスの指摘はもっともである。

しかし——。

「証拠を隠滅出来ない理由がありました。記録魔道具は稀少品です。普通は国の管理の下にしか使うことが出来ません。あなたが使ったものは、とある場所から密輸入したものでした」

「密輸品ならなおさら証拠隠滅するでしょう」

「いいえ。あなたは同じ記録魔道具に、私的で重要な政治的なかけひき材料を複数記録していたんです。だから前王妃の件があっても、証拠隠滅することが出来なかった」

陛下も言っていたが、この魔道具は複製することが出来ない。そのため、複数の魔道具を用いて記録の一部を転写することも出来なかったのだ。

「……言いがかりです」

「そうでしょうか。なら、その金庫を調べさせて下さい」

「何度も言わせないで下さい。この金庫には国政と外交の重要な機密が入っています。調べたければ貴族院の許可を取って下さい」

言外に出来るものならね、と言われている。

「それは無理でしょうね。あなたは貴族院議員のほぼ全ての人間の弱みを握っている。許可が下りるわけがない」

「私が弱みを握っているからではなく、あなたの主張が支離滅裂だからですよ」

サーラスが勝ち誇ったように笑った。

だが——。

「ですので、国王大権を発動して頂くことにします」

　私の一言で顔色が変わった。

「こ、国王大権……ですって？」

「ご存じですよね？　国王だけが有する貴族院に優先される特権です。私たちは王にそれを行使して頂くつもりでいます」

「……」

　サーラスが黙り込んだ。私は構わず続ける。

「国王大権を行使すれば、その金庫の中を調べることは容易《たやす》いです。そうなれば、あなたの地位と権力もここまでとなるでしょう」

　私が言うと、サーラスは険しい顔で睨んできた。

「そんな言いがかりのために国王大権が許されると思っているのですか？　国王大権は強力な権利であるがゆえに、陛下もそうそう乱発は出来ません。勝算なくしては陛下も首を縦に振らないのでは？」

「勝算ならあります」

「うかがいましょうか」

　すっかり余裕を失ったサーラスが、挑むように言った。

「私がその存在を知っているからです」

　私の言葉に、サーラスが吹き出した。

「あっはっは！　これは大きく出たものだ。あなたは自分の確信だけで王を説得出来るとでも思っているのですか？」

サーラスは顔色を取り戻して笑った。

ここだ。

「『ルル様、このようなことが許されるはずがありません』、『そうね、サーラス。でも、わたくしは地獄に落ちても、あなたを想うことを忘れられませんの』」

私がそらんじた内容にクレア様とリリィ様が怪訝な顔をした。そんな中、サーラスだけが愕然《がくぜん》とした表情をしていた。

「『罪深い方だ……。しかし、あなたと一緒なら、私は地獄に落ちても構いません』、『嗚呼《ああ》、サーラス。愛しい人』……まだ続けますか？」

「……貴様」

サーラスが低くうめいた。そこには知的で優雅な優男の姿はどこにもなかった。ただ追い詰められた罪人の姿だけがそこにあった。

「ええ。今のはあなたが記録魔道具に記録した内容の冒頭部分です。ご要望とあれば最後までそらんじてご覧に入れますが？」

「貴様……どうして……」

「理由はどうでもいいでしょう。ここまで具体的な内容を申し上げれば、陛下とて重い腰を上げざるをえません」

クレア様とリリィ様は依然として怪訝な顔をしている。私がそれをいつ知ったのか、と思っているのだろう。当然、ゲーム知識である。

「さて、サーラス様。どうなさいますか？　自首なさることをオススメしますが」

「……」

サーラスは怖い顔で黙り込んでいる。この窮地をなんとか逃れられないかと、その優秀な頭をフル回転させているのだろう。でも、私には次の手も読めている。果たして、サーラスは顔を歪《ゆが》めてこう言った。

「私の罪が公《おおやけ》になれば、フランソワ家もただではすまんぞ」

◆◇◆◇◆

「え？」

思わぬところで自分の家名が出たことに、クレア様は虚を突かれたようだった。

「私が持っている記録魔道具には、ドルの不正の証拠も記録されている。フランソワ家がどうなってもいいのか？」

「で、でたらめですわ！　お父様がそんな――」

「幸せな娘だ。父親がどんなに汚い人間か知らずに、ここまで蝶《ちょう》よ花よと育てられてきたのだからな」

「お父様への侮辱は許しませんわ！」

クレア様は今にもサーラスに攻撃を仕掛けそうである。

「クレア様、落ち着いて下さい」

「落ち着いてなどいられますか！　それとも、レイまでサーラスの言うことを鵜呑《うの》みにするというんですの!?」

「鵜呑みにはしません。でも、サーラス様の仰ることは事実です」

「!?　な、なんですって……?」

クレア様が信じられないことを聞いた、という顔をする。あるいは、私が言っていることが理解出来ない、という顔であろうか。

以前、ドル様に直談判した時には、まだ無罪かもしれないという希望があった。だが、ここに来てサーラスから不正の証拠があると言われ、手前味噌《みそ》だが他ならぬ私にもそれが真実と言われてしまった。ショックは小さくないだろう。

「一応、確認させてもらえますか?　あなたが持っているというドル様の不正の証拠が、確たるものであるかどうか」

「いいだろう」

サーラスは文机から立ち上がると、そばにある金庫に近寄った。私たちから手元を体で隠しつつダイヤルを解錠する。彼が取り出したのは、私が持っているものよりも幾分くたびれた記録魔道具だった。

サーラスが魔道具に魔力を込めた。

——今月はこんな額しか撥《は》ねられなかったのかね?

——申し訳ございません、ドル様。なにしろ最近、監察官の目が厳しくなってきましたので。

——ふん、よく言う。貴様自身が私腹を肥やしていることは分かっているのだぞ?

——ドル様とて、随分と多くの貴族から賄賂を受け取っているではありませんか。

――滅多なことを言うな。私は有志の者から献金を受け取っているだけだ。

――そうですか。なら、私ももう、これっきりにしたいと思いますが。

――構わんよ。その代わり、キミの上級貴族への昇格はなかったことになるだけだがね。

――それは困ります。やはりこれは賄賂ではありませんか。

――どうとでも取りたまえ。

「もう、結構ですわ！」

悲痛な声が響き渡った。クレア様である。

「……わたくし、信じられなかった。いえ、信じたくなかった……」

「クレア様……」

「状況証拠がお父様の有罪を示していることは分かっていましたわ。それでも……それでも！」

悲嘆に暮れるクレア様を、私は抱きしめて支えた。胸が詰まる。

「さて、取引と行こうじゃないか」

しかし、サーラスは待つつもりはさらさらないようだった。畳みかけるように交渉を求めてきた。

「ドルの不正の証拠を明らかにされたくなければ、こちらが抱えている証拠についても口外しないでもらおう」

「私やリリィ様は、フランソワ家とはなんの関わりもありませんが」

「とぼけるのはやめた方がいい。キミのクレアに対する入れ込みようは知っている。キミはクレアを見殺しには出来ない」

「……」

事実なので反論のしようがない。

「お、お二人がダメでも、リリィはお父様を告発出来ます！」

「出来ないよ。お前には」

「で、出来ます！」

「出来ない……出来ないんだよ」

サーラスの言うことは不可解だったが、何か根拠があるようだった。

「さて、返答を聞こう」

サーラスが回答を求めてきた。私が口を開こうとしたその時――。

「答えは、ノーですわ」

返答は、腕の中から響いた。

「クレア様……」

「お父様が不正をしているというのなら、わたくしはそれを黙っていることなど出来ません。むしろ、わたくしこそがお父様の罪を告発しなければ」

クレア様の瞳はまだ涙に濡《ぬ》れていたが、その光には一点の曇りもなかった。こういう人なのだ、クレア様は。

「馬鹿な……。自ら没落を受け入れるというのか？」

「貴族とは、自らを強く律するべきもの。堕落を覚えた貴族など、それこそ平民運動の言う寄生虫に他なりませんわ」

毅然《きぜん》として言うクレア様の言葉に、サーラスは狼狽している。同じ貴族であっても、二人のあり方は天と地ほども違う。クレア様の凛《りん》としたあり方は、サーラスには理解出来ないだろう。

「サーラス＝リリウム。あなたも貴族なら観念なさい」

「……断る」

クレア様の最後通牒《つうちょう》を、サーラスは首を振って拒絶した。

「ここまで来るのにどれほどの労苦があったと思っている……。ここまで来て没落など、してたまるものか」

そう言ったサーラスの目に、危険な色が浮かんだ。クレア様とリリィ様がとっさに身構える。

「いいでしょう。黙っていましょう」

「レイ!?」

「あなた、何を言っていますの!?」

そんな張り詰めた空気の中に、私は割って入った。

「クレア様、ごめんなさい」

私はクレア様の額に指をつけると、魔法を発動した。クレア様の体が崩れ落ちる。

「れ、レイさん!?」

「大丈夫です。眠っているだけですよ」

平民運動の時と同じだ。私はクレア様に安眠の魔法を強めにかけたのだ。

「ふむ。キミは話が分かるようだね」

「あなたと同じと思われるのは心外ですが、クレア様最優先ですから」

「そうかね」

私の返答に満足したように、サーラスはクックと笑った。

「では、お互いについては沈黙を守る、ということで構わないですね？」

「はい」

「クレアは説得出来るのですか？」

「そこは任せて下さい」

「ふむ」

サーラスはまだ疑わしげにしていたが、とりあえずそれ以上は何も言わなかった。

「見損ないました、レイさん！」

責めるような声は、もちろんリリィ様のものだった。

「他の誰が言っても、レイさんだけは……レイさんだけはそんなこと言って欲しくなかった！」

彼女は目に涙を溜めて私をなじった。当然だろう。私の行いは決して褒められたものではない。聖女とも言われ、信仰心の厚さから倫理観も高い彼女には、到底受け入れられるものではないはずだ。

私は内心焦っていた。そういえば、彼女のことを考えていなかった。

「ああ、安心して下さい。リリィには何も出来ませんから」

「……？　先ほども仰っていましたが、何を根拠に？」

「それはキミがクレアを説得出来るのと同じだと思ってくれていいですよ」

よく分からないが、そう言われてしまうと私にはそれ以上追及が出来ない。

「……！」

私が声をかける暇もなく、リリィ様は部屋を飛び出していった。

「本当に大丈夫なんですか、彼女？」

「そこは請け合いますよ。誓って、彼女には何も出来ない。いや、何もさせない」

まあ、リリィ様が何か喋ればサーラス自身の身が危ういのだから、彼の言うことは正しいのだろう。

今は信じるしかない。こんなヤツを信じるなど、反吐《へど》が出そうだが。

「では、取引成立ですね」

サーラスが手を差し出してきた。

「馴《な》れ合うつもりはありませんので」

「そうですか。……くくっ」

狡猾《こうかつ》な笑いを浮かべるサーラスに、嫌悪感がこみ上げる。

「ああ、そうだ。一つご忠告を」

「何ですか？」

去る際に、私は思い出したようにサーラスに言った。

「今夜、金庫から記録魔道具が消えます」

「……おかしなことを言う」

「そうですね。信じるも信じないも、サーラス様にお任せしますよ」

「そうですか」

「用件はそれだけです。失礼します」

倒れ込んだクレア様を抱え上げると、部屋を後にした。

（クレア様を説得？　出来るわけないでしょ）

◆◇◆◇◆

「どういうつもりですの、レイ!!」

学院の部屋で目を覚ましたクレア様は、私に目を留めると開口一番にそう言った。

「落ち着いて下さい、クレア様」

「これが落ち着いていられますか！　あなたともあろう人が、不正に目をつぶるなど！」

クレア様は私を厳しく糾弾した。

「それでもこのクレア＝フランソワのパートナーですか！」

普段なら茶々を入れるところだが、今そんなことをすれば決定的に信頼を失いかねない。きちんと釈明せねば。

「クレア様。私はなにも不正に目をつぶったわけではありません。サーラスの件もドル様の件も、きちんと不正追及します」

「え……？」

それまでの勢いが嘘のように、クレア様の語気が弱まった。

「で、でも、レイ？　あなたサーラスの口車に……」

「乗ったふりをしただけです。狙いは別にあります」

「狙い……？」

クレア様の顔に疑問符が浮かぶ。

「はい。それよりも、リリィ様を探すのを手伝って下さい」

「リリィ枢機卿を？　彼女どうかしたんですの？」

「事前に説明しておかなかった私のミスなんですが、クレア様と同じく、私がサーラスの口車に乗ったと思い込んで飛び出していっちゃったんですよ」

「本当にあなたのミスですわね」

　わたくしにもして欲しかったですわ、とクレア様はこぼす。

「とにかく、彼女を探さないと」

「分かりましたわ。じゃあ、手分けしましょう」

「いえ、それもダメです。多少ですが、危険ですので」

「危険？」

「……すみません、クレア様。説明している暇はないようです」

　私はクレア様の腕を引いてベッドから立ち上がらせると、窓から彼女を守るようにして身構えた。

「構えて下さい、クレア様」

「え？　え？」

　カチリ、とごく小さな音を立てて、窓の鍵が外れた。

「!?」

　クレア様もようやく事態を悟ったのか、魔法杖を取り出して構えた。静かに窓が開き、そこから六人ほどの男が滑り込むように入ってくる。

「何者ですの!?」

「サーラスの刺客です」

サーラスの部屋にいたあの私兵たちの仲間なのだろうが、紋章付きの鎧など着けてはいない。黒いぼろ布を身にまとい、顔には白い仮面をつけている。

サーラスは取引をしようと言ったが、ヤツにそんなつもりはさらさらない。その場しのぎの嘘をついて、消してしまおうというのが本音だった。口車に乗ったふりをしたのは、私だけではなかったのだ。

「スリーマンセルとはまた徹底してますね」

「す、スリー？」

「なんとしても私たちの息の根を止めようと思ってるってことです」

「まあ、そうでしょうね」

クレア様は頷くと、男たちに杖《つえ》をかざしてこう言った。

「さあ、かかってきなさい！　このクレア＝フランソワ、逃げも隠れもしませ――」

「きゃあああ！　人殺しー！」

啖呵《たんか》を切ろうとするクレア様を遮って、私は大声で悲鳴を上げた。クレア様がえええという顔をした。

この場面、ゲームでは攻略対象と一緒に刺客を退ける場面なのだが、いつも私はこう思っていた。

どうして助けを呼ばないの、と。

ここは学院の寮である。ということは、当然、たくさんの人がいるわけだ。二対六はかなり厳しいが、こうやって声を上げれば――。

「何事です！」

「今の悲鳴は!?」

「ご無事ですか、クレア様！」

これこのとおり。人が続々と集まってくるのである。ゲームだったら攻略対象の活躍機会を奪って台無しだが、なにも背伸びすることはない。クレア様にもしものことがあるくらいなら、私は無理せず助けを呼ぶ。まあ、これは平民運動の時の反省でもあるのだが。

「……」

男たちは一瞬うろたえたが、逃げることはせずに抵抗した。恐らく、彼らはサーラスに弱みを握られている。それは金かもしれないし、家族の命かもしれない。私がそれを知ることは出来ないが、よほど致命的な弱みなのだろう。男たちは最後まで降伏することなく戦い続け、取り押さえられそうになると自ら命を絶った。

「むごいことを……」

クレア様の呟きは、もちろんサーラスを非難しているものだった。

「やー。そのなりふり構わないところ、いいねぇ」

その場にそぐわない明るい声が響いた。それと同時に部屋のドアが勝手に閉まった。外からガンガンと扉を叩く音がするが、どうやら開かないらしい。さらに、扉のこちら側に取り残された者たちが、次々に倒れていく。

「そこですわ！」

最後に倒れた人が立っていた方角に、クレア様が威力を絞った炎槍《えんそう》を放った。炎槍は部屋の隅の方に飛んでいき、しかし、すうっと蜃気楼《しんきろう》のようにかき消えた。

「やあやあ、お二人さん。また会ったね」

場違いな声色と顔に被った黒い仮面には覚えがあった。

「平民運動の時の……」

「そうそう。あの時は油断したなあ。まあ、今回はリベンジってことで」

この展開は想定していなかった。どうしてこの男がこのタイミングで……？

「レイ、考えるのは後回しですわ。とにかく倒しますわよ」

「かしこまりました」

確かにクレア様の言うとおりだ。

「おお、こわ。でも、そう簡単に行くと思うなよ？」

けたけたと笑って、黒仮面はナイフを構えた。

「気をつけて下さい、クレア様。恐らく、カンタレラが塗ってあります」

「ええ」

セイン様が襲われた時を思い出して、私はクレア様に警戒を促した。クレア様は油断なく見つめたまま返事してくる。

「うーん……。どうすっかなー」

「来ないならこちらから行きますわよ！」

クレア様が杖を振ると、黒仮面の元に炎槍が殺到する。

しかし――。

「はは、ムダムダ」

男に直撃する寸前、先ほどと同じように炎槍の全てが消失する。一体、これはどういう魔法なのか。

「大体、攻撃する時に呼びかけてどうすんだ。やるならた――」

と、言い終わらないうちに男の姿が消える。

「くっ！」

「とえば、こんな風に、ね？」

あっという間に距離を詰めて、黒仮面はクレア様に斬りかかった。クレア様は何とか体をかわして距離を取る。武芸に秀でたクレア様ですらギリギリだった。私だったら、反応出来るとは思えない。

「凍てつけ」

私はかつてマナリア様相手に使った水属性魔法「ジュデッカ」を発動して動きを止める。このまま「アースパイク」に繋げて「コキュートス」を完成させれば――。

「だからムダだって」

一瞬凍り付いたかに思えた男だが、瞬時に凍結から回復した。まさかこの男、マナリア様と同じスペルブレイカーの使い手？

「んー。でも、めんどいなー。二人一緒相手じゃあ、勝ち目薄そうだ」

「自分から挑んできておいてなにを」

「だって命令だしよお。俺だって不本意なんだ」

緊張感の欠片《かけら》もないが、クレア様が仕掛けないところを見ると、隙はないのだろう。

「そーだ。そうしよ。やーめた」

　唐突にそう言うと、仮面の男はドアの方に走った。そのまま勢いを殺さずにドアを蹴破る。ドアが突然開いたことに驚いたのか、廊下でたむろする人だかりが割れる。その隙をついて男は部屋から脱出した。

「待ちなさい！」

「いえ、クレア様。今はリリィ様の安全確認が先です！」

　追いかけようとするクレア様を私は呼び止めた。刺客がサーラスの手の者なら、魔の手はリリィ様にも及ぶはずだ。

　と、思っていたのだが、

「レイさん！　クレア様！」

　渦中の人が向こうから現れた。リリィ様である。

「よ、よかった……。無事だったんですね」

「リリィ様……。どうしてここに？」

　私は安堵《あんど》すると同時に、疑問を覚えた。

「や、やっぱり、レイさんが理由もなくあんなことを仰るとは思えなくて……。理由をうかがおうと来てみたのですが、そしたらお二人が男たちに襲われたと」

　リリィ様はそのまま泣き出してしまった。

「安心して下さい、リリィ様。クレア様も私も無事です。ご心配をおかけして申し訳ありませんでした」

「ほ、ホントですよぅ……」

リリィ様が泣き止《や》まないので、仕方なく頭を撫でてあげる。

「レイ。とりあえず寮監に事情の説明を。それからリリィ枢機卿にも説明が必要ですわね」

「そうですね」

その日は寮中が大騒ぎになった。私たちは事態の収拾に追われることになり、自由に動けるようになったのは翌日の昼になってからだった。

でも、私たちの反撃はここからである。

◆◇◆◇◆

刺客に襲われた翌日、私たちは王宮に来ていた。クレア様とリリィ様の連名で陛下に謁見を求めたところ、すぐに許可が下りた。普通ならありえないことだが、ことがことである。

「来たか」

「……」

謁見室に入ると、陛下とサーラスが既に来ていた。王妃の姿はない。噂によると、ユー様が王位継承権を手放した後、床に伏せっているという話である。他には近衛兵が何人か並んでいる。

「遅いですよ。陛下を待たせるとは何事ですか」

いけしゃあしゃあとサーラスが言う。

「申し訳ございませんわ。少し寄るところがありましたの」

サーラスの嫌みにも、クレア様は涼しい顔だった。

「それで、用件とは何か」

陛下が聞いてきた。もちろん、謁見申請の際に用件は伝えてあるので、これは芝居である。

「陛下。サーラス宰相の罪を告発しに参りました」

クレア様は堂々とそう言った。サーラスの表情は変わらない。

「サーラスの罪とは何か」

「陛下。この者たちは私にありもしない言いがかりをつけているのです」

「い、言いがかりなどではありません」

サーラスは飽くまでシラを切るつもりのようだ。国王大権が発動されていないことを知っているからだろう。リリィ様が悲しそうにそれを否定する。

「君たちはまだ、私が不義密通をなどと言うつもりですか？」

「いえ、そうは申しませんわ」

クレア様の言葉に、サーラスが怪訝な顔をする。クレア様は続けた。

「サーラス様の罪状……それは外患誘致ですわ」

「……なんですって……？」

サーラスの顔色の瞳が鋭く光を弾《はじ》いた。クレア様は構わずに続ける。

「サーラス様は、敵国であるナー帝国と通じています」

「馬鹿なことを言わないで下さい。そんなことがありえるわけがないでしょう」

やれやれ、とばかりに首を振るサーラス。陛下は静かに聞いている。

「陛下。この国で起きている一部の過激な平民運動は、何も陛下のご政策のせいばかりではありません。サーラス様がナー帝国と組んで、扇動を行っているのです」

「馬鹿馬鹿しいですね。陛下、このような与太話に耳を傾けませんよう」

サーラスは謁見はここまで、とばかりに話を終わらせようとした。

「証拠があります。そうですわね、レイ？」

「はい」

私は鞄からそれを取り出した。

「ば、馬鹿な……！」

私が手に持っているものを見て、サーラスが絶句した。少し古びた記録の魔道具である。私は魔道具に魔力を込めた。

――王国で革命を起こせば、帝国は私に新政権のトップの地位を保証してくれるのですね？

――ああ、保証する。

――具体的な手はずは？

――そっちの愚王の政策を利用しろ。平民運動を過激化させるんだ。

――ああ、なるほど。それなら容易い。民衆は愚かですからね。

「もうよい」

陛下が制止したので、私は魔道具を止めた。サーラスは顔色を失って立ち尽くしている。

「サーラス。何か申し開きはあるか」

「陛下、これは違います！　その……策略です！」

「誰のどんな策略だというのか」

「それは……、それは……」

チェックメイトである。

「貴様ら……どうしてそんなものを……！」

サーラスが怨嗟《えんさ》を込めた問いに対しては、クレア様が答えた。

「もちろん、サーラス様の執務室にある金庫からですわ」

「馬鹿な！　ダイヤルの番号は私しか知らないはずだ！」

「そこはこの者が上手《うま》くやりましたの。そうですわね、レイ？」

「はい。私というか、この子がやってくれました」

私は鞄を広げると逆さに振った。ぽよんと透明で不定形のものがまろび出てくる。

「ま、魔物!?」

サーラスの叫びに近衛兵たちが一瞬気色ばんだが、陛下が制止した。

「従魔ですので危険はありません。ほら、核が金色でしょう？」

「ふむ。そのようだ」

陛下ってば胆力あるな。

私はレレアを抱え上げると、サーラスに示した。

「この子、何かに似ていると思いません？」

「なんのことを言っている？」

「あなたの部屋にある氷のオブジェですよ」

「……あ」

種明かしはこうだ。サーラスと偽の取引をした時、私はこっそりレレアを部屋の中に放っておいたのだ。そうしてレレアの擬態能力であるウンディーネで部屋のオブジェの中に紛れ込ませた。

サーラスの部屋から去る際に言った記録の魔道具が消えるという一言は、サーラスに金庫内の魔道具を一度確認させるため、ひいては一度ダイヤルを操作させるためだ。後はそれを見ていたレレアを回収して、同じことをさせればいい。

元魔物と侮るなかれ。うちの子は賢いんです。

「貴様……謀ったな……！」

「ええ」

「か、観念して下さい、お父様！」

近衛兵がサーラスを取り囲んだ。サーラスは水の中適性だが、戦闘能力には長《た》けていなかったはずだ。この場には近衛兵の他にクレア様や私もいる。サーラスに切り抜けるすべはない。

「年貢の納め時ですわ、サーラス様」

「……くくっ」

「？」

「くふっ……くぁーはっは！」

サーラスが哄笑《こうしょう》を上げた。乱心でもしたのだろうか。

「いやぁ……やられた。大したものだ、クレア＝フランソワにレイ＝テイラー」

「リリィ枢機卿もですわよ」

「いや、そいつはあまり役に立たなかったはずだ。思い返してみるがいい。そいつが一度でも私を害するような行動を取ったことがあったかどうか」

世迷《よま》い言《ごと》だとは思ったが一応、振り返ってみる。すると、リリィ様はサーラス様を問い詰めることはあったが、他の貴族に対してはともかく、サーラスに対しては実質的に何もしていなかったことに気がついた。

「だからなんだと言うのです」

「いや、滑稽だと思ってね」

「……？」

「仲間と信じていた者に裏切られるのは、どんな気分なのかな、と」

「!?」

私は思わずリリィ様を見やった。リリィ様はといえば、父親が何を言っているのか分からない、といった顔でオロオロしている。やはりサーラスの苦し紛れなのだろうか。

「リリィ、父を助けておくれ」

「ば、馬鹿なことを仰らないで下さい！　お父様は、きちんと罪を償うべきです！」

「そうか。それならお前も償わなければな。自らの罪を」

「さ、先ほどから、何を仰っているのですか！　リリィはお父様が何を仰っているのか分かりません！」

サーラスはこの期に及んで、リリィ様の寝返りを期待しているのだろうか。いや、何かおかしい。

「リリィ……哀れな子だ。……主よ、憐れみたまえ《キリエ・エレイソン》」

最後の言葉が何かのキーワードだったのだろう。それを聞いた途端、リリィ様が崩れ落ちた。

「リリィ枢機卿!?」

クレア様が慌ててリリィ様に近寄る。私は猛烈に嫌な予感がした。

「離れて！」

敬語も忘れて叫ぶ。私がクレア様をリリィ様から引き剥がすと、銀色の弧閃《こせん》がクレア様の金髪を数本散らした。

次の瞬間――。

「全く……、イヤになんなー」

場にそぐわない明るい声が響いた。

「お前は……」

「やあ、レイさんにクレア様、昨日ぶり」

全く変わった口調と表情。特に口調は、あの仮面の男のものとそっくりだった。

◆◇◆◇◆

「サーラス！　リリィ枢機卿に何をしましたの！」

豹変したリリィ様を油断なく警戒しながら、クレア様がサーラスを問い詰めた。

「そっちの平民は二属性持ち《デュアルキャスター》でしたね」

「わたくしの質問に答えなさい！」

「答えていますとも。学院時代の私の専門は暗示でね。テーマは『多重属性の人工的な実現』だったんですよ」

サーラスは昏い笑みを浮かべながらそう言った。

「近衛兵、サーラスとリリィを取り押さえよ」

陛下が告げると、近衛兵がサーラスとリリィ様を取り囲んだ。

しかし——。

「こんなザコどもに俺が止められるかよ」

どこに隠し持っていたのか、小ぶりのナイフを一閃すると、近衛兵たちが一気に押される。こう書くと近衛兵たちが本当に小者にしか見えないかもしれないが、近衛兵に配属されるのは王国選《え》りすぐりの精鋭である。一対一ならともかくこの人数を相手に立ち回ったら、私はおろかクレア様でもまず負ける。

近衛兵たちが弱いのではない。リリィ様が規格外なのだ。

「リリィ枢機卿、おやめなさい！」

「ムダですよ。あれはリリィであってリリィではない」

くっく、とサーラスは笑う。

「二重属性を人工的に作り出す……その試みは半分だけ成功しました」

「どういうことですか？」

私が問うと、サーラスは出来の悪い生徒に説明するような口調で続ける。

「私は暗示によって人の中にもう一つの人格を作り出すことに成功しました。そして、現れた新しい人格は、新たに魔法適性を獲得することが分かったのです」

つまり、こういうことか。リリィ様は水の適性を持っていた。そこにサーラスが暗示をかけて新たな人格を生成し、別の属性を持たせることに成功した。

ということは——。

「あの仮面の男の正体は、リリィ様だった、と？」

「その通り。私に対する不正追及をしながら、その実、その捜査情報は私に筒抜けだった、というわけですよ」

最後の最後に裏をかかれましたがね、とサーラスは苦笑した。

そういうことか。サーラスの部屋で最初に帳簿を調べた時、何一つ欠点のない完璧な帳簿だったのは、リリィ様経由でサーラスに情報が漏れていたからか。

「でも、姿が全然違いますわよ！　変装程度でどうにかなるような差では……」

「多分、魔道具です。ほら、ユー様の事件の時に、リリィ様から借りたじゃないですか」

私がユー様と入れ替わる時に使ったものだ。あの時はなんであんな便利なものをリリィ様が持っているのかと思ったが、元々、こっちが本来の使い方だったということだろう。

「自分がこんな状態であることを、リリィ様はご存じなんですか？」

「知らないですよ。知っていたら、あの子は自ら命を絶ってしまうでしょうからね」

なんという残酷なことをするのか。あの心根の優しいリリィ様を、自らの駒にするために暗殺者に仕立てるとは。

「さあ、リリィ。こいつらを全員始末しなさい」

「簡単に言ってくれんなあ。ここにはレイとクレアがいるんだぜ？」

「お前ならなんとか出来るでしょう」

「出来なくはないが、てめぇの安全を保証出来ねぇぞ？」

「ふむ……」

近衛兵を一人、また一人と倒しながらサーラスと会話するリリィ様は、完全に別人のようだった。

その口調をどこかで聞いたことがあると思ったが、時折リリィ様が漏らしていた罵声に近いようだった。もしかしてあれも、暗示や人工的な二重属性が原因となった弊害のようなものではないだろうか。

「ならリリィ。ここは脱出を優先することにしましょう」

「逃しませんわよ！」

クレア様の方を見ると、その周囲にフランソワ家の紋章が浮かんでいた。マジッククレイの発射態勢に入っている。

「サーラス、リリィ枢機卿。わたくしのこの魔法は手加減が出来ませんわ。命が惜しければ投降なさい」

クレア様は二人を視界に収める位置に移動しながら、そう警告した。

「だ、そうですが？」

「お前もちっとは働けよ……な！」

リリィ様は自分を取り囲む近衛兵の最後の一人を打ち倒すと、サーラスを囲む近衛兵たちに斬りかかった。

「やめなさい、リリィ枢機卿！　次に戦闘行動を起こしたら撃ちますわ！」

「やってみな」

「！」

クレア様の最後通告にもかかわらず、リリィ様はナイフを止めなかった。クレア様は一瞬だけ躊躇《ちゅうちょ》したようだが、

「……くっ、ごめんあそばせ！」

やむなく、リリィ様にマジックレイを放った。

しかし――。

「なんですって!?」

マジックレイの光はリリィ様を焼き貫くことなく、その直前で幻のように消えてしまった。火炎槍レベルならともかく、マジックレイすら無効化するとは、やはりリリィ様はスペルブレイカーを……？

「このリリィは私の最高傑作でしてね。マナリア王女には及びませんが、勝るとも劣らない魔法を使うんですよ」

サーラスが愉悦に染まった笑みでそう言う。

「スペルブレイカーではないんですか？」

「あそこまで常識外れな魔法ではありません。このリリィの適性は風の高適性。得意な魔法は時間操作です」

時間操作か！

仮面の男と最初に会った平民運動の時、ヤツは私が破壊したはずの魔鈴を復元してみせた。あれは要するに、魔鈴の時間を巻き戻した、ということなのだろう。

「最高傑作、と仰いましたね？　つまり、リリィ様だけではないんですね？」

「当たり前ですよ。我が子で最初に試す親がどこにいますか。リリィに施術したのは、研究が完成してからですよ。もっとも——」

　そこでサーラスは言葉を切って、

「研究完成のためには随分かかりました。廃人となった孤児は、十や二十じゃ利《き》かないでしょう」

　涼しい顔でおぞましいことを平然と口にした。

「この外道！」

　クレア様はサーラスをきっと睨むと、マジックレイをサーラスに向けて放った。

「おっと」

　近衛兵を全て打ち倒し、リリィ様がすんでのところでマジックレイを無効化した。恐らく、マジックレイを時間逆行させ、魔力に戻して霧散させているのだろう。

「レイ、サーラスを狙いなさい！　手数重視で！」

「はい！」

　私は氷矢を二十ばかり生成すると、サーラスを取り囲むようにそれを放った。

「ちっ……、さすがに戦い慣れてやがんな」

　氷矢は無効化されるが、リリィ様はサーラスの元から動けない。足止めは可能だ。クレア様と私はサーラスとリリィ様に立て続けに魔法を放ち、リリィ様はそれを無効化する。状況は膠着《こうちゃく》状態に陥った——かというと、そうでもない。

「諦めなさい、リリィ枢機卿」

「なんでだ？」

「このままなら、あなたの方が先に魔力切れになります」

そうなのだ。向こうはリリィ様一人、こちらはクレア様と私の二人がかりだ。しかも、使っている魔法はこちらは基本の魔法矢である。時間操作で消費する魔力量がどんなものかは分からないが、魔法矢よりも少ないということはないだろう。

「リリィ様、もう、やめて下さい」

「俺だって別に好きでやってるわけじゃあ、ねえけどな」

「なら！」

「けどよ」

そこでリリィ様は言葉を切って、

「こんなんでも、父親なんだわ」

懐からポーション瓶を取り出すと、ひと思いにあおった。

「まさか、カンタレラ!?」

すわ、ルイ戦の再現かと思いきや、そうではなかった。

「ちげーよ。こいつは超級の魔力回復ポーションだ」

「そんな貴重品、いくらも持っていないでしょう」

「ところが、俺の場合はなんとかなっちまうんだな、これが」

リリィ様はポーション瓶に視線を送ると、それを強く見つめた。

「!?　そんなインチキ!?」

空のポーション瓶がみるみるうちに満たされていく。恐らく、時間を巻き戻したのだろう。

「まあ、こういう使い方も出来るわけだ」

「くっ……」

これはまずい。超級の魔力回復ポーションは魔力をほぼ完全に回復する。このままだとじり貧になるのは私たちの方だ。

「つっても、このままじゃあ、長期戦は覚悟しねぇとなあ」

「……」

クレア様と共にリリィ様を油断なく警戒する。

その時――。

地面が、激しく揺れた。

◆◇◆◇◆

突然の揺れに誰もが動揺する中、恐らく私だけが違うことを考えていた。

（そんな……早すぎる！）

私には揺れの正体が分かっていた。ロッド様やリリィ様が危惧していた、サッサル火山の噴火による地震である。私は次に起こることを予想してクレア様を押し倒すと、そのまま彼女をかばうように地面に伏せた。

ガシャン、と音がして謁見室の窓ガラスが割れた。室内に無数の石つぶてが飛来する。噴石である。

「一体、何が……」

体の下でクレア様が動揺の声を上げる。私はといえば、土魔法で小さな防壁を張りつつ、ひたすら揺れが収まるのを待っていた。噴石は数分ほど続いた。

「もう、大丈夫なはずです」

時期のズレは気になるが、この地震に余震はないはずだった。私はクレア様の上からどくと、立ち上がって状況把握に努めた。きらびやかだった謁見室は見るも無残に変わり果てている。調度品は壊れ、赤いカーペットの上には大小さまざまな噴石が転がっていた。

「陛下！」

近衛の一人が異変に気づいた。ロセイユ陛下が王座から倒れて地に伏している。

――頭から血を流して。

「レイ、治療を！」

クレア様に言われるまでもなく、私は陛下に近寄って治癒魔法を試みた。

しかし――。

「……ダメです。お亡くなりになっています」

「なんてことですの……」

陛下が亡くなってしまうのは、ゲームの通りだ。

とすると――。

「そうですわ、サーラスとリリィ枢機卿は!?」

謁見室には二人の姿は既になかった。ゲームではリリィ様の存在こそなかったが、どさくさに紛れてサーラスは逃亡していた。これもゲームの通り。

（こうならないように急いだのに……）

サッサル山の噴火までには、まだ数日あるはずだった。リリィ様との戦闘がなく魔力が万全であれば、この謁見室ごと防御魔法で覆うことも出来たはずなのだ。どうあがいても、ロセイユ陛下はこうなってしまう運命だったのだろうか。それにしても、どうしてこんなに早く噴火が……？

「レイ……、レイ！　しっかりなさいな」

気がつくと、クレア様を見上げていた。私は呆然としていたらしい。

「サーラスとリリィ枢機卿のことは一旦忘れなさい。しなければならないことは山ほどあります」

「……クレア様」

「これから王国は危機に瀕《ひん》するでしょう。過去の歴史によれば、サッサル山の噴火の後、大飢饉《ききん》が起こったと聞いています」

そう、噴火そのものの被害よりも、その後の方が問題なのだ。火山灰が王都周辺を覆い尽くし、農作物がダメになる。まして、今王都は収穫期の真っただ中だ。私はゲームの知識としてそれを知っていたが、クレア様は歴史からそれを知っていた。

「王国はこの危機を乗り越えなければなりません。しかも、ロセイユ陛下抜きで」

そう。

賢王だったロセイユ様はもういない。私たちは新たな王を選ばなければならないのだ。

「近衛兵、貴族院議長に連絡を。緊急の議会を招集します。それから、ロッド様とセイン様の安否を至急確認するように」

クレア様は的確に指示を飛ばしていく。その様子を、私はぼんやり眺めていた。すると、頬に痛みが走った。

「しゃきっとなさい！　わたくしを支えてくれると言ったあの言葉は嘘だったんですの⁉」

　クレア様はそう言って私を見つめた。私を叩いた手は赤くなっている。細い手だ。こんなか弱い人が、今、必死に王国の危機に立ち向かおうとしている。

　誰が支える？　決まっている。

「申し訳ありませんでした。もう、大丈夫です」

「よろしいですわ」

　そう言うと、クレア様は少しの間だけ私をハグしてくれた。その体が震えていることに気づいて、私はしっかりと抱き返した。

「乗り切りますわよ、この危機を」

「はい！」

　私たちはすぐに行動を開始した。クレア様の的確な指示もあって、初動の遅れはなかった。しかし、やがて一つの報告が届いた。

　それは、ロッド様が行方不明だという知らせだった。

最終章 ✦ 革命

サッサル火山の噴火の被害は甚大だった。王都の貴族街が火山側にあったせいもあり、貴族の被害は平民よりも酷《ひど》く、貴族院議員にも相当数の犠牲者が出た。議会が機能不全を起こす寸前だったが、議長が存命だったことやドル様が辣腕《らつわん》を振るったことなどによりかろうじて機能を保っていた。

欠員をその血族が埋めたことで機能を回復した議会がまず話し合ったのは、亡くなったロセイユ陛下の世継ぎを誰にするか、ということだった。当然、第一王位継承者であるロッド様が次の王に選ばれるかと思われていたが、肝心のロッド様が噴火の直前から行方不明となっている。付き人の話では、ロッド様はサッサル山の麓の村に赴き、自ら住人を説得して避難を呼びかけに行ったそうだ。件《くだん》の村について私と話した時には諦め口調だった彼だが、ちゃんと仕事をしてくれていたのだ。

（でも、タイミングが最悪だった）

恐らく、ロッド様は噴火に巻き込まれたのだろう。その安否は定かではないが、噴火から五日たった今になっても何の連絡もないところをみると、無事で済んでいるとは考えにくい。

議会は紛糾したが、事態は急を要するということで、セイン様を即位させようという流れになった。王国という政治形態において王が空位のままこの危機を乗り越えるのはほぼ不可能なことは明白だったからだ。

ところが——。

「本当に……お父様は何を考えていらっしゃいますの……」

苛立《いらだ》ちを含んだクレア様の声が部屋に響いた。クレア様と私は、王立学院のクレア様の部屋にいた。椅子に腰掛けたクレア様は、眉にしわを寄せて新聞を読んでいる。王国では印刷が発達してきており、労働者層にはまだ行き渡っていないが、貴族層は新聞を購読するようになっていた。

　クレア様はドル様の不正追及をしたがっていたが、場合が場合だけに思いとどまってもらった。良くも悪くもドル様は有能な政治家である。今ドル様を欠くことは出来ない、と説得したのだが……。

「なんて書いてあるんですか？」

　声をかけるのは躊躇《ためら》われたが、このままだとクレア様が暴発しかねない。私にあたってくれてもいいからガス抜きが必要だと考えた私は、クレア様に問うた。

「セイン様の即位はお流れだそうですわよ」

　クレア様は吐き捨てるように言うと、新聞の束をバサッと放って寄越した。私も目を通す。そこにはクレア様が言ったとおり、セイン様即位の話はなくなっていた。代わりにドル様を始めとするロッド様派の貴族が政権運営を行うという記事が掲載されていた。

「王国の主権者は飽くまで王ですわ。貴族院がすべきことは、一刻も早く次の王を選出することですのに」

　クレア様が歯がみする。新聞の論調も、ほぼクレア様と同じだった。中には貴族によるクーデターと書いている新聞まである。

　もちろん、全ての貴族が今の流れに納得しているわけではない。だが、貴族院議員のうち、噴火の被害を受けて亡くなった者はセイン様派とユー様派に多かったのが痛かった。ユー様の失脚によりユー様派の多くがロッド様派に鞍替《くらが》えしており、またセイン様派は元々最小勢力だったということも大きい。そして何より肝心のロッド様が行方不明なのだ。最大勢力が制御を失っている状態ともいえる。

「今は国が一丸となって国難に立ち向かわなければならない時。民は不安に戸惑っていますわ」

噴火による火山灰や火山弾の影響で、王都周辺の農作物は軒並みやられてしまった。品不足を見越した買い占めも起こっており、王都周辺では物価の高騰が続いている。ドル様たち臨時政府――自称だが――も配給を行っているが、それもいつまで持つか。

私はゲームの知識としてこの流れをもちろん知っていた。噴火の日時が大幅に早まったのは想定外だったが、政治が混乱することや物価高騰などはいずれ起こると分かっていた。当然、何もしなかったわけではない。ブルーメで蓄えた私財をトゥル商会――バカンスの前に立ち寄ったあのハンスさんの商会である――を通じて食べ物に換えて備蓄していた。この世界ではまだ観賞用だったジャガイモを食用として栽培してみたり、痩せた土地で育つ蕎麦《そば》を取り寄せて栽培してみたりもした。王国では食べる習慣のない海藻類をサラダとしてブルーメから発表してみたりもした。火山の噴火が起こることを、精霊の怒りとして噂《うわさ》に流すこともした。だが、出来ることはその程度だった。

火山の噴火というのは大災害であり、本来、国レベルで総力を挙げて抗《こう》するものだ。二十一世紀の火山大国日本が国を挙げて対策を打ってもなお追いつかないような大災害に、たかだか事前に起こることが分かっているだけの小娘に出来ることなどたかが知れている。もちろん、まだやるべきことはあるが。

「レイ、先触れを出しなさい。セイン様にお目にかかります」

「……難しいのではないでしょうか」

「どうしてですの！」

私の答えにクレア様が癇癪《かんしゃく》を起こしたように声を荒らげる。だいぶきてるなー、これは。

「クレア様はセイン様を封じ込めているドル様のご息女です。セイン様派からすれば怨敵《おんてき》に等しいお立場ですから」

「……ぐ」

本来のクレア様であれば、私に指摘されるまでもなく気づいた事柄のはずだ。やはり、クレア様は本調子ではない。

「クレア様、あまり思い詰めない方がいいですよ。噴火からこちら、クレア様は頑張りすぎです」

議会の混乱や物価の高騰などは起きてしまっているものの、それでも国が統制を失っていないのは、ひとえに噴火直後のクレア様の初動指示が的確だったからである。火山の噴火、サーラス宰相の失踪、ロセイユ陛下の死亡、貴族院議員の欠員、農作物の高騰など、ここまでの要素が重なればいつ国の形が失われてもおかしくはなかった。それを水際で食い止めたのが他ならぬクレア様である。もちろん、ドル様という後ろ盾があればこそだったが、クレア様自身の判断力が優れていたことは疑いようがない。

「わたくしはすべきことをしたまでですわ。なのに、お父様はすべきことをしていらっしゃらない」

貴族とはこうあれかし、という確固たる理想像があるクレア様にとって、今のドル様の行動は理解不能のようである。新聞記事では、ドル様がこの機会に王権を簒奪《さんだつ》するのでは、という憶測まで流れていた。理想としていたはずの父親がそのような噂を立てられ、クレア様が平気なはずがなかった。

「クレア様は出来る限りのことをなさっています。今は少し休まれるべきです。ここ数日、ほとんど寝ていらっしゃらないじゃないですか」

クレア様の花のかんばせにも陰りが見えていた。お肌が荒れ、目の下にはうっすらと隈すら出来ている。むりもない、大好きなお風呂に入る暇もないほど、不眠不休で動き続けていたのだから。なまじ有能でキャパシティが大きいだけに、ムリが利いてしまうのがまたよくない。

「私はまだ平気ですわよ。平気ですけれど――」

そう言うと、クレア様は私に近寄ってその身体《からだ》を預けてきた。

「……でも、ちょっとだけ、疲れましたわ。少しだけこうしていさせて下さる？」

「く、クレア様!?」

「レイがいてくれてよかった。わたくし一人ではとっくに潰れていましたわ」

クレア様の唐突な行動に、私はびっくりしてしまった。

「クレア様、大丈夫ですか？　いえ、大丈夫じゃありませんね。私に甘えるクレア様なんて大丈夫なわけが――」

「デレてるんですのよ。こういう使い方でいいんでしょう？」

「ええと、間違いではないのですが……」

どうしたんだ急に。

「わたくしだって、誰かに甘えたくなる時くらいありますわよ。以前はレーネによくこうしてもらっていましたわ」

「……ああ、そうですか」

恋人的なサムシングじゃないのね。ちょっぴり残念だが、これはこれで役得なので文句はない。

「貴族であることはわたくしの誇りの一つですけれど、時々……本当に時々ですけれど、こういう義

務感から自由になってみたいと夢想することがありますわ」

「いいことじゃないですか。貴族なんてやめちゃいましょうよ」

「そういうわけにはいきませんわ。わたくしがこれまで贅沢《ぜいたく》を許されてきたのは、こういう有事の際に働くことを義務づけられてきたからですもの」

「お堅いですねぇ、クレア様は」

　まあ、そういうクレア様だから好きなんだけれども。

「じゃあ、戯言《ざれごと》としてでいいので教えて下さい。貴族でなくなったとしたら、何かしたいことはありますか？」

「……そうですわね……」

　クレア様は三十秒ほど考え込んでから答えた。

「料理とかお裁縫でも習ってみたいですわね」

「意外な回答ですね。そんな平民みたいなことを？」

「あなたには随分と世話になりましたもの。貴族でなくなったのなら、それくらいしか返せるものがありませんわ」

　私はまた驚いて目を白黒させた。

「なんですの、その顔。あ、わたくしもう何日もお風呂に入っていませんわね。匂うかしら？」

「いえ、全然。むしろいい匂いがします」

　単純に、クレア様の意外な一言にびっくりしただけである。

「嘘《うそ》おっしゃい。いい機会ですからお風呂にしましょう」

「はい」

私たちはお風呂に向かったが、噴火の影響で湯温が安定しないらしく、寮の温泉は使用禁止になっていた。

「あー、もう！」

「どうどう。クレア様、どうどう」

キレかけるクレア様をなだめると、私はクレア様を自室に待たせ、お湯をはった桶《おけ》を部屋に運んで手ぬぐいで体を拭いた。白磁の肌を磨き上げながら、私は思う。

（ここからが勝負どころ。クレア様を上手《うま》く誘導しなければ）

◆◇◆◇◆

悪い知らせは続いた。

「お父様はご乱心なさったに違いありませんわ！」

今朝の新聞を読んだクレア様は、開口一番にそう吐き捨てた。

「何があったんですか？」

「増税を行う、と書いてあります」

ありえないという顔で、クレア様が新聞を渡してきた。受け取って目を走らせると、そこには臨時政府が噴火後対策に税を上げると書いてあった。なんでも、噴火によって受けた被害の補填のために、大幅な臨時予算が必要になったからだ、と新聞にはある。

「民はただでさえ物価の高騰に苦しんでいるのです。この上増税だなんて……」

政治の素人である私ですら分かる悪手だ。幼い頃から帝王学を学んできたクレア様には、ドル様たちの決定が愚劣極まりないものに見えているに違いない。

「このままで済むはずがありませんわ」

「というと？」

「遠くないうちに、市民の抗議デモが起きますわよ」

クレア様の予想は間違っていない。ゲームの流れ通りであれば、来週にもデモが始まるはずである。

「それでお父様たち臨時政府が目を覚ませばいいのですが……」

「覚まさなければ？」

「……暴動が起きかねませんわね。残された記録によると、過去の噴火では、実際にそういうことが起きたとありましたもの」

私には分かっていることだが、実際には暴動どころの話では収まらない。一連の圧政にしびれを切らした民衆は、やがて革命へと動きを変えていくことになる。そうなれば、クレア様たち貴族の行く末は悲惨なことになる。

「リリィ様が言った、革命という言葉を覚えていらっしゃいますか？」

「……ええ」

「私は、これからそれが起こると思います」

「！」

クレア様は鼻白んだように言葉を失ったが、やがて、

「そうなっても決しておかしくありませんわね。貴族がこのように愚かなことを続けていれば」

そう言って、自嘲するように笑った。

「クレア様はどうなさるおつもりですか？」

「どうって……一貴族に出来ることはもう全てやりましたわ。これ以上出来ることなんて――」

「クレア様」

私はクレア様に手帳のようなものを差し出した。

「これは？」

「商業ギルドに預けている、私の資産の控えです」

「あなたいつの間にそんなものを……え？　こんなに？」

手帳には貴族筆頭のクレア様ですら驚くような金額が記されていた。

「どうしたんですのこの額。わたくしの従者としてのお給金では、こんなに貯まらないでしょう？」

「他にもアルバイトをかけ持ちしていましたので」

「あなた、ほぼ一日中わたくしのそばにいましたわよね？」

「ええ、時間に拘束されないバイトなので」

「……」

クレア様は納得行っていない様子だったが、とりあえず話を先に進める。

「このお金を使って、何かしましょう」

「何かって……何をするんですの？」

「炊き出しです」

私の提案に、クレア様は怪訝《けげん》な顔をした。

「それなら臨時政府もやっているじゃありませんの。お金だけ臨時政府に渡して任せてしまった方が、効率的に炊き出しを行えるはずですわ」

「今の臨時政府とやらを、クレア様は信用出来ますか？」

「……それは……」

クレア様は渋面になった。

「それに、クレア様。クレア様がなさることに意味があるんです」

「わたくしが？」

「はい。貴族は全てが腐敗しているわけではないと、民衆に示すために」

「……」

私の言葉に、クレア様は考え込んだ。

今言ったことの半分は嘘だ。クレア様に炊き出しをさせるのは、やがて来る革命の際にクレア様を打倒される側に立たせないための保険である。ドル様たち臨時政府は完全に悪政を敷いている。このままだと、クレア様はドル様の巻き添えを食って破滅の道をまっしぐらだ。クレア様はドル様とは違う考えを持っている、と民衆に明確に示しておく必要がある。

元々、ロセイユ陛下から不正貴族の依頼を受けたのも、悪徳貴族を懲らしめるクレア様という図式を作るためだった。芋づる摘発の結果、クレア様には良識ある善良な貴族という評価がつくまでになった。以前はワガママな悪役令嬢という評価だったことを考えれば、これは非常に大きな変化といえる。しかし、ドル様がこのまま悪政をやめなければ、そんな評価もかき消えてしまうだろう。ここらでクレア様対ドル様という図式を描いておく必要があるのだ。

「炊き出しなど、昔は偽善にしか見えていませんでしたのにね」

　クレア様はそう言って、やはり自嘲的に笑った。

「偽善でもなんでもいいじゃありませんか。民のためになるのなら」

「……あなたはそれでいいんですの？　こんな金額を貯めようと思ったら、ずいぶん大変だったでしょう？　わたくしに付き合うことはありませんのよ？」

　クレア様が確認のように聞いてきたが、今更すぎる。

「クレア様のお役に立てる以上の使い道は、私にはありませんから」

「……おためごかしで言っているわけじゃないって、そろそろ分かってしまうところが怖いですわ」

　クレア様が苦笑する。

「わたくしの個人資産も使いましょう。レイの分と合わせれば、相当な規模の炊き出しが出来るはずです」

「いいですね。それと、ユー様にもご協力を願えないかなと」

「ユー様に？　でも、あの方は今、異性病のために乱心されたということで軟禁状態でしょう？」

「臨時政府に許可を取る必要はないと思います。ユー様は未《いま》だに教会勢力のトップで元王位継承者です。国王が不在なら、誰もユー様の行動を止めることは出来ないと思います」

　国家存続の危機に、優秀な人材を遊ばせておく余裕はない。

「なるほど、一理ありますわね。教会ならば炊き出しなどの要領は分かっていそうですし、わたくしたちが個人で動くよりも組織だった活動が出来ますわね」

「はい」

これにももちろん、私なりの計算がある。クレア様対ドル様の図式の他に、教会対貴族の図式も描いておきたいのだ。

「いいですわ。その方向で動いてみましょう」

「そうと決まれば、早速始めましょう。まずはユー様への働きかけですね」

「わたくしが手紙を書きますから、ユー様に届けてちょうだい」

「はい、クレア様」

クレア様の顔に活力が戻ったように見える。人間、現状に問題を抱えていることが分かっているのに、何も出来ないのが一番堪《こた》える。問題解決に向かって何かしら行動をしていると思えていれば、そこには希望が生まれるものだ。

やるべきことを新しく見つけたクレア様は、精力的に動いた。ユー様との連携は思いのほかあっさりと実現し、動き出した次の日には最初の炊き出しが始まった。その日の夕刊には、教会の名前と共にクレア様の名前が躍った。心ある貴族として、臨時政府とは考えを異にするもの、と紹介されていた。

炊き出しも人任せにはせず、クレア様は自ら顔を出した。手ずから椀《わん》を取りスープを配るその姿に、悪役令嬢の陰は欠片《かけら》もない。配給の列に加わった平民たちからは、惜しみない感謝の声が届けられた。

もちろん、全ての平民がクレア様を支持したかと言えばそう簡単には行かない。クレア様の行動を、ドル様たちの政治イメージの回復戦術と取る者もいた。だが、それも一時のこと。臨時政府はその見解として、貴族個人が勝手に動くことは褒められたことではないという発表をしたと、ある大手の新聞社が伝えた。暗にクレア様の行動を非難するものだ。クレア様と臨時政府の繋《つな》がりを勘ぐる輩《やから》は、徐々に数を減らしていった。

流れは少しずつ変わっていた。こういう時、まず動くのは利に敏《さと》い商人たちである。一部の商人たちはまだ買い占めで暴利を貪《むさぼ》ることを続けていたが、徐々にクレア様の配給に協力する者たちが出始めた。その中にはトゥル商会やブルーメ、そしてフラーテルなどがあり、これらの動きに参加した商会や店は、民衆から圧倒的な支持を受けた。

「まだまだ規模は小さいですけれど、賛同者は増えてきているようですわね」

一週間ほどが過ぎた頃、寮の部屋でクレア様は新聞を読んでいた。クレア様は新聞にも広告を出し、自分たちの活動に参画してくれる者を広く募ったのだ。賛同する個人や団体は、今や五十に迫ろうとしていた。

流れは変わりつつあった。

しかし——。

「クレア様、あれを！」

「……？」

今日も炊き出しに向かおうと部屋で準備をしていたある日のこと。私の言葉に、クレア様が視線を窓から下に投げる。するとそこには、群れを成す平民たちの姿があった。

「……なんたることですの」

私たちが目にしたのは、平民たちによるデモ行進の光景だった。

◆◇◆◇◆

「貴族どもは悪政をやめろー！」

「増税反たーい！」

「王室を取り戻せー！」

王都のメインストリートに面した学院の寮からは、デモの様子がつぶさに観察出来た。人々はプラカードを掲げて貴族院議会のある議事堂の方向へ行進している。武器になりそうなものを手にしている人は、今のところいない。まだ抗議デモの段階であり、暴動にまでは発展していないようだった。

「わたくし、止めてきますわ！」

「ダメです。無意味ですし、タイミングが悪すぎます」

部屋から飛び出していこうとするクレア様を、私は慌てて止めた。

「どうしてですの!?　わたくしは民から一定の評価を受けているのでしょう!?　そのわたくしが呼びかければ、他の貴族が言うよりもずっとこちらの意図が伝わるはずですわ！」

「確かにクレア様が今出て行けば、今回限りは治まるかもしれません」

「なら！」

「その代わり、クレア様はやっぱり貴族の味方だと思われることになります。今まで苦労して積み上げてきた民からの信頼は地に落ちるでしょう」

私の言葉に、クレア様は悔しそうに顔を歪《ゆが》めると、バンと机を叩《たた》いた。育ちのいいクレア様がモノに当たるなんてよほどのことだ。

「貴族の味方と思われる、ですって!?　わたくしは正真正銘、貴族ですわよ!?」

「クレア様はただ貴族でいたいだけなんですか？　それとも民を救いたいんですか？」

「……くっ……！」

激高するクレア様に対して、私は飽くまで冷静に返した。クレア様は聡明な人である。一瞬、頭に血が上った様子だが、すぐに持ち直した。

「……ええ、そうですわね。あなたが正しいですわ、レイ。わたくしはただ身分が欲しいんではありません。民のよき模範となり、民を救いたいのです」

「はい。そのためには、今は動くべきではありません。様子を見ましょう。もしかしたら、臨時政府が考え方を変えるかもしれませんし」

「そう願いたいですわ」

クレア様は窓から見える群衆を不安そうに見やった。

「でも……どうして急に？　新聞には全て目を通していますが、デモの呼びかけなどありませんでしたのに」

「恐らくですが、良くない事態が発生しています」

クレア様の疑問に、私はそう答えた。

「というと？」

「民衆を扇動している者がいます」

「！　……レジスタンス！」

「表向きはそうですが、事態はもっと深刻です。サーラス……さらに言えば、その背後にいるナー帝国が黒幕です」

　ここ数日、クレア様を始めとする有志たちの活動の結果、平民たちの不満は一定の水準で抑えられていた。クレア様はそのまま不満が解消される方向にいく――とまで楽観視してはいなかっただろうが、それでももうしばらくはデモが起きるようなことはないだろうと思っていたはずだ。

　実際、このデモはおかしい。自然発生的な少人数のデモであればまた話は別だが、今、窓から見えるデモは千人を下回ることはないと思われる。この規模のデモが、なんの打ち合わせや下準備もなしに発生するとは考えにくい。

「帝国が裏で糸を引いていると言うんですの？」

「はい」

「……」

　私の返事に、クレア様の視線が鋭くなった。

「これまでなあなあにしてきましたけれど、もうそのままには出来ませんわね。レイ、あなたはどこでその情報を知ったんですの？」

「いえ、ちょっと小耳に挟んで」

「誤魔化すのはやめなさい。そんな重大な情報がそこら辺に落ちているわけがないでしょう」

　私を問い詰めるクレア様の口調は厳しかったが、やがて語調を弱めて、

「レイ、わたくしはあなたを信頼していますわ。いい加減、説明して下さらない？　あなたはどうしていつも、知り得ないはずのことを知っているんですの？」

「……」

　クレア様は真摯だった。これ以上誤魔化すと、クレア様からの信頼を失いかねない。私は観念することにした。

「信じてもらえるかどうか自信がありませんが……」

「とりあえず、話してみなさいな」

「では。私はこの世界の人間じゃあないんです」

「……どういうことですの？」

　クレア様は怪訝な顔をした。

「私は別の世界から来ました。別の地球の日本という国です」

「ニホン……」

「はい。私はそこで一度、多分ですが死にました。そして、気がついたらこの世界にいたんです」

「……」

　クレア様が黙って先を促してきたので続ける。

「私はこの世界で起こることのある程度を予知出来ます。前の世界で知っていたんです」

「レイがいた前の世界とこの世界には、何らかの関係があるんですの？」

「はい。前の世界には、この世界で起こりうることが詳細に書かれた予言書のようなものがありました」

　私はゲームの世界という部分を意図的に伏せた。ミシャの時はうっかり話してしまったが、自分が物語の登場人物かもしれないという考え方には、多かれ少なかれショックを受けるかもしれないと思ったからだ。私はこの世界のことを飽くまで実在する世界としてクレア様に伝え、「Revolution」のことは予言書として話した。

「なら、あなたはこれから起こることについても、ある程度予測がついていると？」

「はい」

「……どうなるんですの？」

クレア様が恐る恐る、という感じで聞いてきた。怖がられているということは、私の話をある程度信じてもらえているということだ。

「申し上げられません」

「どうしてですの」

「未来のことを知るということは、未来に干渉するということなのです。詳しくは説明出来ませんが、クレア様が未来について知ってしまうと、私が知っている未来とは変わってしまうのです」

「……」

「私はこの先に待っている悪い未来を変えるために様々な手を打ってきました。今、未来を知っているというアドバンテージを失うわけにはいかないのです」

クレア様が未来を知ると云々《うんぬん》の部分は半分くらいデタラメである。単に私はクレア様にまだこの先に待っている革命という結末を伝えたくなかった。革命が避けられないと知ったら、クレア様がどういう行動に出るか予測がつかなかったからだ。

未来は変える。ただし、クレア様が生存出来る方向に。

「私の種明かしは、以上です」

「……なるほど」

　クレア様は軽く頷《うなず》いた。

「ご納得頂けたのですか?」

「納得するしかありませんわ。これまで近くで実際にあなたが知り得ないはずのことを知っていた場面を、幾度となくこの目で目撃してきたのですもの」

「そうですか。愛ですか」

「人の話を聞きなさい」

　クレア様が私の額にデコピンしてきた。ちょっと痛い。我々の業界ではご褒美です。

「それに、レイは精霊の迷い子でしたわよね」

「はい」

　これは以前、私の身の上をミシャに明かした時にも指摘されたことだ。この世界には、身寄りのない幼子が突然さまよい出てくることがある、という言い伝えがある。その子は精霊の迷い子と言われ、その多くが不思議な力を備えているという。

「精霊の迷い子は、みなレイの世界からの客人なのかしら?」

「そこまでは分かりませんね。でも、私がいた世界には、魔法なんていう便利な力はありませんでしたよ」

「そうなんですの?　その割にはレイの魔力は随分と高いですわね」

「その辺りの仕組みはよく分かりません。それこそ神のみぞ知る、というヤツではないでしょうか」

　私の身の上話についてはそこで一段落した。

「あなたの話はとりあえず分かりましたわ。でもとにかく、この動きに帝国が関わっているのだとしたら、何か手を打たなくては」

「例えばどんなことを考えていらっしゃいますか？」

「お父様に進言申し上げます。デモの裏で帝国が暗躍しているとなれば――あ……」

「ええ、デモは反逆者の集団とみなされて、弾圧されかねません」

私たちには、意外なほどに打つ手がない。帝国は非常に狡猾《こうかつ》に動いている。これだから政治とかお家騒動とかはイヤなのだ。クレア様の生死がかかっていなければ、私は絶対に関わり合いにならずに別の国へ逃げている。

「何か出来ることはないんですの……？　レイなら妙案があるんじゃありませんの？」

「今のところはないです。もう少し流れが変わらないと」

「でも、ぐずぐずしていたら革命が――」

「大丈夫ですよ、クレア様」

私は安心させるように落ち着いた声色を作ってクレア様に言った。

「クレア様のことはお守りいたします。何があっても。絶対に」

その言葉は嘘ではなかった。しかし、事実の全てでもないのだった。

◆◇◆◇◆

平民たちのデモは続いている。議事堂前のメインストリートを埋め尽くす群衆は、日に日に数を増していた。臨時政府を非難し、王室の復活を求める声はますます強くなっている。しかし、ドル様を始めとする臨時政府は、態度を変えることはなかった。

「はいはい、並んで下さいまし！　きちんと全員に行き渡るだけございますわ！」

「ゆっくり進んで下さいね！」

私たちはと言えば、デモの拡大に不安を覚えながらも炊き出しを続けていた。増税のせいで日々の食事にも困る人は増えており、この炊き出しを頼る人の数は多い。今はまだなんとかなっているが、このまま増え続ければ食料の在庫が尽きるのもそう遠い話ではない。

と、危惧していたのだが――。

「今日は昨日よりも少し人数が減りましたわね？」

「ええ」

用意していた食材が余ったことに、クレア様が気づいた。たまにはそういう日もあるでしょう、とその日はそれで終わったのだが、

「今日もまた減りましたわね」

「……」

次の日もその次の日も、クレア様の炊き出しに並ぶ人は、少しずつ数を減らしていった。

「一体、どうなっていますの……？」

クレア様の疑問に対する答えは、ほどなく得られた。

――レジスタンスが革命政府を樹立。豊富な配給が始まる。

間もなく、新聞にそんな記事が載ったからだ。新聞によれば、臨時政府と革命政府との間で小競り合いが起き始めているとも伝えられている。

「……なんたることですの」

記事を読んだクレア様は呆然《ぼうぜん》としている。

（……とうとうここまで来た、か）

私はといえば、この流れも予想の範囲内である。「Revolution」では、革命が起きる中で攻略対象である王子様方と悲恋に落ちるというルートが多かった。だが、中には王子たちの誰とも結ばれずに、革命の中で主人公自身が旗印となっていくという、革命ルートもあったのだ。

今回の流れは、その革命ルートにクレア様を巻き込んだ形に近い。原作と大きく違うのは、クレア様が民衆の支持を得ていることと、王室が復活を求められていることの二点である。

（このまま舵取《かじと》りを間違わなければ、きっと……）

私とあの人の大願成就も、そう遠い話でない。

「レイ、聞いていますの？」

「ひゃい!?」

急に耳を引っ張られて我に返った。見れば、クレア様が青い顔をしている。

「とうとう革命政府なんていうものが出てきましたわよ？　このままではこの国は……」

「大丈夫です、クレア様。想定内の流れです」

「……本当ですの？」

「はい。クレア様は、どうかこのまま炊き出しを続けて下さい」

「……分かりましたわ」

というわけで、今日も今日とて炊き出しに来たのだが――。

「……ほとんど人が来ませんわね」

「ですねー」

危機感をにじませたクレア様とは対照的に、私はのんきに答えた。

「ですねーじゃありませんわよ！　民たちはみんな革命政府の支持に回ったということじゃありませんの!?」

「かもしれません。でも、それでいいんです」

「どこがいいんですの！」

などとクレア様とぎゃーぎゃー言っていると、

「失礼。こちらはクレア＝フランソワ様の炊き出しで相違ないか？」

何人かの男たちが連れ立ってやってきた。服装は平民にしては上等なものを着ている。しかし、貴族ではなさそうだった。

「そうですけれど、あなた方は？」

「私たちは革命政府の者です」

「！」

代表とおぼしき男がそう名乗ると、クレア様の表情が険しくなった。

「……なんのご用ですの？」

「クレア＝フランソワ様。あなたの民を思う活動には感服いたしております。ですが、これからは民への配給は革命政府が担うことになります。それで、ご協力頂けないかと」

「協力、ですって？」

クレア様がいぶかしむ。

「あなた、ご自分が革命政府の者だと仰《おっしゃ》いましたわね？」

「はい」

「わたくしはあなたに見覚えがありますわ。サーラスの部下だった方ですわよね？」

「ええ」

男は否定しなかった。私は気づかなかったが、クレア様によると彼はサーラスの執務室で見かけた私兵の一人だったようだ。

「こちらの彼はトンプソン元男爵家の衛士でしたし、あちらの彼はイェール伯爵家の衛士でした」

「そんな方たちがなぜ革命政府に？」

「クレア様たちの『ご活躍』で、彼らは職を失いました」

「再就職先は全て手配しましたわよ？」

「ええ、それは感謝しております。しかし、もっといい条件で雇ってくれる方がいらっしゃったのです。それがサーラス元宰相です」

「！　サーラスはどこですの！」

クレア様が問い詰めるが、男は首を振った。

「申し上げられません。あの方はこの国のこれからに必要なお方です」

「サーラスは帝国と繋がっているんですのよ!?」

「ナー帝国はこの国が真に民のものとなるように協力してくれているのです」

「違いますわ！　帝国はこの国を我が物にせんと――もが」

「協力、とは具体的には何をすればいいんですか？」

クレア様の口を押さえて、私は交渉を始めた。

「そちらが蓄えている食料をご提供頂きたい。私たちの方でもまだまだ備蓄はありますが、多いに越したことはないですからね」

私が問うと、男はそう答えた。

「いいですよ。その代わり、こちらからも条件があります」

「うかがいましょう」

男は鷹揚《おうよう》に頷いた。

「革命政府がこれから行うことに、クレア様を巻き込まないで下さい」

「……それは難しい。ドル様は悪しき臨時政府の主要メンバーだ。そのドル様に何もするななど不可能ですよ」

男は首を振った。しかし、私は諦めない。

「ドル様に何もするなと申し上げてるんじゃありません。クレア様を巻き込まないで下さいと言っているのです」

「……ふむ？」

「クレア様のこれまでの活動は、あなた方もよくご存じでしょう？　クレア様は民を愛していらっしゃいます。ドル様たち他の貴族とは違います」

「……それはつまり、クレア様だけは見逃せ、ということですかな？」

「そういうことです」

男は考え込むそぶりを見せた。押さえつけているクレア様がむーむー抗議の声を上げているが、しばらく大人しくしていてもらうしかない。

「そちらが提供出来る備蓄の量は？」

「ざっとこれくらいです」

私は概算を示した。男が一瞬驚きに目を剥《む》いたが、すぐに表情をフラットにする。

「その程度では……」

「なら、この話はなかったことに」

「……」

私の記憶が確かならば、革命政府はまだこの段階では十分な食糧備蓄を得ていないはずなのだ。平民からの支持を取りつけるために、豊富な食糧配給を行えると新聞に広告を打ったが、予想以上に民が殺到し、帝国からの増援が来るまでの間をどうにか持たせなければならないはずだった。私はそこにつけこんだ。

「……いいでしょう。クレア様には一切、手を出さないことをお約束しましょう」

「ありがとうございます。もし約束を違《たが》えた場合、ＸＸからの支援は即座に打ち切られるとお考え下さい」

「ＸＸとは？」

「アーラ＝ラスターかアーヴァイン＝ラスターに聞けば分かります」

「……かしこまりました。では、食料の移送についてはまた後日」

兵士たちとは、それで一旦別れた。

「ぷは。レイ！　あなた何を勝手に――――！」

「嘘も方便、というやつです。クレア様」

激高するクレア様をなだめるように、私は言った。

「方便？」

「革命政府とやらが何を考え、何をするのか。それを探るためにはこちらから近づいていくしかありません」

私は続ける。

「食料提供は、あちらの信頼を得てクレア様が革命政府に近づくためです」

「わたくしは革命政府には与《くみ》しませんわよ？」

「もちろんです。私たちがすべきことは、臨時政府と革命政府の間で上手く立ち回って、落としどころを探ることです。これは極めて政治的なことで、現状、クレア様にしか出来ません」

「わたくしにしか……？」

「はい。難しい立ち回りです。出来ますか？」

私が問うとクレア様は、

「ふん。わたくしを誰だと思っていますの。財務大臣ドル＝フランソワが息女、クレア＝フランソワですわよ？　それくらいのこと朝飯前ですわ」

と、不敵に笑った。

「ありがとうございます」

「あなたの考えも知らず、責めるようなことを言ってしまいましたわね。謝罪いたしますわ、レイ」

「滅相もない」

本当に滅相もないのだ。なにしろ――。

方便なのはむしろ、クレア様へ言ったことの方なのだから。

◆◇◆◇◆

「お久しぶりですね、クレア。また会えて嬉《うれ》しいですよ」

薄い微笑を貼り付けてそう言ったのは、バウアー王国元宰相サーラス＝リリウムだった。ここは革命政府の陣幕《じんまく》。クレア様と私は革命政府と臨時政府との利害調整にやってきたのだった。クレア様は別に臨時政府の代表というわけではないがドル様の娘である。

加えて、今やクレア様は時の人だ。臨時政府と革命政府のどちらも、クレア様を無視することは出来ない。

「過去のことは水に流しましょう。お互い、実りのある話し合いが出来るといいですね」

「……」

サーラスはクレア様に握手を求めた。クレア様は硬い表情でそれに応じた。サーラスの後ろには彼の私兵を中心とした革命政府の兵士が並んでおり、その中にはリリィ様の姿もある。うかつなことは出来ない。

アーラとアーヴァインは不在のようだった。恐らく、サーラスが政治的な実務を取り仕切っているのだろう。

「革命政府の要求はなんですの？」

おもむろにクレア様が切り出した。

「ずいぶん早急に話を進めるのですね？　こういった交渉事は、地ならしから始めるものでは？」

「お互い手の内を知らない仲でもないでしょう？　話は早い方がいいですわ」

早くも両者の間に火花が散っている。この交渉はサーラスの方が圧倒的に有利だ。いくら財務大臣の娘として政治に触れた経験のあるクレア様でも、相手は一国の宰相として政治の最前線にいたサーラスである。政治家然としたやり取りをしていては、一方的にやり込められる恐れがあった。クレア様の直球ど真ん中な言いようは、主導権を渡さないためのものである。

「まあ、いいでしょう。こちらの要求は単純です。貴族制の撤廃、そして主権を平民のものとすることです」

「！」

それはすなわち、この国のあり方を根底から覆すということだった。

「民たちの要求は、王制への復帰ではありませんでしたの？」

「最初はそうでした。でも、民たちは気づいたのですよ。政治に自ら参画するチャンスだとね」

それは平民運動が理想としていたゴールでもあった。ロセイユ陛下が始めた平民重視政策に端を発する平民運動が、ここに来て王室から主権を奪う動きへと結実したことに、私は皮肉を感じた。

「そんな要求が通ると思いまして？」

「通らなければ通すまでですよ。なんとしてもね」

暗に武装蜂起も辞さない、とサーラスは言っている。

「臨時政府には軍がおりますのよ？」

「数はこちらの方が上です。大義もこちらにあります」

「あなたは民に大義のために死ねと仰るおつもり？」

「そんなことは言いませんし、民を殺すのは飽くまで軍ですよ」

実際には、革命軍の中にはナー帝国の者が紛れ込んでいる。クレア様の綱紀《こうき》粛正で取り締まられた貴族の兵士も、何割か合流しているようだ。加えて平民は数の上では圧倒的だ。中にはある程度魔法を使える者もいるだろう。革命軍の力は侮れない。

さらに言えば、臨時政府軍の中には民に刃《やいば》を向けることを忌避する感情がある。彼らにとって民はこれまでずっと守るべき対象だったからだ。守るべき相手を攻撃することは、軍にとって存在意義を揺らがされているようなものである。その事実を、サーラスが知らないはずがない。

「サーラス。あなたの狙いは別にあるのではなくて？」

「というと？」

「民のための革命は飽くまで方便。あなたは権力のトップになりたいだけでしょう？」

クレア様の糾弾にも、サーラスは涼しい顔だった。

「仮にそうだとしても、この革命が民のためになることには違いありません。革命の結果、私が新政権のトップになったとしても、それは結果論ですよ」

もちろんこれは詭弁《きべん》であるが、今のところその論を崩すことは難しい。

「ドル様にお伝え下さい。我欲は捨てて、民のために政治の場を明け渡して下さい、とね」

◆◇◆◇◆

「馬鹿馬鹿しい。罪人が調子にのりおって」

　ところ変わってここは議事堂である。クレア様は革命政府の要求を携えて、臨時政府の首脳たちと面会していた。先の言葉は、要求を聞いたドル様のセリフである。

「陛下のご温情を勘違いした平民たちの思い上がりですな」

「まさに。ここらで一度、平民たちには思い知らせてやらねばなりません」

　臨時政府の首脳陣は、口々に革命政府を罵倒した。そこには民を思う貴族の姿はなく、民を見下す支配者としての貴族の姿しかなかった。

「でも、お父様。革命政府は民の支持を受けております。これを一方的に攻撃すれば、わたくしたち貴族は大義を失います」

「何を言う。我々貴族こそが正義。民の支持など大義にはならんよ」

　クレア様の言葉にも、ドル様は聞く耳を持たない。

「お父様！　そもそもこの臨時政府という存在がおかしいのです。王国の主権は王室のもの。なぜ王室を差し置いて政治を行っているのですか？」

「無論、私たちとていつまでもこのようなことを続けるつもりはないよ、クレア」

　ドル様は聞き分けのない子に言い含めるような口調で続けた。

「しかし、セイン様はまだお若い。この難局を乗り切るには、我々貴族が一肌脱ぐしかないのだよ」

「それならまずセイン様に即位して頂いて、貴族院議員の中から宰相を立てればいいだけのこと！」

「クレア、そんな暇はないのだよ。サッサル火山の噴火に平民の反逆……。ことは火急を要する」

「お父様……」

クレア様にも分かっているのだろう。ドル様が言うことは全て上辺を取り繕ったことばかり。彼らは政権を手放すつもりなどさらさらないのだ。

「では、臨時政府はどのように対応するおつもりですの？」

「デモの即時中止と革命政府とやらの即時解散を求める」

「そんな……こちらからも少しは歩み寄らなければ、衝突になりますわよ!?」

「その時はその時だ。民を傷つけるのは本意ではないが、秩序回復のためには致し方ない」

ドル様の言葉に、列席した貴族たちも頷く。クレア様は懸命に説得を続けた。

「元はと言えば、臨時政府が発した増税政策が事の発端ですわ。せめてそれを取り下げることは出来ませんの？」

「出来んな。噴火の影響は甚大だ。復興には金がかかる」

「ならば、貴族が率先して身を切らねばならないのではありませんの？」

「切っているではないか。増税は貴族も対象に含んでいる」

しかし、その税率は平民と変わらない。影響が大きいのは、平民たちの家計の方だ。

「お父様……。民あっての貴族ですわよ？」

「違う、貴族あっての民だ」

言い切ったドル様の言葉を聞いて、クレア様の顔に失望の色が広がる。話にならない。

「革命政府とやらに伝えたまえ。分を弁《わきま》えろ、とな」

「レイに難しい立ち回りと言われてはいましたが、これは難しいなんてものじゃありませんわ……」

寮の自室。クレア様はそううめくと、ベッドに倒れ込んだ。

「双方の溝が深すぎますわ。これの落としどころなんてホントにありますの……？」

意地っ張りのクレア様が泣き言を言うなんて珍しい。それくらいに困難な交渉ということだ。

「ないかもしれませんが、その場合は――」

「分かってますわ。軍事衝突になりますわよね。それだけは避けないと……。レイ、ちょっと」

クレア様に手招きされた。なんだろう？

「も～～っ！　大の大人がワガママばっかり言うんじゃありませんわよ～～～！」

近づいたところを抱きつかれて、そのまま思い切りハグされた。さながら抱き枕である。

「ク、クレア様、嬉しいですけれど苦しいです」

「き～～～っ！」

そのまま三分ほどおもちゃにされた。汚されちゃった……ぐすん……えへへ。

「まだ交渉は始まったばかりです。粘り強く行きましょう」

「そうですわね。レイ、喉が渇きましたわ。お茶を淹《い》れてちょうだい」

「かしこまりました」

私はクレア様の言葉に従って、調理室へと向かった。

「まあ、クレア様には申し訳ないですが……どれだけ粘っても無駄なんですけれどね」

などと、呟《つぶや》きながら。

◆◇◆◇◆

クレア様の頑張りはすさまじかった。

臨時政府と革命政府の間を行きつ戻りつしつつ、その折衝に邁進《まいしん》した。お互いに立場を譲らない双方の話に根気よく耳を傾け、落としどころを模索した。日に日にやつれていくクレア様を見るのは忍びなかったが、それも長くは続かないと分かっていた私はぐっと我慢した。

そして、とうとうその日がやってきた。

王国歴二〇一五年十一月十日。デモはついに武装蜂起へと変わったのである。臨時政府軍の半数が革命政府軍につき、武力衝突が起こった。戦いの趨勢《すうせい》は革命軍に有利と新聞各紙が報じている。

「……間に合いませんでしたわ」

学院の窓から群衆と政府軍の衝突を目撃したクレア様は、力なく立ち尽くしていた。私はその手を強く握りしめながら、慰めるように言った。

「クレア様は最善を尽くしました。こうなってしまったのは、もう仕方のないことです」

「でも、わたくしがもっと頑張っていたら……」

「クレア様は十分に頑張りましたよ」

「……」

私の慰めはきっと届いていない。責任感が強く、今や貴族と平民両方の気持ちが分かるクレア様にとって、この結末は耐えがたいものだろう。その心中は察するに余りある。

「こうなった以上、もはやわたくしに出来ることはありません。旧時代を担った貴族として、潔い最期を迎えますわ」

クレア様は顔色を取り戻すと、毅然《きぜん》として言った。

しかし——。

「いいえ、クレア様。クレア様には旧時代を糾弾する側に立って頂きます」

「……え？」

私の言葉に、クレア様は不思議そうな顔をした。私はその顔を見返しながら姿勢を正す。とうとう、全てを打ち明ける時が来たのだ。

「レイ、あなたは何を言っているんですの？」

「クレア様は新時代の側に立ち、旧時代の終わりを見届けるのです」

「な、何を馬鹿なことを……。わたくしはフランソワ家の息女。旧時代の象徴ですわよ？」

クレア様は引きつったような笑いを浮かべていた。私がなにか悪い冗談を言っているとでも思っているようだ。

「クレア様。旧時代の象徴はクレア様ではありません。ドル様です」

「同じことでしょう？」

「いいえ、違います。クレア様には、ドル様たち旧支配層——つまり貴族たちを断罪するお立場に立って頂きます」

「なっ……、何を言っていますの！」

クレア様が気色ばむ。無理もない。私が言っているのはこういうことだ。すなわち――貴族たちを裏切れということ。

「旧時代を担った者たちを裏切って、わたくし一人おめおめと生き残れといいますの!? まっぴらごめんですわ、そんなこと！」

この反応も予想の範囲内だ。クレア様の性格からして、こんなことをすんなり受け入れるはずがない。

しかし――。

「これは、ドル様のご意向でもあるんです」

「……え？　ちょ、ちょっとお待ちなさい。……え？　お父様の？」

私を責める声色が一気に消沈する。クレア様の動揺が手に取るように分かった。

「だって……、お父様は……。ど、どういうことですの、レイ！」

「この革命の流れを作ったのは、他ならぬドル様なんですよ」

私がそう言うと、クレア様の中の疑問はなおも深まったようだった。

「あなたが何を言っているのか、全然分かりませんわ！」

「順を追って話します。長くなりますから、座って下さい」

私はクレア様を促して、椅子に座らせた。クレア様は早く続きが聞きたいようだったが、とりあえず私の言葉に従ってくれた。

「クレア様もご存じの通り、王国の政治には腐敗の兆しがありました。貴族たちはそのほとんどが私利私欲に走り、権力闘争に明け暮れていました」

「……ええ。でも、それとこれと何の関係が――」

「その中にあって、この国の行く末を真に案ずる数少ない貴族がいました――それがドル様です」

「お父様が？　でも、お父様は王室をないがしろにして、この国の政治を我が物にしようと……」

クレア様がそう思い込むのも無理はない。ドル様の偽装工作は徹底していた。

「ドル様はご自分を犠牲にして悪徳貴族の中心となったのです。全ては今日この日、平民たちの手によって終わらされるために」

「……なんたることですの」

クレア様が絶句している。平民を見下し、貴族であらねば人にあらずというようなドル様の態度も全てが虚飾。クレア様ですらそれを見抜けなかった。

私は続けた。

「かつてはドル様ご自身も、貴族の現状に疑問を抱いてはいらっしゃいませんでした。それが変わったのは、クレア様のお母様であるミリア様が亡くなった時のことです」

「お母様が亡くなった時……？」

ミリア様はクレア様が四歳の誕生日を迎えたその日に亡くなっている。ドル様と共に馬車の事故に遭ったのだ。ドル様は一命を取り留めたが、ミリア様は助からなかった。

「ミリア様の事故は、別の有力貴族によって仕組まれたことでした。謀殺だったのです」

「そんな……！」

「ドル様はその日からお変わりになりました。こんなままでいいはずがない、と考えになるようになったのです」

権力闘争に明け暮れる貴族というものを、ドル様は見限ったのだ。

「ドル様は悪徳貴族を演じる一方で、革命勢力を支援することさえしていました。覚えていらっしゃいますか？　私がクレア様のメイドになった日のこと」

「……ええ。確かあの時、あなたが何事かを口にして、その瞬間からお父様の様子が変わりましたわね」

「あの時、私はこう言いました。『アーヴァイン＝マニュエル、三月三日、五十万ゴールド』あれは、ドル様が密《ひそ》かに行っていた、レジスタンスたちへの金銭支援の内訳だったんです」

レジスタンスの金庫番であるアーラの弟アーヴァインへの融資は、ドル様の他に誰も知らないはずのもの。ドル様からすれば、私の発言は思いもかけないことだったろう。私はドル様が抱える秘密を盾に、クレア様のメイドとなることをドル様に了承させた。

「人払いされた後、私はドル様にこう言いました。ドル様のお志《こころざし》は立派ですが、クレア様を巻き添えになさるのですか、と」

「どうしてそんな……」

「ドル様はこの国の未来のために、ご自分はおろかクレア様をも犠牲にするおつもりでした。クレア様のことは心から愛していらっしゃいますが、未来のためには致し方ない、そう諦めておいでだったのです」

　そこに、私が入れ知恵した。

「私はドル様に別の選択肢を提示しました。貴族たちが打倒されても、クレア様が生き延びる道を。ドル様は娘が生き延びる道があるのなら、と私の案を採用して下さいました」

私がドル様に提示したのは、クレア様が旧時代の貴族と袂《たもと》を分かち、断罪する側に回るというシナリオだった。私はそれをクレア様に説明した。

「私がこれまで行ってきた色々な活動は、全てそのためです。クレア様の名声を高め、貴族から距離を取らせ、新時代に生きて頂けるように」

「なら……なら、あなたは！　初めからこうなることが分かっていて！」

クレア様の顔が悲痛に歪んだ。私は心が強く痛むのを感じたが、続ける。

「はい。革命が起きることも、その結果ドル様を始めとする貴族たちが滅びることも、それがどうあっても避けられないことも知っていました」

「そんな……私は……あなたを信じて……！」

「申し訳ありません、クレア様。ご処分はいかようにも」

そう言った瞬間、クレア様は憤怒《ふんぬ》の表情を浮かべて私に腕を振りかぶった。私は目を閉じて、甘んじてそれを受け入れようとした。

しかし、いつまで経っても、頬に痛みは走らなかった。目を開けると、クレア様は目を閉じる前と同じ体勢のまま、静かに涙を流していた。

「お父様もあなたも……勝手すぎますわよ……」

クレア様は敏い人だった。ドル様や私の行いは許せない。でも、その行いの動機が、全て自分のためであることに気づいていた。だからこそ、理不尽を感じていても、私たちを責めない。いや、責めたくても責められないのだ。

「クレア様にはこれから革命政府に合流して頂きます。アーラに話は通してあります」

「……」

「間もなく、王室が革命政府に錦の御旗を与えるはずです。そうなれば、逆賊となるのは貴族たち。クレア様には彼らの断罪をして頂きます」

「……」

「クレア様？」

私が言葉をかけると、クレア様は返事をせず静かに立ち上がり、窓の方へと歩み寄った。窓の外では、相変わらず戦闘が続いている。

「ねえ、レイ。わたくしが平民になったら、どんな暮らしをすると思いまして？」

そして、唐突にそんなことを聞いてきた。私は少し面食らったが、とりあえず考えてみる。

「そうですね……。最初は戸惑うことが多いと思いますよ。バカンスの時の私の家みたいに」

「そうでしょうね」

クレア様がこちらに背を向けたまま頷くのが見えた。私は続ける。

「でも、すぐに慣れますよ。私が常につきっきりでお世話しますし」

「そう……。あなたも一緒に暮らすのですわね」

「もちろんですよ。クレア様のためなら張り切って働きもします」

「そうですわね。そういうことも必要になるのでしょうね」

そこでクレア様はふと沈黙した。私は不安になって、とにかく言葉を紡ぎ続ける。

「犬も飼いましょう」

「猫が良いですわ」

私の詮ない提案に、クレア様が応じる。

「庭とか欲しいですか？」

「花壇も欲しいですわね」

「子どもは何人作りましょうか」

「作れませんでしょ」

「じゃあ、養子とか」

「可愛《かわい》い女の子が二人欲しいですわ」

そんなやり取りを続けているうちに、私は手応えを感じた。クレア様も「そうですわね」と一度言葉を切ってから、

「あなたはきっと、私を不幸にはしないのでしょうね」

そう言ってくれた。その口調は、まるで夢見るようで。

……夢？

「――すわ」

「え？」

私は続けて発せられたクレア様の言葉を聞き逃した。

「クレア様？」

「お断りしますわ、と言いましたの」

そう言って振り返ったクレア様の表情はさっぱりとしていて、何かつきものが落ちたような顔をしていた。頬はまだ涙に濡れていたが、瞳には強い光が戻っている。

「何を仰ってるんですか、クレア様。もう他に選択肢はないのです」

「いいえ、ありますわ。貴族の一員として、旧時代と滅びるという選択肢が」

先ほどとは違い、今度は私の方が困惑する番だった。クレア様が何を言っているのか分からない。

「そんな……。無意味です！　だって、そんなことをしても誰も喜ばない！」

「ええ、そうでしょうね」

「ドル様も……そして私も、クレア様に生きて頂くためにずっと――」

「ええ、その思いやりには感謝していますわ」

クレア様の顔には微笑《ほほえ》みすら浮かんでいた。私は背筋が薄ら寒くなっていくのを止められなかった。

「待って……待って下さい。ドル様や私が黙って事を進めたことを怒っていらっしゃるのですか？　それについては謝ります。でも、素直に話したらクレア様は――」

「そんなことは受け入れられない、と拒否したでしょうね」

まずい、まずい、まずい。私はなにかとてつもない間違いを犯していたらしい。この展開は予想していなかった。

「お父様もレイも、真にわたくしのことを案じて下さったのでしょうね。それは分かります。怒ってなどいませんわ」

「だったら、どうして！」

「だって――」

クレア様は一度言葉を切ると、私をひたと見据えて言った。

「わたくしは、貴族ですもの」

私は言葉を失った。

「貴族とは、有事の際に責務を果たすために贅沢を許された存在ですわ。今までわたくしがワガママの数々を許されていたのは、まさにこの日、この時に責務を果たすため」

「だから、そんなのもういいんですって！」

「いいえ。わたくしの最後の責務――それは、旧時代の貴族として平民たちの選択を受け入れることですわ」

私は見くびっていた。いや、知っていたはずなのに分かっていなかった。クレア様がどういう人であるか。クレア様にとって、貴族であるとはどういうことなのかを。

「クレア様……考え直しましょうよ……一緒に新時代を生きていきましょう……？」

「ごめんなさい、レイ。こればかりはいくらあなたの願いでも叶《かな》えてあげられませんわ」

「後生《ごしょう》です……私と約束したじゃないですか……最後まで諦めないって」

学力試験と学院騎士団試験の時の話だ。クレア様は神に誓ってくれたはずなのだ。それなのに。

「そういえばそんなこともありましたわね。なんだか懐かしいですわ」

やめてよ。そんな過去形で言わないで。

「イヤ……イヤです……。クレア様……行っちゃやだ……！」

「ごめんなさい、レイ」

駄々をこねる私に、クレア様はそっと近づくと――。

唇を落とした。

「約束を違《たが》えたお詫びに、ファーストキスくらいは差し上げますわ」

ああ……、私は悟ってしまった。クレア様は行ってしまうのだ。

「さようなら、レイ。どうか息災で」

そのまま、クレア様は部屋を出て行った。私は後を追いかけたかったが出来なかった。クレア様を引き留める言葉が、何一つ思い浮かばなかったからだ。

「クレア……様……」

この結末を避けるためだけに奔走してきた。ずっとずっと、クレア様の命を救う、それだけのために。でも、全てが無駄だった。

かつてドル様に全ての計画を持ちかけた時、彼に言われた言葉を思い出す。

『キミのプランは非常によく出来ている。だが……娘が受け入れるだろうかね？』

言葉にならない思いが頬を伝う。

ファーストキスは、味なんて何も分からなかった。

◆◇◆◇◆

私が意気消沈していたのは、クレア様が私の元を去ったその日だけのことだった。クレア様が自ら去っていったことはショックだったが、それだけで絶望するほど私は諦めがよくはない。私はクレア様を取り戻すべく、行動を開始した。

「……そうか、クレアは自ら滅ぶことを選んだか」

そう口にするのはセイン様だった。

私がまずやってきたのは王宮である。革命政府は自らの政権の正当性を示すために、まず王室を復活させた。セイン様はロセイユ前国王の世継ぎとして革命政府に承認され、逆に王室は革命政府に錦の御旗を与えた。これにはセイン様自身よりも、王宮全体の思惑が強く働いたとみられている。

元々、貴族たちの専横を苦々しく思っていた王室だが、それでも政治基盤である貴族の打倒を目指す革命勢力に正当性を与えるというのは、本来であればありえない。王室が焦っていたのは、王国と帝国の国境付近に帝国軍が進軍してきているという情報を得たからだ。革命といういわば内紛状態につけこまれれば、元々拮抗《きっこう》していた帝国とのバランスが崩れかねない。王室が革命政府に錦の御旗を与えたのは、内紛を早々に収束させて帝国軍につけいる隙を与えまいという狙いがあったと思われる。

まあそんなわけで、セイン様は今、革命政府というやや不安定な土台の上にではあるが、次代の王として正式な即位を待つ身だった。

「クレア様は他の悪徳貴族とは違います。ここで処刑されるべき存在ではありません」

私はセイン様にお目通りを願い、クレア様の助命嘆願を願い出た。本来であれば一平民が謁見を許されるはずもないが、セイン様が特別にはからってくれた結果、こうして直《じか》に話をすることが出来ている。

「……お前の言うことは正しい。だが、難しいと言わざるをえない」

セイン様は苦渋に満ちた顔で、私の嘆願にそう答えた。

「……クレア個人がどうであろうと、彼女が貴族政治の象徴たるドル＝フランソワの息女であることには変わりはない。オレが許しても、革命政府が許さんだろう」

「そんな……」

「……平時であれば王の言葉は鶴の一声ともなろうが、今、王室はかろうじてその体裁を保っていられるほどの力しかない。今、この国を実質的に支配しているのは革命政府だ」

恐らく、王の統治権は失われるだろう、とセイン様は言った。

「でも、その革命勢力の裏には、ナー帝国がいます。そのことをセイン様はご存じですか？」

「……その認識は、少し違う」

私の言葉を、セイン様はやんわりと否定した。

「……確かに革命勢力はナー帝国の影響下にはある。だが、それはサーラスの一派だけだ。革命の旗印たるアーラやアーヴァインたちは、むしろ帝国の色を強く拒否している」

「でも！」

「……まあ、聞け。今、革命政府が民たちに配給を行っていることは知っているか？」

「はい」

「……あれが可能なのは、革命政府内の帝国勢力が物資を供給しているからだ。無理に帝国勢力を除こうとして、民が飢えてしまったのでは本末転倒だろう」

民たちの生活には何ものにも代えがたい、ということか。セイン様にとっては、国が誰のものになるかということよりも、民が飢えないことの方が重要なのだろう。

「……アーラたちもサーラスを野放しにしているわけではない。一時的に利用してるだけだ」

時が来れば、革命勢力から帝国の一派は排除されるだろう、とセイン様は言う。

「……何より、今の俺には出来ることがほとんどない。俺は次期王となりはしたが、お飾りの傀儡《くぐつ》だ。クレアのことは何とかしてやりたいが……」

「……そうですか」

セイン様も時代と戦っているのだろう。その顔には自らの無力を嘆きつつもあがく、時代の過渡期にある王族の表情があった。戦っているのは、私だけではない。

「……力になれずにすまんな」

「いえ、無理を申し上げました。失礼します」

それ以上食い下がることも出来ず、私は王宮を辞した。一つ、あてが外れた。

「でも、まだまだ」

私が次に訪れたのは精霊教会の修道院だった。

「やあ、レイ。よく来てくれたね」

「久しぶり、レイ」

私が訪ねたのはユー様とミシャの元だった。ユー様は相変わらず王室によってここに軟禁されている。異性病による乱心の療養というのが表向きの理由だが、実際は王室の現最大勢力であるセイン様派が押さえ込んでいる形だ。セイン様自身は望んではいないだろうが、そう単純にはいかないのが政治のややこしいところである。

久しぶりに会ったユー様は自らの不遇を気にする様子はなく、顔色もよくて元気そうだった。ミシャはと言えば、元々修道女だったんじゃなかろうかと思うほど修道服が似合っていて、ユー様のそばにいるのがとても自然に見えた。

「キミがここに来た理由は大体予想がついている。クレアのことだね？」

「はい」

ユー様の問いに、私は頷いた。

「なんとかしてあげたいけど、セイン兄さんと同じく、私にもあまり出来ることはないんだよ」

ユー様はそう言って、申し訳なさそうに眉を寄せた。

「王室が勢力を減じて、相対的には教会の力は増していると言っていい。今は戦時だし、教会に身を寄せる平民も多い。教会の声は革命勢力も無視出来ないだろうね」

「なら――！」

「でも」

とユー様は私の言葉を遮った。

「でも今、教会の実権を握っているのはリリィ枢機卿《すうききょう》――もっと言えば、その裏にいるサーラスと帝国なんだ」

私には出来ることがあまりない、とユー様は不本意そうに言った。

「サーラスと帝国はしたたかだ。この状況になるまでの勝ち筋をずっと狙っていたんだろうね。革命勢力だけでなく、教会にもその手を伸ばしていた」

「セイン様は楽観視していらっしゃるようだけど、このままだと革命政府が帝国に乗っ取られる恐れがあるわ」

ユー様もミシャも、現状に危機感を覚えてはいるらしい。

「ユー様からセイン様に進言することは出来ないんですか？」

「何度もしたよ。でも、どうやら私の声はセイン兄さんのところまで届いていないようなんだ。兄さんの現状認識が少し甘いのも、周りの者が正確な情報を与えていないからだ」

そうでなければ、あの聡明な兄さんが黙っているはずがない、とユー様は言う。

「私の方でもクレアの助命嘆願は呼びかけ続けてみるけど、正直、効果は薄いと思って欲しい。ドルとクレアは貴族政治の象徴的存在だ。革命勢力からすれば真っ先にやり玉に挙げたい相手だろうし、帝国にとっても貴族勢力を叩く際の筆頭だからね」

「ごめんなさいね、レイ」

二人の言葉に、私は暗澹《あんたん》たる気分になった。それでも、二人は行動してくれている。今はそれだけで十分とするしかない。

「そうですか。分かりました。よろしくお願いします」

私は修道院を後にした。


その後も様々なあてを頼ってクレア様を救うことが出来ないかと画策したが、そのどれもが空振りに終わった。サーラスたち帝国勢力はこの国に深く根を張っていて、どこに呼びかけても答えは「難しい」の一言だった。私一人では、なんと無力なことか。最初は強く思っていた「クレア様を救ってみせる」という気概も、徐々に摩耗していく。

諦めたくはない。だが、現状がそれを許さない。私は血を吐くような思いで王都中を駆けずり回った。

「……貴族と民の折衝をしていた時のクレア様も、こんな感じだったのかな」

日に日にやつれていくクレア様を見ながら、それでも私はどこか他人事《ひとごと》のようにそれを見ていた気がする。どうせ最後には解決するのだから、と。クレア様の安全は、ドル様と私が確保しているのだから、とそんな風に。

「クレア様……」

会えなくなってまだほんの数日しか経っていないのに、もう何ヶ月も会えない日が続いているような錯覚を覚える。今まで当たり前のように隣にいた人がいない。それを思うと胸が張り裂けそうだった。

「……会いたいです、クレア様」

そうして失意の日々を送っていたある日、私はとうとうクレア様が今どこにいるかについての情報を入手した。

私は、最後の手段に出ることにした。

◆◇◆◇◆

旧貴族院議会第二庁舎——それがクレア様の身柄が捕らえられている場所だった。歴史のある古い建物で、王国の国宝にも指定されている建築物でもある。正面の門はゴシック調めいた装飾が施された大きなもので、その前には衛兵が四人立っていた。
「……！　そこのお前、止まれ」

その門に向かって無造作に近づいていく私に、衛兵の一人が気づいて声をかけてきた。私は制止を無視して門を目指す。

「レイ＝テイラーだな？　この建物に近づくことは許されていない。帰れ」

衛兵たちは門の前で陣形を組んでこちらを威嚇している。身につけている鎧《よろい》は、一昔前の遺物ではなく魔道具なのだろう。帯びている剣も恐らく魔道具に違いない。魔道具で完全武装した衛兵……少し厄介だな、と私は思った。

「私はただ、クレア様にお目にかかりたいだけです。通して頂けませんか？」

「ダメだ。お前だけは決して通すなと、上から言われている」

「……そうですか」

ならば仕方ない。

「じゃあ、押し通ります」

私は土属性魔法で衛兵四人の足下に落とし穴を作った。重装備の衛兵たちの姿が地面に消える。

「そう簡単には行かないぞ！」

だが、衛兵たちはすぐさま穴から這《は》い出してきた。のみならず、そのまま空中に浮かんだ。風属性魔法の使い手か。魔道具のフルプレートともなれば重さも相当なものだろう。機動力を保つために、武装した衛兵に風属性魔法の使い手が選ばれることは多いと聞く。知り合いの中では、セイン様の戦闘スタイルが一番近い。

「無駄な抵抗はやめろ！」

「……無駄な抵抗？　いいえ、これは一方的な蹂躙《じゅうりん》です」

私は魔法杖《じょう》を向けて、水属性魔法を放った。

「ジュデッカ」

四人の衛兵が瞬時に凍結した。

「アースパイク」

そこに地面から土槍《どそう》がつき上がる。以前、マナリア様と戦った時に使った連続魔法コキュートスである。規格外なマナリア様だからこそ簡単に対処出来たのであって、初見でこれに対応出来る者はまずいない。

ゲームのヒロインであることの強みを最大限に使った攻撃に、四人の衛兵が倒れ伏した。魔道具の防具がなければ、それこそ命に関わる威力の魔法だ。もちろん、手加減はしているので殺してはいないが、それでも、しばらくは身動き一つ取れないはずだ。

「なんだ!? 何事だ!?」

「敵襲! 敵襲ー!」

外の騒ぎに勘づいたのか、建物の中から次々と衛兵が出てくる。その全てが魔道具とおぼしきフルプレートを身にまとっている。

面倒だな。

「アースファング」

地面からいくつも巨大なトラバサミのようなものが現れ、衛兵たちをその顎にくわえ込んだ。その場に縫い止められる衛兵たち。

「ぐぬぬ……!」

「そこで大人しくしていて下さい」

私はそのまま衛兵たちをやりすごし、庁舎の中に入ろうとした。

しかし――。

「おいおい、しっかりしてくれよなー」

聞き覚えのある明るい声と共に、アースファングが元の土塊に戻っていく。

「来ると思ってたぜ」

「リリィ様……」

まるで散歩に行くかのような気軽さで、建物の中から現れたのはリリィ様だった。

「クレアを捕らえたのに、お前が来ないわけないよなー。こっちもそのつもりで俺が配置されてるってわけだ」

「クレア様を返して下さい」

「おかしなことを言うな、お前？　クレアは自分の足でこちらにやってきたんだぜ？　手出しをしないっていう約束までしてやったのに。返しては違うんじゃないかなー？」

けたけたとリリィ様が笑う。愛らしい本来のリリィ様とは違い、その顔はただただ憎たらしいだけだった。

「御託はいいです。どいて頂けないなら、押し通るまで」

「やってみなよ。さあ、衛兵ども、給料の分は働いてもらうぜ」

リリィ様のその言葉と同時に、衛兵たちがこちらに殺到する。その数、十二人。

「ジュデッカ！」

衛兵たちが凍結して動きを止めた。私はすかさずアースパイクで追撃しようとするが――。

「甘ぇよ」

コキュートスが完成する前に、凍結はリリィ様によって瞬時に解除された。動きを取り戻した衛兵たちが素早くアースパイクを避《よ》ける。衛兵たちの練度は決して低くない。近衛兵ほどではないにせよ、この人数であれば大抵の相手を圧倒できる技量があった。

加えて今はリリィ様のサポートがある。リリィ様は攻撃魔法こそ使ってこないものの、こちらの魔法を瞬時に解除してくる。まるでマナリア様と戦っているかのようだ。

「そこだ！」

「……く……っ！」

振り下ろされた剣をとっさに魔法杖で受け止める。以前にも話したとおり、私の白兵戦の技量は決して高くない。勝負するなら、飽くまで魔法でだ。

「ジュデッカ！」

凍結の魔法で再び衛兵たちの動きが止まる。私はその隙に距離を取るが、凍結はリリィ様によって即座に解除されてしまう。このままではジリ貧だ。

「レレア！」

私はポーチからレレアを出すと、その身体に向かって魔法を唱えた。

「ジュデッカ！」

私の魔法を受けて、レレアは凍結――しない。代わりにその大きさが五倍ほどに増えた。ウォータースライムは水魔法を吸収する特性があるのだ。

「な、なんだ!?」

「魔物だ！」

「ウォータースライムか！」

衛兵たちが一瞬動揺する。そこに――。

「グォ――！」

レレアのヘイトクライが炸裂《さくれつ》する。衛兵たちが身動き出来なくなるのが見て取れた。

「レレア、リリィ様を飲んで！」

私の指示でリリィ様に襲いかかるレレア。

しかし――。

「だから甘ぇって」

リリィ様は余裕綽々《よゆうしゃくしゃく》でレレアの体を避けた。元々、ウォータースライムはそれほど動きが機敏ではない。サーラスの最高傑作として作られたリリィ様の動きについていけるはずもなかった。

でも、チャンスはここだけだ。衛兵たちがレレアのヘイトクライから回復してしまえば、もうこちらに勝ち目はない。ここはなんとしてもリリィ様を倒すしかないのだ。

「アブソリュートゼロ！」

マナリア様と戦った時にはまだ使えなかった、水の超適性最大の攻撃魔法である。対象を瞬時に凍結させ、そのまま破砕する凶悪な魔法だ。私はそれを、リリィ様の魔法杖に向かって放った。魔法杖さえなければ、いくらリリィ様とて魔法は使えない。

しかし――。

「だから甘ぇって」

私のアブソリュートゼロは空を切った。リリィ様はすさまじい速度で距離を詰めると、魔法杖を持つ私の腕を取り地面に組み敷いた。

「そう何度も魔法を使わせるかっての」

身動きの取れない私の上で、リリィ様がそう嘲笑《あざわら》った。動きの止まったリリィ様に、レレアがのしかかろうとするが、

「お前は大人しくしてろ」

私を組み敷いたままリリィ様が器用に杖《つえ》を操ると、レレアの体が元のサイズまで小さくなる。

「さて、このまま殺してもいいわけだが」

「くっ……！」

絶体絶命だった。私にはリリィ様を振りほどく技術などない。そんなことは、恐らくクレア様でも無理だ。

（こんなことで……こんなことで終わってしまうの……？）

私は無力感にさいなまれながら唇を噛《か》んだ。

「ぐ……、お前……！」

突然、リリィ様の戒めが解けた。リリィ様は頭を押さえて苦悶《くもん》しているようだった。理由は分からなかったが、私は素早く魔法杖を拾い上げると、リリィ様の体を氷弾で跳ね飛ばした。私はレレアを回収すると、そのまま建物の中に躍り込もうとした。

そこに——。

「!?」

一筋の閃光《せんこう》が走った。それは私の行く手を阻むように、私と建物の間の地面を真一文字に焼き切った。

これは――。

「クレア……様……?」

見上げれば、建物二階の窓が割れ、そこに毅然とした顔で立つクレア様の姿があった。その顔は険しく、私を責めているように見えた。地面を抉《えぐ》ったのはクレア様のマジッククレイだ。

これは……これは――。

(拒絶、だ)

私がいくら救おうとしても、クレア様自身がそれを望んでいない。私のあがきは、全て余計なお節介にしかならないのだ。

「――!」

私が愕然《がくぜん》としていると、第二射が放たれた。それはまるで、私を遠ざけようとしているかのようだった。

「クレア様……そんなに……そんなに私が……?」

私の問いに答えることもなく、クレア様は窓から姿を消した。クレア様からの明確な拒絶に、私は力なく膝を折った。

私はその後、しばらくの記憶がない。

◆◇◆◇◆

クレア様に拒絶されたことで、私は生きる屍《しかばね》となっていた。どうやってその日まで生きていたのか分からないが、気がつくと私は知らない部屋にいた。

「どうやら正気を取り戻したようだね」

厳しい顔でそう言ったのは、マナリア様だった。

「マナリア様……？　どうしてここに？」

「バウアーで革命が起きたと聞いて飛んできたのさ。クレアはどうしたの？」

「……クレア様は――」

私はおずおずと事の顛末《てんまつ》を説明した。

クレア様を貴族勢力の中から切り離そうとしたこと。

それは概《おおむ》ね成功したこと。

でも、クレア様自身がそれを良しとしなかったこと。

私の説得も虚《むな》しく、クレア様は自ら貴族として滅びる道を選んだこと。

「そうか。それでそんな腑《ふ》抜《ぬ》けた顔をしていたんだね」

「……申し訳ありません」

マナリア様の挑発にも何も感じない。全てがどうでも良かった。手応えのなさに拍子抜けしたような顔をして、マナリア様が続ける。

「諦めるのかい？　クレアに諦めるなと言っておきながら、自分はさっさと絶望してしまうのかい？」

「だって……もうどうしようもないじゃないですか」

クレア様自身に生き残る気がないのだ。それが意地だとかプライドだとかそんなものならまだいい。クレア様のそれは、生き方だ。他人にどうこう出来るものとは思えない。

「やれやれ……。こんなことならキミにクレアを任せるんじゃなかった。ボクならもっと上手くやれたのに」

「そうなんでしょうね、きっと」

これも分かりきった挑発。私にはもうどうでもいい。そんな私を見て、マナリア様は一つ大きく溜《た》め息をついた。

「……前にも聞いたけど、もう一度問おうか。キミの想《おも》いはそんなものかい？」

今度は挑発的な口調ではなかった。むしろ、こちらを労《いたわ》ってくれるような声色さえあった。私は少し戸惑ったが、それも少しのこと。

「どれだけ想っても、届かない想いだってあるんですよ、きっと」

ふて腐れたように、私はそう言った。

「そっか、それじゃあクレアのことを忘れられるんだね？　それなら――」

マナリア様は私を抱き寄せると、顔を寄せてきた。ボーイッシュだが文句のつけようのない美人の顔が、ゆっくりと近づいてくる。口づけされようとしているという事実を、私はぼんやりと認識していた。

（……そういえば、クレア様ともしたんだっけ）

何の感慨もない、悪夢のようなキスだった。あんな——あんなキスが——。

（クレア様との最後の思い出……？）

そう思った瞬間、気がつけば、私はマナリア様を突き飛ばしていた。

「……そう来なくちゃ」

マナリア様はチェシャ猫のように笑った。

「すみません、マナリア様」

「いいさ。ボクは意外と尽くす方なんだよ」

おどけているのは、きっと私を慮《おもんばか》ってのことだろう。

「これがもし他の人のことならさっさと諦めろとでも言ったかもしれない。でもボクは、クレアとキミなら言葉を尽くせば分かり合えるって信じてる」

「どうして、そんな……」

「このボクが負けた二人だからさ」

マナリア様は茶目っ気たっぷりにそう言って微笑んだ。

「ボクが認めたキミたちに、乗り越えられない壁など存在しない。それは今のこの難局だって変わりはしないよ」

「でも、実際にクレア様と私は……」

「キミはクレアに想いを伝えたかい？　その心の内を全て伝えきったかい？」

「伝えた……はずです」

「本当に？　キミはクレアのためを思ってこうしたとは言っただろうけど、キミ自身の言葉で彼女を求めたかい？」

　どうだろうか。あの時は夢中だったから、よく覚えていない。

「キミも分かっているとおり、もうクレアは理屈では止まらない。彼女を止められるとしたら、それはキミのワガママに他ならない」

「私の……ワガママ？」

　よく分からない。そんなことでクレア様の心を動かせるのだろうか。

「レイ、キミは大した人物だ。ボクだってここまで用意周到に、クレアを救う手立てを思いついて実行出来たとはそうそう思わない。でもね——」

　よく聞いて、とマナリア様が言った。

「キミは一度くらい、クレアに感情をぶつけるべきだ」

　全てを諦めるのはそれからでも遅くない、とマナリア様は言った。

「終始ふざけて見せてはいるけれど、キミは理性的な人だ。クレアが感情的になりやすいこともあって、これまで努めて冷静に振る舞ってきたんだろう。でもね、一度くらいなりふり構わず、取り繕わず、生の感情をあらわにしてみたらどうだい？」

「感情を……あらわに……」

　それでクレア様が戻ってくるのだろうか。分からない。でも、万に一つでも可能性が残されているのなら。

「さて、キミはどうする？　クレアを救い出しに行くなら、協力するよ？」

「私は……」

「キミは？」

麻痺《まひ》していた心が動き出す。

「私は……クレア様を助けたい」

可能性が残されているのなら、私はそれに賭けてみたい。私の答えに、マナリア様は満足したように笑った。

「その言葉を待っていた。それでこそ、ボクのレイだ」

マナリア様が私の頭を撫《な》でた。

「マナリア様の、じゃありません。私の全てはクレア様のものです」

「ふふ、それだけ憎まれ口を叩ければ、もう大丈夫だね」

最後にぎゅっとハグしてくれてから、マナリア様は言った。

「じゃあ、さっそく始めよう。お姫様を取り戻す算段をね」

チェシャ猫の笑みでそう言うマナリア様に、私はやっぱりこの人には敵《かな》わないな、と思った。


クレア様はドル様と一緒に公開裁判にかけられる、と新聞が報じた。裁判とは名ばかりの公開処刑である。クレア様の身柄は厳重に警備されていて、その日の他にチャンスはなかった。

公開裁判は議事堂前の広場に柵を巡らせた簡易裁判所で行われるようだった。私はそれを取り囲む群衆の最前列にいた。

「出てきたぞ！」

群衆の誰かがそう言った。見ると、柵の向こうから縄で繋がれた貴族が二人連れてこられるところだった。

「……クレア様」

貴族はクレア様とドル様だった。二人は礼服を身にまとっていた。ボロを着ていないのは、二人が貴族であるということを群衆に見せつけるためだと思われる。クレア様もドル様も毅然としていた。その態度が、また群衆の反感を煽《あお》っているように私には思えた。

「国王陛下、ご来場！」

その言葉と共に場に現れたのは、先日正式に即位したセイン様だった。王室は一応その権威を回復した。ただし、バウアー王国の統治権は失っている。国王は君臨すれども統治せず、という地球のどこかの国と似た政治形態である。

「これより、人民裁判を始める！」

セイン様は仏頂面をしている。彼の場合いつものことだから、その表情からは何も読み取れない。

高らかにそう宣言したのはサーラスだった。柵の内側には、他にアーラとアーヴァインの姿も見受けられた。サーラスは群衆を見回すと、さらに続けた。

「ここにいるドル＝フランソワならびにクレア＝フランソワは、貴族という身分を振りかざし人民を搾取してきた！」

自分のことを棚に上げてよく言う、と私は思った。

「のみならず、王室をないがしろにし、この国を私利私欲で動かそうとした！　これは許しがたい犯罪行為である！」

サーラスの扇動に群衆は簡単に乗せられた。ドル様はともかく、ついこの間まで救国の英雄とまで持ち上げていたクレア様すらも処断しようとする民衆の尻の軽さに、私は憤りを隠せなかった。

裁判は続く。サーラスはドル様とクレア様にかけられた容疑を読み上げ、その全てを有罪と断じた。そして、何か反論はあるか、とドル様に問うた。

「何もない。この身は王国に捧げたもの。王国が滅びるとあらば、我が身もまた王国と共に消える定めなのだろう」

ドル様はそれだけ言って、目を閉じた。

「罪人は罪を認めた！　よって、これより処刑を行う！」

サーラスの合図で、兵士たちが入ってきた。その手に剣を携えて。ドル様とクレア様が膝をつかされ、群衆に向けて首を差し出した。傍らに立つ兵士が剣を振り上げる。

その時――。

「その裁判、異議あり！」

抗《あらが》えない流れにそれでも抗う声が、裁判所に響き渡った。

◆◇◆◇◆

「なんだアイツは？」

「オレ、知ってる。王立学院の生徒だ。確か、レイ＝テイラーとかいう」

「今さら何を言おうっていうの……？」

群衆のどよめきを一身に受けて私は――みっともなく柵を乗り越えた。かっこ悪いが、なりふり構っている場合ではない。

「待って下さい」

「衛兵、つまみ出しなさい」

強引に処刑を続行しようとするサーラスを、一人の男性が止めた。

「その者は革命政府の有力出資者です。無体は許しませんよ」

「しかしですね、ランバート……」

そう。その男性はランバート＝オルソー様だった。平民運動の際に国外追放された、レーネの兄である。

「今こそは新時代への転換期。後腐れはなくしておいた方がいいでしょう？」

ランバート様はそう言うと、私に向き直った。

「機会は作った。後はキミ次第だよ」

「ありがとうございます」

ランバート様に礼を言うと、私は群衆に向かって呼びかけた。

「この裁判には異議があります。人民を不当に搾取し、国難を呼び込んだ真の罪人は別にいるのです！」

私は声を張り上げた。

「何を馬鹿なことを。フランソワ公爵家以外の誰が、その罪を負うと言うのです？」

「それを今から明らかにします。……レーネ！」

「はい」

レーネが姿を現すと、群衆の中から声が上がった。クレア様も驚きに目を見開いている。

「あれは、フラーテル商会の若女将《おかみ》じゃないか」

「するとあっちは、夫のランバート様か」

レーネとランバート様はクレームブリュレという爆発的ヒット商品を生み出し、その後も独創的なメニューを次々と発表して一躍業界の寵児《ちょうじ》となった。フラーテルはこの国の古い言葉で兄弟を意味する。そのまま転じて仲間とかそういう意味合いを持っているが、彼らにとってその意味するところは明らかだ。

私がレーネとランバート様と再会したのはつい数日前のこと。二人は革命政府の大口出資者となっていて、この公開裁判にも出席していたのだった。

「ドル＝フランソワ様は国賊ではありません。彼こそは真の愛国者です」

そう言うと、レーネはドル様がこれまで行ってきた政治活動と革命政府への支援の内容を朗々と語った。その中には、クレア様が行った貴族の取り締まりや、レジスタンスへの資金提供などが事細かく説明されていた。レーネには私がこれまでドル様と行ってきた活動を全て話してあった。

「例えば、クレア様とレイ＝テイラー、そしてリリィ枢機卿が行った不正貴族の取り締まりですが、この裏にはドル様のバックアップと指示がありました」

私たちが摘発した貴族の中には一定の武力を持つ家が含まれていた。革命が起きた際の障害になりそうな家を潰していったのだ。単なる世直しというだけではなかったのである。革命が起きた時に、平民に出来る限り血が流れないようにするために、ドル様は数々の手を打ってきた。ドル様はチェスの名手のように先の先を読んで行動していたのである。

「資金提供に至っては、ＸＸという名前でレジスタンス結成の最初期から始まっています」

　それ以外にもたくさんのことを、レーネは余すところなく説明した。

「ドル様こそは、この国の行く末を真に憂《うれ》う愛国者です」

「何を馬鹿なことを！　だからといって、彼らが臨時政府を騙《かた》り、王権をないがしろにしたことに変わりはないではありませんか！」

「キミがそれを言うのかい、サーラス？」

　声を荒らげるサーラスを、涼しげなテノール――いや、アルトというべきか――が遮った。

「ユー様だ！」

「ご乱心なさったのではなかったのか！」

「でも、凄《すご》く綺麗《きれい》だわ」

　修道服に身を包んだユー様が、供の修道士たちを連れ立って議場に現れた。ふわふわの金髪は少しだけ伸びて、女性らしさを増している。元々フェミニンな印象を併せ持っていた彼女だが、今は完全に女性にしか見えない。

「ユー様、なぜあなたがここに……」

「それはこちらのセリフだ、サーラス。真の罪人よ」

　ユー様の爆弾発言に、群衆が揺れた。

「罪人？　サーラス様が？」

「やっぱりユー様はご乱心なさったんだ」

「でも、そんな風には全然見えないけど――」

群衆はすっかり戸惑っている。そんな中、ユー様の声だけが不思議と間隙《かんげき》を縫って響いた。もちろん、我が親友ミシャの仕業である。

「彼――サーラス＝リリウムこそが真の国賊。彼はナー帝国と通じ、この国を我が物にせんとしている！」

ユー様の糾弾が、サーラスを鋭く貫いた。群衆にどよめきが走る。

しかし、そこは海千山千の政治屋であるサーラスのこと。すぐに落ち着きを取り戻して、こう言った。

「何を仰っているのですか、ユー様。やはりあなたはご乱心なさっているようだ。どうか心安らかに修道院で過ごされませ」

「既に調べはついているんだよ。……レイ」

「はい」

ユー様の声に答え、私は懐《ふところ》からカード状のものを取り出した。

「ここにはサーラスが帝国と交わした密約の全てが記録されています！　みなさん！　サーラスに騙《だま》されてはいけません！」

私は音声を最大にして魔道具を再生した。それがミシャの風属性魔法で増幅され、辺り一帯に響き渡った。

「どういうことだ!?」

「革命政府は私たちの味方じゃなかったの!?」

「わけが分からないぞ！」

群衆は蜂の巣をつついたような大騒ぎとなった。サーラスが必死に弁解を口にしているが、喧噪《けんそう》にかき消されて民たちには届かない。

「……こうなったら仕方ありませんね」

サーラスは懐から笛のようなものを取り出すと、それを強く吹いた。喧噪にも負けない鋭い音が響き渡ると、それに呼応するかのように現れる人影の群れがあった。

「！　サーラスの私兵軍！」

旧国軍に比べれば数こそ少ないものの、没落貴族たちからかき集めたその兵力は無視できない規模だった。私兵軍は完全武装し、簡易裁判所を取り囲むように配置されていた。

「制圧しなさい」

サーラスが命令を下した――その直後。

「そうは問屋がおろさねーっての」

凄みのある声と共に、兵たちは爆発に遮られた。

「ロッド様だ！」

「生きておられたのか！」

軍を率いて駆けつけたのは、行方不明になっていたロッド様だった。よく見るとロッド様は片腕を失っていたが、その表情は活き活きとしている。

「ちっと遅くなっちまったな。だが、ヒーローってのは遅れて登場するもんだろ？」

そう言ってロッド様は男くさく笑った。彼はサッサル火山の麓にある村に避難を呼びかけている最中に噴火に遭い、村人たちを守って重い傷を負った。不幸なことに村には治癒魔法の使い手がおらず、時間をかけて怪我《けが》を癒やすしかなかったのだ。一時は生命が危ぶまれた彼だが、片腕を失ってなおそのまぶしい輝きは変わらない。

「おい、サーラス。無駄な抵抗はやめろ。お前の私兵軍のほとんどはオレに恭順した。貫禄《かんろく》の違いってやつだな」

「ぐぐ……。死に損ないまでもが邪魔をするのですか……」

ロッド様を憎々しげに睨《にら》むサーラス。

「まだです！　まだ私は終わりません！　リリィ！」

「あー……、結局こうなんのね」

裁判所の暗がりからぬっと姿を現したのはリリィ様だった。黒っぽい革製と思われる軽鎧《ライトアーマー》を身につけ、さらに黒いマントを羽織っている。口調からして、人格は交替したままだ。

「ドルとクレア、それに王子たちを殺せ！　奴らさえいなければ、後はどうとでもなる！」

「簡単に言ってくれるねー。まあ、やるけどよー」

うんざりした様子を見せながらも、リリィ様はナイフを抜き放った。鈍色《にびいろ》の切っ先は毒液に濡《ぬ》れている。サーラスの私兵軍とロッド様が率いる軍との衝突で、辺りは混沌《こんとん》としていた。この状態なら、リリィ様の技量ならばあるいは要人を暗殺していくことも可能なのかもしれない。

だが、私たちも無策でこの場に臨んだわけではない。

「女の子にこんな真似《まね》をさせるなんて……。恥を知れ、サーラス。魔法解除《スペルブレイカー》！」

リリィ様の前に立ちはだかったのは、もちろんマナリア様である。いくら変貌後のリリィ様が手強《てごわ》かろうと、人格交替そのものをキャンセルしてしまえばどうということはない。

　しかし――。

「……なんて難解な術式だ……！」

　マナリア様の力をもってしても、リリィ様の解呪はそう簡単には行かないようだった。

「くあぁぁ！」

　しかし、全く無効というわけでもないようで、リリィ様の動きは止まり苦悶の表情を浮かべている。

「やめろ、『お前』は出てくるな！　この体は俺のものだ！」

　そのセリフは、まるで黒仮面のリリィ様が本体のリリィ様に抗っているように聞こえた。私は本体のリリィ様に呼びかける。

「リリィ様、還《かえ》ってきて下さい！」

「レイ……さ……「ヤメロオオ！」」

　リリィ様はナイフを振りかざして私の目の前にまで迫った。私は身の危険を感じたが、リリィ様を信じてその体を抱きしめた。すると、リリィ様は大きく痙攣《けいれん》して糸の切れた人形のように崩れ落ちた。慌てて抱き起こすと、リリィ様は薄く目を開けて、

「リリィ、頑張りました……」

　と、それだけ言って、くたりと気を失った。私はリリィ様の体を優しく横たえると、その頭をひと撫でしてから立ち上がった。

「リリィ様もあなたを見限りました。これで終わりです、サーラス！」

「ぐ……。おのれ……おのれぇ……！」

悔しそうに唇を噛むサーラスだったが、これでチェックメイトだ。彼にはもう、手札がないはず。

「レイ＝テイラー！　私の目を見なさい！」

「!?」

すぐに罠《わな》だと気がついたが、その時にはもう遅かった。一瞬合わせた視線から、世界がぐにゃぐにゃと変容していく。これは……サーラスの暗示！

「ふはは、お前を第二のリリィに――」

「させるわけないだろ」

その声と同時に、視界が元に戻った。声の主はマナリア様だった。

「このボクが一度見た魔法の解呪を二度も失敗するわけがないだろう。みくびるな」

そう言うと、マナリア様は魔法杖の切っ先をサーラスに突きつけた。

「今度こそ終わりだ、サーラス＝リリウム」

「～～～！」

サーラスは血の涙を流して悔しがったが、それが最後の抵抗だった。

「……なんだ？　どういうことだ？」

「結局、誰が悪かったの？」

「俺たちは誰を処刑すりゃあいいんだ？」

群衆に動揺が広がっていく。最初は小さかったそれは、時間を追うごとに大きくなり、やがて雷鳴のようなやかましさになった。

「静まれぇぇぇ!!」

そこに、群衆の騒ぎを上回るほどの大音量が響いた。辺りが一瞬、静まりかえる。

「なるほど、サーラスは確かに悪党だったようだ。だがね？」

声の主はアーラ＝マニュエル。

「だからって、革命そのものをなしってわけにゃーいかないんだよ」

革命勢力の旗印となった女傑である。

◆◇◆◇◆

「あたしたちは何もこいつに踊らされたっていうだけで、革命なんて大それた事を起こしたわけじゃない。切実な理由があってのことだ」

アーラのよく通る声が、革命の正当性を主張する。群衆がそうだそうだと囃《はや》し立てる。

「貴族たちはあたしらを顧みなかった。実際に、餓死者が出るところだったんだ。どんな事情があるにせよ、そこにいる二人は貴族の代表者だろう？　責任ってものがあるんじゃないのかい？」

サーラスと違い、アーラには後ろめたいところがない。彼女の言に抗するには、こちらにも大義が必要だ。

しかし――。

「旧勢力は引っ込んでろー！」

「貴族を殺せー！」

「革命万歳！」

アーラの言葉に呼応した群衆は、すっかり勢いづいている。私は懸命に声を張り上げたが、彼らはこちらの言葉を聞くつもりなどさらさらなさそうだった。

「民のみなさん、聞いて下さ――」

だめだ。言いたいことはたくさんある。しかし、これでは言葉が届かない。どうしたものかと焦っていると――。

ポロン……。

喧噪の中に、静かに響く音があった。セイン様が竪琴《たてごと》を奏でていた。その音は最初、群衆の怒号にかき消されてほとんど聞こえなかったが、徐々にセイン様の近くにいる人から順々に耳に届いた。波が引くように、染み渡るように、罵声が竪琴の音色に置き換わっていく。

始めこそ興奮した群衆からうるさいなどと罵声と共に石を投げられたりもしていた。しかし、それでもセイン様は竪琴を奏でることをやめない。額から血を流したまま竪琴を奏でるその姿に圧倒されたのか、やがて辺りに響くのはセイン様の竪琴の音だけになった。セイン様は竪琴を弾き終わると、静かに言った。

「民よ。一度でいい。彼女の話を聞いてくれないか？」

深いバリトンは、既に王の風格を備えていた。群衆――そしてアーラまでもが、押し黙って聞く体勢になる。

「レイ＝テイラー、申してみよ」

「はい。ご配慮に感謝いたします、セイン陛下」

私はセイン陛下に礼をした後、再び群衆に呼びかけた。

「親愛なる民の皆さん。あなた方の願いは、なんですか？」

私はゆっくりと問いかけた。言葉を慎重に選び、声色や表情にさえ細心の注意を払って。

「あなた方は貴族を殺したかったのですか？　違うでしょう？　切望したのは自らの生活の平穏……違いますか？」

群衆は戸惑っているように見えた。しかし、まだまだ反感の色が強い。

私は続ける。

「私たち民の平穏のため、これまで誰よりも尽くしてきたドル様やクレア様を、あなた方は殺そうというんですか？」

私はそこで初めて語気を少し強めた。案の定、反論の声が上がる。

「我々民衆は――――！」

「民衆なんて言葉で片づけないで下さい！　……あなた、お名前は？」

名を問われて、叫びかけた男性が言葉に詰まった。

「今石を投げたそちらのあなたは？　その横のあなたは？」

「う……」

「私はあなた方自身の考えを聞きたいんです。一人ひとり名前を持ち、生きているあなた。あなたはドル様やクレア様を、ここで殺してしまいたいって本当に思うんですか？」

今度は、反論の声はなかった。一人ひとりに名前を問うたのは、群集心理からの脱却を狙ってのこと。

「確かに、貴族の中には平民を顧みなかった者たちがいたでしょう。でも、このお二人は断じて違います」

　民たちが耳を傾け始めてくれているのが分かった。

「ここでお二人を処刑したとして、あなた方は自分たちの子どもにそれを誇れますか？　私たちの革命は正しいものだったと、胸を張って語れますか？」

　こういう話術を教えてくれたのは他ならぬ――。

「クレア様もクレア様です」

「……え？」

　急に話を振られて、クレア様が鳩《はと》が豆鉄砲を食ったような顔をした。

「この先平和を取り戻して、皆が笑顔で暮らせるようになった時、クレア様まで死んでしまっていたら、自分を犠牲にしてきたドル様の誇りを誰が取り戻すんですか？」

「そ、それは……」

　クレア様が態勢を立て直す前に私は畳みかけた。

「無実の罪を被《かぶ》って死ぬことが貴族ですか！　犬死にすることが誇りですか!?」

「待って、レイ。わたくしの話を――」

「そんな一時の誇りのために死ぬよりも、一時でもいいから私のために生きて下さい!!」

「……でも、わたくしは」

　なおも煮え切らないクレア様に向かって、私は――。

「一度くらい、私のワガママ聞いて下さいよ、ばかぁぁぁー！！！」

　思いの丈を叩きつけた。

「ば、バカって……、あなた……」

「ばかぁぁぁ！　クレア様のばかぁぁぁぁ！　うわぁぁぁぁぁぁん！！！」

「れ、レイ……」

　言いたいことを全部言ったら、私の中で何かが切れてしまった。私はもう思いを言葉にすることも出来ず、ただただ泣いた。駄々っ子のように。クレア様がおろおろしてるけど知ったこっちゃない。

「お前らさあ……痴話げんかならよそでやってくれ、よそで」

　アーラが苦虫を噛みつぶしたような顔で言った。

「おい、誰かこいつを連れて行け」

「イヤです！　私はクレア様からもう一生離れません！　クレア様が死ぬって言うなら、私も死にます！」

「ちょ、ちょっと、レイ――！」

「あー、あー！　わーった。わーったから喚《わめ》くな、泣くな。どうせ処刑はなしだろうよ」

「……え？」

「見てみろ」

　戸惑ったように言ったクレア様に、アーラが群衆を指す。

「確かに……もう、貴族に悩まされることはないんだよな」

「私、クレア様に助けて頂いたわ」

「オレも。仕えていた貴族が悪いヤツでさ。食いっぱぐれそうになったところを、クレア様が再就職先を斡旋《あっせん》してくれて――」

流れが、変わっていた。アーラはクレア様を縛っていた縄を切ると、遠い目をしながら続けた。

「民が自分の頭で考え始めた。これからはあたし一人が引っ張っていく時代でもないんだろうね」

「アーラ……」

「あたしは目的を達した。貴族なんていうド腐れ制度がなくなるなら、後はどうだっていいのさ。命までは取らないよ。貴族なんて、どうせほっといたってくたばる奴らが大半だろうからね」

平民に頭を下げて金を借りる元貴族なんてもんも見られるかもね、とアーラは豪快に笑った。

「ほら、行きな。新時代の幕開けに、しけた面は似合わないんだよ」

「……ありがとうございますわ」

そう言うと、クレア様は私を連れて裁判所を後にした。


「……まったくもう、あなたっていう人は……」

私は議事堂近くにある公園の芝生で正座をさせられていた。あるぇー？

「たくさんの人に迷惑をかけて……反省してますの？」

「あ、あのぅ……クレア様？　普通はこの流れですと、クレア様が殊勝《しゅしょう》な面持ちで私にお礼とか謝罪を述べる場面じゃないかと思うんですが……」

「何を世迷《よま》い言《ごと》を言ってますの！」

「はい、何でもありませんでした！」

「大体、レイはいつもいつも命知らずで——」

クレア様の怒濤《どとう》のお説教が始まった。ホントに、どうしてこうなった。

「……まあ、そう責めてやるな、クレア」

「セイン様！　……いえ、セイン陛下」

凄い剣幕のクレア様を取りなしてくれたのは、セイン陛下だった。

「裁判はもうよろしいんですの？」

「……あんなことがあったからな。中止になった。元々あの裁判は、お前たちを見せしめにするためだけにサーラスが言い出したことだ」

革命政府的には既に終わった案件だ、とセイン陛下は言う。

「そういえばセイン陛下。陛下にお礼を申し上げるのを忘れてました」

「……何のことだ？」

「竪琴です。凄かったですね」

「本当ですわ。みな、聴き入ってしまいましたもの」

「……あんなものは、何でもない。ただの手慰みだ」

竪琴のことは相変わらずコンプレックスの元なのか、話題に出すとセイン陛下は難しい顔をした。

「あの竪琴はどなたから教わったんですか？」

「……母だ。まだ存命の頃、病床で」

「そうだったんですね。ああ――」

私はふと思いついたことを口にした。

「セイン陛下は今もなお、お母様に愛されていらっしゃるんですね」

何気なく私がそう言うと、セイン陛下が驚いたように目を見開いた。私が何か変なことを言ってしまったかといぶかっていると、セイン陛下の瞳から涙がひとしずく流れ落ちた。

「へ、陛下!?」

「セ、セイン陛下、どうなさったんですの!?」

「……なんでもない。なんでもないが――」

母はずっとそばにいてくれたのだな、とセイン陛下は独り言のようにこぼした。彼の中にあった長年のつかえ、それが今取り払われたのかもしれない、と私は思った。

「レイ、クレア、よく頑張ったね。さすがボクが見込んだ二人だ」

「クレア様、お久しぶりです！」

「お姉様！　それにレーネまで！」

久しぶりの再会に、クレア様は嬉しそうに笑った。レーネなど、感極まってクレア様に抱きついて泣いている。

無理もない。無理もないんだろうけど――。

「妬《や》けるか、レイ？　なんならいつでもオレの元に嫁に――」

「行きません」

「だよなー」

そう言ってカラカラと笑うのはロッド様だ。片腕を失った後だというのに、明るく前向きなその性格は変わらない。彼はこれからも、折れず曲がらず歩いて行くのだろう。

「レイさん……クレア様……」

「リリィ様」

リリィ様は両脇を兵士に固められてやってきた。

「一言、お詫《わ》びを言いたくて」

そう言うということは、つまり別人格が担っていた記憶を取り戻したのだろう。

「そんな。リリィ様は悪くありませんよ」

「そうですわ。全てはサーラスの差し金じゃありませんの」

クレア様も私もそう言ったが、リリィ様は首を振った。

「それでも、リリィがしたことは許されることではありません。リリィは民たちの裁きを待ちます」

その決意はどうあっても揺るぎそうになかった。

「そうですわね。なら、罪をきちんと償うことですわ」

「クレア様、そんな言い方――」

「そして、償ったら、必ず戻っていらっしゃい。わたくしたちは、いつまでもあなたを待っていますから」

「――！」

クレア様はそう言って、リリィ様に笑いかけた。リリィ様の目から涙がこぼれ落ちる。

「ありがとうございます、クレア様。いつかまた、レイさんを挟んでケンカさせて下さいね」

そう言い残して、リリィ様は連れて行かれた。

「それにしても、凄いメンツが集まったもんだな」

ロッド様が集まった面々を見て呟く。言われてみるとそうそうたるメンバーだ。レーネにランバート様、三王子にミシャ、マナリア様まで駆けつけてくれた。

「本当にそうですね。クレア様もレイも、人の縁に恵まれています」

「それは違うよ、ミシャ」

感慨深げに言ったミシャを優しく諭したのはユー様だった。

「ここに集まった者たちはみな、レイとクレアに救われた者ばかりだ。クレアとレイのこれまでが、こうして今、ここに形となって現れているんだよ」

うんうんとランバート様も頷いている。

そっか……。

クレア様と一緒にあれやこれやと色んなことに手を出してきたけれど、そのどれも無駄ではなかったっていうことか。

「ほらほら、レイ。クレアと再会したら言いたいことがあったんじゃなかったっけ？」

マナリア様がからかうように言って、クレア様の背中を押した。クレア様はたたらを踏みながら私の前にやってくる。

「あー、えーと……、クレア様？」

「な、なんですの」

「いえ……。やっぱり、なんでもないです……」

「煮え切りませんわね……。言いたいことがあったらハッキリ仰いな」

言わないで後悔する日が、また来ないとも限りませんのよ、というクレア様の言葉で私の覚悟は決まった。

「クレア様！」

「だから、なんですの」

私は、両手でクレア様の肩を抱きながら言った。

「私と結婚してください！」

クレア様は一瞬驚いたような顔をしたが、やがて顔を真っ赤にして、

「こ、こここ、公衆の面前で何を言っていますの！　そういうのは二人っきりの時に厳かにですわね……!?」

と、おろおろし出した。

「そうですか？　それじゃあ、やり直しさせて下さい」

「い、いいですわよ？　特別に許して差し上げますわ」

「いえ、そちらではなく」

「え？」

当惑の表情を無視して、私はクレア様の唇を奪った。

固まるクレア様。

静まりかえる観客たち。

「ファーストキスがあんな味気ないんじゃ嫌ですし」

私はしてやったり、と笑ってみた。クレア様は耳まで真っ赤にゆで上がった。

「も……ももも、もう！　あなたは本当に本当に本当に！　本当にレイなんですから、本当にレイは頭がレイなんですから！」

「私の名前がなんか変な形容詞にされてる!?」

我に返ったクレア様がぽかぽか叩いてくる。いやー、こういうのも生きていればこそだよねぇ。

などと私がしみじみしていると、

「……幸せにしないと許しませんわよ？」

「「……え？」」

私と観客たちの声がダブった。

「で、ですから、幸せにしないと許しませんわよ!?」

「……」

「な、なんですの。なにか言いなさ……」

一呼吸置いて、観客から湧き上がる祝福の歓声。ニヤニヤ笑いを浮かべるみんなの顔を見るのが恥ずかしくて、私はクレア様の手を取って駆け出した。

「どこへ行くんですの!?」

「どこへでも！　もうどこへでも行けますから……二人なら！」

破滅エンドは蹴っ飛ばしたのだ。これからは私たちが自由に物語を作っていく。

クレア様と私と、二人で。

エピローグ

「レイおかあさまー！」

「たいへんたいへん、たいへんですわー！」

テラスでこれまでの日記を読み返していると、娘たちの声が聞こえた。辺りはそろそろ暗くなり、夕刻にさしかかろうとしている。

「メイにアレア、どうしたの？」

「クレアおかあさまがねー」

「だいどころでまたしっぱいしましたのー」

あちゃあ、またか。いや、向上心があって大変結構なことだと思います。

「分かった。教えてくれてありがとね」

「どうするのー？」

「クレアおかあさまをしからないでほしいですのー」

まだ五歳になったばかりの娘たちに心配される母親って一体どうなんだろう、と思いながら、私は心配顔のアレアを抱え上げる。まん丸で黒目がちなその瞳を見つめて私は言った。

「大丈夫、叱らないよ」

「わーいですわー」

「アレアばっかりずるーい！　メイもメイもー！」

「はいはい」

私はメイも高い高いしてあげると、二人を連れて家に入った。

「クレア様？」

「……レイ」

キッチンに入ると、クレア様がしょぼくれた顔で床を拭いていた。コンロの上には手鍋と玉子液、すぐそばには牛乳に生クリーム、それに砂糖と洋酒が置かれていた。

「クレームブリュレを作ろうとしたんですの。そしたら、鍋が爆発して」

「相変わらず謎な理由で失敗してますね。手を見せて下さい」

私が言うと、クレア様は素直に手を見せてくれた。以前は仕事を知らない貴族の手だったが、今は少し荒れている。家事の大部分は相変わらず私の仕事だが、クレア様も手伝ってくれるようになったからだ。それでも、入浴後のケアは欠かさないし、私よりはずっと美しい手である。

「火傷《やけど》はしてませんね。よかったです」

「よくありませんわ。まだ料理の一つもろくに作れないんですのよ？」

何事もそつなくこなせてしまうクレア様にとって、料理が上手《うま》くいかないのは大変不本意なことらしい。こうして頻繁にチャレンジするのだが、未《いま》だに成功したことはない。

「クレア様にも一つくらい不得手なことがあってよかったですよ。これでお料理まで完璧にこなされた日には、私の立場がありません」

「料理だけじゃありませんわ。裁縫だって苦戦してますわよ。刺繍《ししゅう》があんなに難しいものだとは思いませんでしたわ」

「あはは……」

などと言っているが、後者に関しては求めるレベルが完全におかしい。リビングにはクレア様作の刺繍が飾ってあるが、たまに遊びに来るドル様やロッド様が口をそろえてどこの工房の作品だと聞いてくるレベルである。ぜひクレア様には永遠に料理が苦手でいて欲しいと思う。

「ねーねー、レイおかあさま？」

「なあに、メイ？」

「レイおかあさまはどうしてクレアおかあさまのことを、クレアさまと呼ぶの？」

言われてみればそうか。以前の癖が抜けずに、なんとなく敬称がそのままになっていた。

「ほらご覧なさい。やっぱり不自然ですのよ。対等なパートナーになったのですから、呼び捨てにして下さって構いませんのよ？」

などとクレア様は言うが、こればっかりは慣れというものがある。なんとなく、呼び捨てはその……恥ずかしい。

「わー、レイおかあさま、おかおがまっかなのよ、アレア」

「ホントだわ。りんごみたいですわね、メイ」

「二人とも、からかうのはやめて」

私が言うと、メイとアレアはさらに囃《はや》し立ててくる。いい子たちなのだが、イタズラ好きなのは誰に似たんだか。

革命の後、クレア様と私は王都の外れに居を構え、新生活を始めた。プロポーズして受け入れてもらったものの、法律上、この国では同性婚はまだ認められていない。今はアーラたち新政権の下で、新しい憲法が作られようとしているところだ。クレア様と私は有識者ということで編纂《へんさん》会議に呼ばれることもあるのだが、国民主権や平和主義などに比べて同性婚についてはあまり同意が得られない。

解せぬ。

　王制から国民主権に移行するにあたって多少の混乱はあったものの、心配されたナー帝国の侵略は未然に防がれた。サーラスが捕まりその一派が捕らえられたことと、マナリア様がスースから援軍を率いていたことが大きかった。

　もちろん、全てが順調というわけにはいかなかった。

サッサル火山噴火の爪痕は深く、農作物の収穫が回復するにはまだまだかかる見通しだ。それでも、かねてより友好を交わしていたアパラチアやスースなどから食糧支援を受け、この冬はなんとか越すことが出来そうである。

　クレア様と私は学院に残ることになった。学生としてではなく、教員としてである。貴族という身分がなくなっても、クレア様ほどの魔法の使い手はそう見つからない。これからの時代は能力がものを言う。優れた魔法使いを育成するためにも、クレア様という人材は学院にとって喉から手が出るほど欲しいものだったようだ。

「どうしたの、レイおかあさまー？」

「アレアたちのおかおになにかついていますのー？」

「ううん、なんでもないよ」

　メイとアレアは災害孤児である。元々、修道院に引き取られていた子たちだが、修道院はどこも災害孤児でいっぱいで引き取り手を探していた。クレア様も私も教会を通して修道院に寄付を行っていたのだが、メイとアレアは縁あって引き取ることになったのだ。

二人とも明るい子で、私たちによく懐いてくれる。子どもを作れない私たちにとって、二人は実の子どものように可愛《かわい》らしい。二人を引き取ることになった経緯については、いつか語るかもしれない。

クレア様と私が関わった人たちについても少し触れておこう。

ロッド様は王室を出て、新政府軍の最高司令官になった。本人が天才肌なので、教わったり指示を受けたりする軍人さんたちは苦労しているらしい。もっとも、そのカリスマと実力は折り紙付きで、軍は近々新しい大規模魔法術式を公開するとのことだ。ロッド様曰《いわ》く、「もうマナリアにも負けねぇぞ」とのことである。

セイン陛下は国王としてバウアー王国の象徴的な存在となった。いつも仏頂面だが民たちからは不思議と慕われており、今はお妃《きさき》選びの真っ最中だとか。どうもセイン陛下本人には意中の人がいるようなのだが、それは叶《かな》わない恋らしく、お妃の話をすると途端に不機嫌になるという。文化を愛する王として竪琴《たてごと》の腕はますます磨きがかかり、彼の竪琴を耳に出来るコンサートのチケットは、国内外から注文が殺到するほどのプラチナチケットになっている。

ユー様は軟禁を解かれ、王国の復興に尽力している。その陰にはミシャの献身があることは言うまでもない。二人は仲睦《なかむつ》まじく、教会では百合《ゆり》の花が咲き誇っているとか。新しく教会に入信してくる者の何割かは不純な目的なようで、上層部は頭を悩ませているらしい。

レーネはフラーテルの若女将《おかみ》として辣腕を振るっている。実務に秀でたランバート様と二人三脚で、打倒ブルーメを目指しているようだ。私が渡したレシピはとうに全てマスターしており、今は完全オリジナルのレシピを考案中とのこと。自信満々でスイカという果物を発見したと自慢してきた彼女に、塩をかけるとさらに甘さが引き立つよと教えたら、ハンカチを噛《か》んで悔しがっていた。

　マナリア様はスースの女王となった。なったのだが、男性と結婚するつもりはないと宣言しており、スースは早くも次の世継ぎに悩むことになっている。まあ、あの方のことだから、誰か有能な人物を見つけて連れてくるだろう。なお、スースの重鎮たちがマナリア様とくっつけようとしたお相手として、セイン陛下の名前が挙がったこともひっそりと記しておく。

　リリィ様はその特殊な事情から罪に問われなかったものの、彼女はバウアーから姿を消した。誰よりもリリィ様自身が、自分の罪を許せなかったのだろう。彼女がいつ自分のことを許せるようになるかは分からない。でも、必ず帰ってくると私は信じている。きっと、愛人の枠はまだ空いていますか、とかなんとか言いながら。

　ドル様は貴族の地位を失い平民となったが、その政治的手腕を買われて新政府の非公式な政治顧問となっている。革命の手前、おおっぴらにその存在を明らかにすることは出来ない新政府だが、ドル様を非常に頼りにしているらしい。悪役の仮面を被《かぶ》ることをやめたドル様は、私たちにとってはいい父親であり義父である。メイとアレアにぞっこんで、二人からするとただの人の良いおじいちゃんなようだ。

　サーラスは処刑も検討されていたが、新政府にとって有用な外交的知識を多数持っているらしく、司法取引により無期限の懲役刑となった。今では某映画の精神科医犯罪者よろしく、地下牢《ろう》に監禁された知識人として新政府にアドバイスを行ったりしているらしい。もっとも、偏屈な性格はレ◯ター博士と同じなので、サーラスの眼鏡にかなった女性官吏が訪ねて行っては、知識を引き出しているらしい。当然、厳罰に処されるものと考えていた私としては、彼の処遇には複雑な心境である。

「ねー、レイおかあさま」

「なあに、メイ？」

「テッドがおかしなことをいうのよ」

「ん？　何を言われたの？」

メイが言うテッドとは近所に住む男の子だ。この辺りの子どもたちの中心的な存在で、いわゆるガキ大将である。

「おかあさまがふたりいるのはへんなんですって。ふつうはおとうさまがいないといけないんだそうよ」

「あー……、えーと……」

私は答えに詰まった。この年の子に性的マイノリティについての知識を教えるのは正しいんだろうか。私が躊躇《ちゅうちょ》していると、クレア様がメイに目線を合わせて言った。

「ふふ、変なことなんて何もありませんわ。安心なさい、メイ」

「そうなのー？」

「でも、テッドのいうとおり、わたくしたちのいえいがいは、どこもおとうさまがいますわよ？」

アレアがなおも食い下がる。アレアはメイに比べると精神的な成熟が早い。色んなことに疑問を持つお年頃だった。

「お父様であるかお母様であるかは重要じゃありませんのよ？　好きな人と一緒にいられるかどうか。それが一番大事ですのよ？　アレアはわたくしやレイよりも、別の男性にいて欲しい？」

「ううん！　クレアおかあさまとレイおかあさまがいいですわー！」

「メイもメイも！」

そう言うと、メイとアレアはクレア様に飛びついて抱っこをせがんだ。

「ふふ、甘えん坊さんですこと」

幸せそうに微笑《ほほえ》むクレア様を見て、私もまた幸せを噛みしめた。

「ほら、もう少ししたらレイがお夕飯を作ってくれますわ。それまでお外で遊んでいらっしゃい」

「はーい！」

「いってきますのー！」

メイとアレアは風のように外へ駆けていった。

「ホント、子どもって元気ですよね」

「なに年寄りみたいなこと言ってますの。わたくしたちだって、本当は子どもを持つような年齢じゃありませんのよ？」

「クレア様は二人を預かることに反対でしたか？」

「バカ仰《おっしゃ》い。二人がいない生活なんて、もう考えられませんわ」

クレア様も私も、メイとアレアを心の底から愛している。四人での生活が、もう当たり前なのだ。

「クレア様、貴族でなくなったこと、後悔していらっしゃいますか？」

ふと、私はそんなことを聞いてみた。以前、クレア様は自分には平民の生活など耐えられそうにない、と言っていた。

「後悔も何も、選択の余地はありませんでしたわ。時代の流れとはそういうものなのでしょう」

大人びたセリフを口にして、クレア様は遠い目をした。かつて貴族の義務に殉じようとした彼女だったが、今はこうして私のそばにいてくれている。貴族としての生き方よりも、私と生きることを選んでくれたとうぬぼれてもいいのだろうか。

「良くも悪くも、人は順応していく生き物なんですのね」

何事も慣れですわ、とクレア様は言う。

「そうですね。じゃあ、私もいずれ慣れるといいんですが……。ねえ、クレア？」

「ええ、本当に……え？」

聞き違えたか、と思ったのか、クレア様がこちらに視線を寄越す。

「今、なんと？」

「何でもないですよ」

「もう一度！　もう一度仰い！　今度こそ耳に焼き付けて差し上げますわ！」

「いいですって！　そのうち慣れてからまた言います！」

「待ちきれませんわよ！」

「うわーん。クレア様、すっかり私を尻に敷いてる！　我々の業界ではご褒美です！」

「変なこと言い出すんじゃありませんわよ！　メイとアレアが覚えたらどうしますの！」

ぎゃーぎゃー言い合うクレア様と私。

「ねぇ、クレア様？」

「なんですの」

「幸せですね」

「……そうですわね」

私が抱きしめると、クレア様も柔らかく抱き返してくれた。

「愛しています、クレア様」

私のささやきに、クレア様は一瞬びっくりした顔をした。ふん、当然ですわ、くらいの返しを私は予想していたのだが、

「ええ、わたくしもよ、愛《いと》しいレイ」

そう言って、クレア様はクレームブリュレよりも甘く微笑んだ。私はこの人には一生勝てないのだろうな、と心の底から思った。

これまでとこれからと。

時代は流れ、人の心も移りゆく。

未来のことは誰にも分からない。

でも――。

クレア様への愛は、きっと永遠に変わりはしない。

これからもずっと――私の推しは悪役令嬢《クレア様》である。

――了――

EXTRA1 ✦ のろいとおまじない

目を覚ますと、見慣れない天井があった。

寝ぼけ頭に一瞬、自分の置かれた状況に戸惑うが、徐々に意識がはっきりしてくる。上半身を起こして見渡せば、真新しい家具にピカピカの壁紙。

ここは私たちの新居である。建物そのものは以前からあったものだが、ここに移り住むに当たって内装はリフォーム――という単語が妥当なのかどうか分からないが――してもらった。

隣で何かが動く気配がした。

視線を向けると、そこには穏やかな顔で眠りにつくブロンドの天使が一人。我が愛《いと》しのクレア様は、私が上半身を起こしたことで寒いのか、もぞもぞと布団の奥へと体を引っ込めていく。

私の朝は早い。なぜかと言えば、クレア様が朝に弱いからである。朝食の支度は私の仕事だ。私はクレア様を起こさないようにベッドを出た。

簡単に着替えを済ませてから玄関に向かいドアを開けると、初冬のひんやりとした空気が肌を包んだ。もう一枚くらい何か羽織ってくるべきだったかなと少し後悔したが、まだまだ若いんだし、と気合いを入れ直して外に出る。井戸で水を汲《く》んで顔を洗うと、睡魔の残滓《ざんし》は綺麗《きれい》に流れ落ちてくれた。

水汲みを済ませ、朝食の用意を始める。今日の献立はライ麦のパン、冬野菜とベーコンのスープ、そしてスクランブルエッグである。もっとバリエーションを増やさないといけないなあなどと考えつつ、テキパキと調理を終える。

配膳を一通り済ませると、時間は朝の六時。私は寝室に引き返すと、音を立てないようにそっとドアを開けた。クレア様はまだ寝ているようだった。金糸に包まれた小さな顔はあくまで穏やかで、普段の気の強さからは想像もつかない。

愛しい人の寝顔を堪能していると、何やらクレア様の顔に赤みが差してくる。表情もどこかこわばったような感じになり、汗をかき始めているようにも見える。悪夢でも見ているのだろうか、と思ったのだが、やがて別の可能性に考えが行き着く。

「……クレア様、ひょっとして起きていらっしゃいます？」

「!?」

声をかけてみると、明らかに動揺した様子だった。それでも、クレア様は狸《たぬき》寝入りを決め込むつもりのようだ。

なんのつもりだろう。

「クレア様、起きて下さい。朝食が冷めちゃいますよ」

「……」

沈黙が返ってくる。

はて、これはどうしたものか。

「起きないなら……キスしますよ？」

「……！」

こう言えばさすがに起きるだろう、と思って投げかけた言葉にも、やはり無反応。

これはひょっとして……。

「クレア様、ひょっとしてキスして欲しいんですか？」

「……」

クレア様は沈黙を続けるが、心持ち顔を上に向けた。

煽《あお》るなあ……。

「それじゃあ……起きて下さい、眠り姫？」

私はそっとクレア様に口づけを落とした。

――額に。

「ちょっと、レイ！　今の流れなら普通くちびるでしょう!?」

「おはようございます、クレア様」

凄《すご》い剣幕で布団をはねのけたクレア様に、私は苦笑しながら挨拶をした。クレア様は相当ご不満なのか、つり目がちな目元をさらに険しくしてこちらを睨《にら》んでいる。

「おはようございますわ……じゃなくて！」

「寝込みを襲うのは、趣味じゃないんです」

そう言い訳すると、私はクレア様のほっそりした肩を抱き寄せて口づけした。不意打ちになったのか、クレア様は目をつぶる暇もなかったようだ。

超至近距離で目と目が合う。私はイタズラ心が芽生えて、そのまま目を閉じずにクレア様を凝視した。クレア様は最初驚きと怒りに目を白黒させていたが、やがて私の強い視線にねじ伏せられるように目を閉じた。

「……」

そのまま、しばしクレア様の唇を堪能する。まだクレア様と深い仲になってからそう時間は経《た》っていない。こういった経験も、クレア様はまだまだ初心者マークである。

「はい、起きましたね？　ではリビングに参りましょう」

「……」

唇を離しても、クレア様はぽうっと惚《ほう》けていた。初心《うぶ》な反応に嗜虐《しぎゃく》心が首をもたげてくるのを、私は理性で懸命に抑え付けた。まだ朝だからね。

「クレア様、ほら！」

「ひゃあ!?」

外気で冷たくなった手のひらで、クレア様の頬を包む。クレア様は正気に戻った様子だった。

「レイ、あなたねぇ……。普通にキス出来ませんの……？」

「今のは普通じゃなかったですか？」

「い、今のは明らかに夜のキスでしょう……！」

「嫌だったですか？」

私が問うと、クレア様は耳まで真っ赤にして、

「レイのバカ！」

そう言って枕を投げてきた。

「はいはい、私が悪かったです。リビングで待っていますから、着替えたらいらして下さいね」

そのままでいるとクレア様がまた拗《す》ねそうなので、一旦退却することにした。からかうと面白いけど、あんまりやりすぎると後が怖いからね。でも、からかうこと自体はやめない。

「～～～！」

閉めたドアの向こうから何やら聞こえてくるが、私は気にせずにリビングに戻った。

「ホント可愛《かわい》いんだから」

あんな可愛いことをされて、私がどれだけ我慢しているのか、クレア様はきっと分かっていない。


「そろそろ仕事を見つけないといけませんね」

食後のコーヒーを飲みながら、私はそんな風に話題を切り出した。

「そうですわね。商業ギルドに預けてあった貯金も、そろそろ心許《こころもと》ないですものね」

クレア様は貴族時代の財産をほぼ全て没収されている。それでも貯金といえるお金があるのは、市民――平民という呼称はなくなった――から寄付を申し出る声が後を絶たなかったためである。革命時に危うく処断されそうになったクレア様だったが、クレア様の働きによって命を救われたという市民は多い。ドル様が革命の陰の立役者であったということもすぐに広まり、今ではクレア様は革命の担い手の一人と目されていた。

私もかなりの額を貯金していたが、革命の際の配給でかなりの部分を使ってしまっていた。二人の貯金から新生活のための出費を差し引くと、残った額はそろそろ危ない水準にまで目減りしていた。

生活が苦しいということは、二人だけの秘密である。いや、わざわざ喧伝《けんでん》することでもないから当たり前と思われるかもしれないが、レーネ辺りに知られたら、問答無用で資金提供してきかねないんだよね。

「いい職があればいいんですけど、このご時世ですからねー」

「贅沢《ぜいたく》は言いませんわ。それこそ、普通の生活をしていくことが出来れば」

「普通……ですか……」

　私は思わず苦笑いを浮かべた。

　クレア様にとっての普通は、一般市民の普通とはかなり異なる。確かに貴族として生活していた頃よりは質素になっているが、それでも現状の生活水準は一般市民に比べればいささか贅沢である。そもそもクレア様や私くらいの年齢で持ち家があることが既におかしい。

「そんな顔しなくても分かっていますわよ。もっと切り詰めないとと言うのでしょう？」

「まあ、そうですね」

「レイは私に気を遣って食事なども豪勢にしてくれていますけれど、もっと簡素でもわたくし構いませんのよ？」

「うーん、それは確かにありがたいのですが……」

　今の生活が少し贅沢だと思う反面、クレア様にはあまりお金のことで苦労させたくないなという気持ちが私にはある。こういうのはどこか封建的な男性の思考パターンのような気がしないでもないが、好きな人には快適に過ごして欲しいと思うのはいけないことだろうか。

「何にしても、とりあえず職探しはしないといけませんね。クレア様、何かしてみたい仕事ってあります？」

「そうですわね……」

　クレア様は少し考えると、

「わたくし、教師というものになってみたいですわ」

「教師ですか」

　これはまた手堅いところを。

「自慢するわけではありませんけれど、わたくし教養には自信があります。礼儀作法も他の方に引けを取りませんわ」

「そうでしょうね」

「恐らくこれからの教育の主軸になると思われる魔法にも通じておりますし、悪くない選択ではないかと思いますのよ」

「確かに」

　言われてみると、これほどクレア様にぴったりの職業もないかもしれないと思えてくる。眼鏡とかかけて欲しい。

「実は、トリッド先生からお誘いの手紙を頂いておりますの」

「トリッド先生から？」

「ええ。学院に残って、後進の指導に当たってくれないか、と」

「ふむふむ」

　コネもある訳か。これは否定する要素が見つからない。

「いいと思います」

「そうでしょう！」

「クレア様はぜひそのお話を受けて下さい」

「わたくしは……？　レイはどうしますの？」

「私は……そうですねぇ……」

私はちょっと考えて、

「冒険者にでもなりましょうか」

「冒険者ですって!?」

私の答えに、クレア様は柳眉を逆立てた。

「あんなヤクザな仕事ダメに決まってますでしょ！」

「ヤクザって……」

即座に却下された。しかもエライ言われようで。

「冒険者だって立派な仕事ですよ？」

「それは分かっていますけれど、レイのように能力のある人がつく仕事じゃありませんわよ！」

「そうですか？　私なんて魔法以外取り柄《え》がないように思いますけれど」

文化人のクレア様とは違うのだ。

「何言ってますの。学院の教養テストと魔法力のテストで負かされたこと、わたくし忘れていませんのよ？」

「あー」

そんなこともあったなあ。もう随分前の話のように思えるけど、まだ一年も経ってないんだよね。

「あのテストは、前にお話しした予言書に基づくズルだったんですよ」

「でも、あなたに教養と魔法力があることは純然たる事実じゃありませんの」

「それはそうかもしれませんが……」

でもなあ。

「……第一、あなたはわたくしのパートナーでしょう。そばにいてくれなきゃ困りますわ」

「クレア様のデレが辛《つら》い」

「茶化すんじゃありませんわよ!?」

「失礼、クレア様があんまりにも可愛くて」

「もう……」

クレア様はコーヒーを一口飲んで続けた。

「とにかく、トリッド先生からはあなたにも声をかけて欲しいと承ってますの」

「私も教師ですか?」

「何か不都合がありまして?」

「いえ、不都合というかなんと言いますか……」

「はっきり仰《おっしゃ》いな」

「ぶっちゃけ、柄じゃないと思いません?」

「ホントにぶっちゃけましたわね!?」

今日もクレア様のツッコミは冴《さ》え渡っている。

うんうん、いいことだ。

「贅沢は言っていられない状況なのでしょう？　あてがあるだけでも幸せなことなのですから、文句言わない」

「それもそうですね。具体的に、どうすればいいんですか？　何か採用試験のようなものがあるんです？」

私は気になっていたことを尋ねた。

「能力的には問題ないそうなので、わたくしたちにその気があるならすぐ採用して頂けるようですわよ？　最初に研修的なものが少しあるようですけれど」

「それなら乗らない手はありませんね」

自分が何かを教える立場になるなどとは思ってもみなかったし、正直戸惑いしかないが、クレア様の言うとおり贅沢を言っていられるような立場でもない。

「じゃあ、その方向で進めてみましょうか」

「ふふ、よかったですわ」

その安心したような微笑《ほほえ》みがまたずるい。

キスしたくなるね。

「コーヒーのおかわり淹《い》れてきますわ」

「あ、私が――」

「これくらいわたくしにやらせなさいな。他の家事はてんでダメなのですから」

「じゃあ、お願いします」

そう言うと、クレア様は二人分のカップを持ってキッチンに引っ込んだ。

その直後――。

「なんですのこれは!?」

動揺を帯びた叫び声に、私はすぐさま席を立った。キッチンに駆け込むと、そこには立ち尽くすクレア様の姿があった。

「どうしました!?」

「レイ、あれを見て……」

震える指がさす方向を見ると――。

「これは……?」

奇妙な現象がそこにはあった。シンク、鍋、フライパンといった金属製の家具や器具がまとめて錆《さ》び付いていた。私はフライパンを取り上げてよく観察する。自然に出来た錆ではなく、何か人為的なものを感じさせる錆び方だった。ところどころに、かじられたような跡もある。

「これは……アレが出ましたかね」

「アレ?」

「ラストモンスターです」

「ラストモンスター?」

何やらゲームのラスボスのような名前だが、「最後の」という意味の last ではなく「錆」という意味の rust である。このモンスターは金属製品を錆びさせて食べるという習性がある。冒険者からは蛇蝎《だかつ》のごとく嫌われているモンスターである。

「そんなものが……?」

「ええ、多分。人には危害を加えないですから、安心して下さい」

「でも、放ってはおけませんわよね?」

「レレアに命じて駆除させますよ」

うちのレレアは犬や猫よりも賢いからね。

「あなたはまたそうやってレレアに変なものを食べさせて……。これ以上あの子が変な属性つけたらどうしますの」

「心強いじゃないですか」

ウンディーネの能力でお分かり頂けると思うが、ウォータースライムには何かを模倣する習性がある。その一つとして、食べたものの属性を獲得するという能力があるのだ。レレアは本当に賢い子なのでもの覚えがよく、既に色んなモンスターの属性を獲得している。

可愛いだけじゃないんです。

「レレアがフライパン食べるようになったらどうしますのよ」

「躾《しつけ》はきちんとしてますから大丈夫ですって」

「本当かしら……」

疑わしそうな目でこちらを見るクレア様。ジト目も大変可愛らしいですね。

「とりあえず、ここを片付けましょう。後で錆び付いた器具も買いに行かないと」

「そうですわね。じゃあまず――」

と、その時、ドアをノックする音が聞こえた。来客らしい。

「はい、どちらさま？」

私が応対に出ると、そこには――。

「お、お久しぶりです、レイさん」

銀髪と赤い瞳をした少女——元枢機卿《すうききょう》リリィ＝リリウム様がいた。

「旅に？」

「は、はい」

私はリリィ様の分のコーヒーを淹れつつ聞き返した。クレア様も驚いている様子である。

「じょ、情状酌量の余地ありということで、罪には問われませんでしたが、やはりリリィのしたことは許されることではありません」

「それは……」

クレア様は何か声をかけようとして言葉を見失ったようだった。そんなことはない、とはさすがに言えない。リリィ様が、その手で幾人もの命をあやめた事実は揺らがないからだ。他の誰が許しても、信仰に生きるリリィ様自身が自分を許さないだろう。

「り、リリィは贖罪《しょくざい》の旅に出ることにしました。レイさんには自己満足と言われてしまうかもしれませんが……」

精霊教の逸話に、罪人が献身の旅の果てに神に許される、というものがあるらしい。リリィ様はリリィ様なりに、自分の罪と向き合おうとしているのだろう。

「それは分かりましたけれど……。いつ発《た》つんですか？」

「す、すぐにでも……と、言いたいところなのですが、一つ気がかりを残していまして、今日はそのご相談にうかがいました」

「気がかり、ですの？」

はい、とリリィ様は頷《うなず》いて続けた。

「きょ、教会には今、災害で生活に困窮した人々が多数身を寄せています」

「うかがっていますわ。身よりを亡くした子どもや、家を失った人が教会を頼っているのでしょう？」

「は、はい。一頃《ひところ》よりは落ち着きましたが、それでもまだまだ数は多いです」

「なら、お願いというのは教会の手伝いですか？」

私の質問に、リリィ様は首を振った。

「お、お願いというのは別のことなんです。とある双子についてのことなんですが……」

リリィ様はぽつぽつと説明を始めた。彼女によると、噴火があってからしばらくして、奇妙な噂《うわさ》話を耳にしたのだという。なんでも、近寄ると魔法石になってしまう、呪われた子どもがいるというのだ。最初はただの噂話だと思っていた教会だったが、そのうちに実際に服や体の一部を魔法石化された人が現れ始めた。

教会が調査を開始すると、その双子は王都のスラムの一角に住み着いているという話だった。現場に向かうと、まだ四、五歳くらいの双子の少女が見つかった。

「か、彼女たちの血には特別な力がありました」

血が触れたものを魔法石化してしまうのだそうだ。二人は自分を傷つけて血を流し、魔法石を作って売ることで生活していたのだという。

「は、話を聞かせてもらえるようになるまで、だいぶかかりました。何しろ警戒心の強い子たちで……」

　どうも二人は親類に虐待されていたらしい。後から判明したことだが、双子の両親は随分前に亡くなっており、親戚をたらい回しにされていたようだ。その中で、血の力が判明し、金の卵を産む鶏《にわとり》として半ば飼われているような扱いだったという。

「いい子にしていればママが迎えに来てくれるよ――そんな呪いの言葉に、彼女たちは縛り付けられていました」

　文字通り血を流しながら生活していた彼女たちは、噴火で親類も亡くし、二人でスラムで生活していたというのだ。そして、乱暴しようとした者や、手を差し伸べようとする者に魔法石化の被害が出た。

「ふ、二人の血は何でもかんでも魔法石化させてしまう訳ではないようです。魔力が高い人は魔法石化しません」

　それでリリィ様にお鉢が回ってきたということのようだ。もっともこれはまだ革命の最中の話なので、リリィ様はところどころ記憶がないらしい。もう一人のリリィ様の弊害だ。

「り、リリィは辛抱強く通って、なんとか二人を教会で保護することが出来ました。でも、教会でも正直二人を持て余しています」

　二人には自傷癖もあるようで、教会の人間も危険にさらされているという。中には、二人を異端として処断しようという過激な意見すら出てきているようだ。

「た、旅に出るにしても、二人のことを放っては行けません。まだ小さい子たちですから、連れて行くことも出来ませんし……」

「それで、わたくしたちにどうしろと？」

「れ、レイさんは得体の知れない知識をお持ちです。ひょっとしたら二人のことも何とかして下さるのでは、と期待してしまって」

「うーん……」

「ごめんなさい。私にも分かりません」

リリィ様に頼りにされるのはむしろ光栄だ。だが生憎と、そんな症状は聞いたことがなかった。

「そ、そうですか……」

私が言うと、リリィ様は目に見えてしょんぼりしてしまった。

「諦めるのはまだ早いですわよ。とりあえず、二人に会ってみませんこと？　話はそれからですわ」

「それもそうですね」

「協力して頂けるのですか!?」

私たちの言葉に、リリィ様が目を輝かせた。

「もちろんですわ。解決出来る保証はありませんけれど」

「じゅ、十分です！　これからお時間はありますか!?」

「今日は特に……。せいぜいフライパンとかを帰りに買って帰るくらいですね」

「な、なら教会にいらして下さい。二人に会って頂きたいです」

そんなわけで、クレア様と私はその不思議な双子に会ってみることになった。

「ごきげんよう」

「こんにちは」

「「……」」

挨拶に返されたのは、猜疑《さいぎ》心にまみれた視線だった。双子は本当に見分けがつかないほどそっくりな表情で、私たちを警戒している。ブロンドの髪を片方はショート、もう片方はロングにしているが、それがなければきっと区別がつかなかったに違いない。二対の碧色《あおいろ》の瞳は、リリィ様の陰からこちらを油断なくうかがっている。恐らく、自分たちを傷つけないかどうかを、慎重に品定めしているのだろう。

「こ、こら、二人とも！　ご挨拶は？」

「こんにちは」

「……こんにちは」

声もそっくりだったが、ショートの子の方が幾分高いか。二人とも感情の起伏に乏しい声色だったが、ロングの子の方は輪をかけて平坦である。

私は膝を折り、目線を双子に合わせて聞いた。

「お嬢ちゃんたち、お名前は？」

「なまえ……？」

「……しらない」

あまりにもあまりな答えに、私は思わずリリィ様を見やった。

「ふ、二人とも教えてくれないんです。あるいは、本当に名前を貰《もら》わなかったのか……。教会の人間はアンとドゥなんて呼ぶ人もいますけれど……」

　それは一とか二とかいう意味だ。決して名前とは言えない。

「なんていう扱いですの！」

　憤慨したクレア様に双子が怯《おび》えた。しかしクレア様はそれには気づかない様子で、

「いいですこと？　名前というのはとても大事なものですわ。人は名前を持って初めて人になるのです」

　そう言ってからいったん言葉を切ると、クレア様は考え込んで、

「ショートカットの可愛いあなた。あなたは今日からメイと名乗りなさい」

「かわいい……？　めい……？」

「ロングの綺麗なあなた。あなたはアレアですわ」

「……きれい？　……あれあ？」

　クレア様の剣幕に押し切られたように、双子がきょとんとした顔をする。

「なぜその名前に？」

「え、あ、その。……もし娘が出来たらと考えていたのが、つい」

　天使かな。

「いいですわね、メイ？」

「……」

「あなたですわよ、あなた。お返事は？」

「はい……」

「そしてアレア？」

「……」

「お返事！」

「……はい」

「よろしい」

　そうしてクレア様は半ば強引に、二人に名前をつけてしまった。

「リリィ元枢機卿。二人をわたくしたちの家でしばらく預からせて頂けませんこと？」

「え、え……？　それはその……構いませんが……？」

「レイもそれでいいですわよね？」

「私はいつだってクレア様のすることを尊重しますから。でも、どうするんです？」

　リリィ様と私、二人分の疑問符を受けて、クレア様は答えた。

「もちろん、特訓ですわ！」

「と、特訓ですか？」

「メイとアレアが普通に生活していけるように、私たちが教えますわ」

「そ、それはありがたいですが、そんなこと出来るんですか？」

「出来る、出来ないではなく、やるのですわ。こんな小さな子たちが辛《つら》い思いをしているなんてこと、あっていいわけがありませんもの」

　どうやらクレア様は母性本能を擽《くすぐ》られてしまったらしい。

「でも、実際、どうするんですか？　血の問題もありますし」

「血の問題よりも一般常識ですわよ。もちろん、血の問題も放置出来ませんけれど、メイとアレアはまず普通の子どもらしい生活を送れるようになることが先決ですわ」

確かにそれはそうかもしれない。でも、果たしてそんなに上手《うま》く行くだろうか。

「レイ。あなた、そんなこと出来るのかっていう顔してますわね？」

「いえいえ、とんでもない」

「バレバレですわよ。でも、いいですこと？　こんな幼子二人の問題をどうにか出来ない人間に、人を教え導く資格があると思いまして？」

どうだろう。ある意味、しがらみも何もない相手だからこそ、割り切って教えられるという側面もあるような気がする。まあでも、クレア様のやる気に水を差すのもなんなので、私は黙って頷くことにした。

「メイとアレアも、それでいいですわね？」

「「……」」

「お返事！」

「はい」

「……はい」

機械的に首を振るメイとアレアを見て、私は大丈夫かこれ、と思ってしまった。


「じゃあ、メイとアレアはこの部屋を使って？」

自宅に帰ってきたクレア様と私は、空き部屋の一つを片付けてメイとアレアの部屋に整えた。子ども部屋にしては広くがらんとしているが、そこは追い追い考えることにしよう。

「二人は教会でどんなことをして過ごしてましたの？」

「？」

「……？」

メイとアレアは質問の意味が分からないようだった。クレア様がじれったそうに言葉を重ねる。

「ほら、何かあるでしょう？　本を読むとか、積み木で遊ぶとか」

「「……」」

二人はそろって首を振った。

「何もしてなかったといいますの？」

「「……」」

今度はそろって頷く。その答えに、クレア様が頭を抱えた。

「リリィ元枢機卿は何をしていましたのよ……」

「いや、リリィ様も革命からこっち、ずっと忙しい身だったじゃないですか」

主にサーラスのせいで。

「……そうですわね。あの方を責めるのはお門違いですわね」

「メイ、アレア。何かしたいことはある？」

また二人に視線を合わせつつ、私は聞いた。二人が考え込むようなそぶりを見せる。

「さっきもしていましたけれど、それ、なにか意味がありますの？」

私が膝を折ることを、クレア様が不思議そうに尋ねた。

「大人に上から見下ろされるっていうのは、子どもにとって威圧感があるものなんです。こうして同じ目線にしてあげると、少しそれが軽減されるんですよ」

「そういうことは早く仰いな！」

クレア様も慌てて膝を折った。

「それで、何か思いつきまして？」

「「……」」

双子はこくこくと頷いた。

「それはなあに？」

私が努めて優しい声で先を促すと、

「まほうせき」

「……つくる」

二人の答えに、クレア様と私は絶句した。

「そんなことは、もうしなくていいんですのよ？」

「うん。もっと他にしたいことはない？　ほら、お腹《なか》すいてない？」

クレア様と私の言葉に、双子は首を振った。

「わたしたちは」

「……これだけ」

再び絶句するクレア様と私。これは重症だ。

「分かった。じゃあ、私たちと一緒に遊ぼう」

二人にしたいことを自発的に考えさせるのはまだ早いようなので、私はまず二人に遊ぶということを覚えてもらおうと思った。

「メイとアレアは、家の中にいるのと外で体を動かすの、どっちが好き？」

「そと」

「……そと」

先入観でおままごとなんかを押しつけないで良かった。女の子だって体を動かすのが好きな子は多い。

「おっけい。じゃあ、鬼ごっこしよう」

「おにごっこ？」

「……なあに、それ？」

この年齢になるまで鬼ごっこも知らないなんて、ホントどういう生活をさせられてきたんだ。

「誰か一人が追いかける役をして、他の人は逃げる役をするんですのよ。鬼に触れられたら、今度はその人が鬼になって別の人を追いかけるんですの」

「分かる？」

「「……」」

メイとアレアは無表情に頷いた。

「じゃあ、やってみよっか」

クレア様と私は、メイとアレアを連れて庭に出た。

「最初は私が鬼になるね」

そう言ったが、メイとアレアはぴくりとも動かない。

「ほら、逃げる逃げる」

クレア様が二人の背中を押して距離を取った。二人は緩慢な足取りだ。

「ほーら、捕まえちゃうぞー！」

私はかなり遅い歩調で双子を追いかけた。二人は自主的に動こうとしないので、クレア様が手を引いて逃げる。双子の表情は動かないままだ。

「はい、捕まえた！」

「……」

メイにタッチした。メイはきょとんとした顔で立ち尽くしている。

「今度はメイが追いかける番だよ」

「ほら、アレアは逃げる逃げる」

しばらくぼーっとした顔をしていたメイだが、やがてとてて、と走り出した。クレア様の後を追いかけていく。クレア様は距離を詰めたり空けたりしながら、少しだけ逃げ回ってから捕まった。

「よく出来ましたわ、メイ。偉いですわよ」

「えらい？」

「そうですわ。メイはお利口さんですわね」

「……」

褒められるという経験に乏しいのだろうか。メイは不思議そうな顔でクレア様の言葉を噛みしめているようだった。

「今度はわたくしが鬼ですわね」

クレア様は今度はアレアの後を追いかけた。アレアはやはり緩慢な足取りで逃げ、すぐに捕まってしまった。

「アレアが追いかける番ですわよ？」

「……はい」

アレアは頷くと、メイと同じようにクレア様を追いかけ始めた。

私、蚊帳の外でちょっと寂しい。

「捕まってしまいましたわ。アレアは足が速いですわね」

「……」

褒められた、ということは伝わっているのだろうか。アレアも不思議そうな顔でクレア様の言葉を聞いている。

「……先が思いやられるね、これは」

と、私は先行き不安だったのだが、数分後——。

「メ、メイ、ちょっとストップですわ」

「またない」

メイがクレア様に抱きついた。続いてアレアも抱きつく。

「にげて」

「……にげて」

鬼ごっこはいつの間にか変則的なルールになっており、メイとアレアが二人がかりで鬼をし、クレア様を追いかける形になっていた。子ども相手となめてはいけない。子どもの体力は無限大である。最初こそ余裕の笑みを浮かべていたクレア様だったが、途中からへろへろになっていた。護身術や社交ダンスで鍛えている、あのクレア様がである。

「ちょっと休憩しよう、二人とも」

私は仲間はずれにされていたので、キッチンでおやつを作って持ってきた。水筒には紅茶が入っている。甘い物で釣ろうという作戦だったが、

「もっとおにごっこ」

「……したい」

二人は鬼ごっこがいたくお気に召したらしい。

「じゃあ、レイに交替して――」

「やだ」

「……おまえがいい」

二人は完全にクレア様に懐いたようだ。

寂しくなんかないやい。

「アレア、他人のことをお前と呼ぶのはおよしなさい」

「……どうして？」

「無礼だからですわよ」

「……ぶれい？」

「そうですわ」

クレア様は膝を折って続けた。

「人間は品性というものを身につけなければいけません。礼儀作法を身につけないでいるのは、服を着ないのと同じくらい恥ずかしいことですわ」

「……」

クレア様の言ったことが全て理解出来た訳ではないだろうが、とりあえずアレアは頷いた。

「……じゃあ、なんてよべばいい？」

「わたしたち、なまえきいてない」

うっかりしていた。そういえば名乗った記憶がない。メイとアレアのあまりの境遇に、そんな当たり前のことがすっぽ抜けていた。

「わたくしはクレア。あっちはレイですわ」

「よろしくね、二人とも」

「「……」」

二人はこくりと頷いた。

「じゃあ、鬼ごっこ再開しましょうか」

「え。クレア様、大丈夫なんですか？　かなりお疲れに見えますけれど」

「大丈夫じゃないので、回復魔法かけて下さる？」

ああ、その手があった。私は手早くクレア様に水魔法をかけ体力を回復させた。

「くれあ、だいじょうぶなの？」

「……まだあそべる？」

「ええ。今度はわたくしが追いかけますわよ？　ほら、逃げて逃げて」

「！」

「……！」

双子がちりぢりに逃げ、クレア様がそれを追いかける。

「楽しそうだなあ」

こんな単純な遊びが、どうしてだかとても楽しげに見えた。双子は相変わらず無表情だったが、それでもどこか気持ちが上向いているような気配を感じる。恐らく、クレア様の反応が楽しいんだろう。

分かるよ、その気持ち。

双子に共感を覚えつつ、準備だけはしておこうとお菓子をセットしていると――。

「あっ」

メイが転んでしまった。

「大丈夫ですの!?」

すぐさまクレア様が駆け寄る。私もお茶の用意をする手を止めて、メイのそばに走った。

「……足をすりむいていますわね」

クレア様がメイの体を検分したところ、怪我《けが》はそこだけのようだった。彼女の血には呪いがあるという。傷の場所は正確に確認しておく必要がある。

「痛かったですわね。泣かずにいるのは、とても偉いですわ。レイ、早く治療を――」

「どうして？」

「？　どうして、とはどういうことですの？」

唐突に投げかけられたメイからの質問に、クレア様がよく分からない顔をした。

「クレア、かなしそうなかおしてる」

「当たり前ですわよ。痛かったでしょう？」

「……わたしたちがけがすると、みんなよろこんだ」

「――！」

アレアの言葉が、クレア様の表情を凍り付かせた。さらに――。

「これ」

「……おれい」

メイは自分の血で魔法石化したスカートをぴっと千切って、クレア様に差し出した。

「何を考えているんですの！」

さすがにクレア様が声を荒らげる。

「なにって……」

「……おれい」

「そんなことをお礼にするんじゃありません！」

「どうして？　わたしたちは」

「……ちをながすためにうまれてきた」

二人はうわごとのように言う。これは、呪いだ。いや、これこそが、呪いだ。

「わたしたちがきずつくと」

「……みんな、うれしい」

「違いますわ!!」

切ない言葉を遮って叫んだクレア様は、二人の小さな体をかき抱いた。

「あなたたちは、幸せになるために生まれてきたんですのよ！　傷つくために生まれてきたなんて思ってはダメ！」

「でも、わたしたちは」

「……のろわれている」

「呪いなんてどうでもいいですわ！　メイ、アレア。あなたたち、ずっと痛かったでしょう？　辛かったですわね」

クレア様は泣いていた。気丈な彼女が泣くなんて、本当に珍しいことだった。クレア様は二人を優しく抱擁しながら、その髪をいつくしむように撫《な》でた。

メイもアレアもしばらく戸惑っていたようだが、やがて少しずつ変化が起こった。何かを思い出そうとして、思い出せないような、そんなもどかしい表情だった。

「わたしたち……」

「……これ、しってる」

これ、というのが何を指すのか、私は何となく察した。二人は記憶の彼方《かなた》で、抱擁されたことがあるのだろう。

「それはきっと、二人のお母さんじゃないかな？」

「おかあ……」

「……さん？」

その単語を聞いて、二人ははっとした顔をした。それまで貼り付けたような無表情だった二人の顔に亀裂が走った。

「う……」

「……ぐすっ」

歪《ゆが》んだ顔はやがて嗚咽《おえつ》を漏らし始めた。

「ずっと……」

「……まってた」

うわごとのように言いながら、メイとアレアはこれまでの分を取り戻すかのように泣いた。

「よしよし。二人とも、いい子ですわ……本当にいい子……」

クレア様が懸命にあやす。それでも、二人はなかなか泣き止《や》まなかった。しばらくの間、辺りには二人のすすり泣きだけが響いた。

「メイ、アレア。あなた方に良いことを教えて差し上げます」

クレア様は、二人からいったん体を離すと、そんなことを言った。

「？」

「……？」

「痛い時のおまじないですわ」

そう言うと、クレア様はメイの傷跡に手を当ててこう言った。

「ちちんぷいぷい、いたいのいたいの、飛んでいけ」

「？」

「……？」

「どうかしら？　まだ痛い？」

クレア様が言うと、メイはゆるゆると首を振った。

「そう、良かったですわ」

「……わたしにもして？」

「アレアもですの？　分かりましたわ。ちちんぷいぷい、いたいのいたいの、飛んでいけ」

クレア様のおまじないはきっと、怪我の痛みだけでなく、二人が背負ってきた色んな傷を癒やしてくれる、魔法の言葉に違いなかった。


「そんなこともありましたわね」

クレア様の感慨深げな声を聞きながら、私はお茶を淹れていた。私たちは庭に布を敷いてプチピクニックをしていた。メイとアレアはレレアを相手に今日も元気に鬼ごっこをしている。

クレア様と私は、二人を正式に引き取ることにした。正式といっても、王国ではまだ同性婚は認められていないため、二人の身元引受人的な立場でしかない。それでも、二人はもう私たちの生活の一部だった。

「平民運動で学院が騒がしくなった時のことを覚えていまして？」

「クレア様のことでしたら何でも」

「茶化すんじゃありませんわよ」

クレア様はピンとデコピンしてきた。痛い。我々の業界ではご褒美です。

「あの騒ぎの途中、街で物乞いを見かけたことがあったのですけれど、私、あの時は不快感しか抱けませんでしたわ」

抱かなかったではなく、抱けなかったというところに、クレア様の成長が見て取れる。過去の自分は苦々しそうだが。

「ああ、あの時の子たちなら前に見かけましたよ。教会の窓を拭いてました。ちゃんと保護されたみたいですね」

「そうでしたの……。それは嬉《うれ》しい報告ですわ」

クレア様はホッとしたように目を細めた。

「メイもアレアも随分表情豊かになりましたけれど、あなたが呪いをなんとかしてくれなかったら、あの子たちも今のように晴ればれとは笑えなかったでしょう」

ありがとうございますわ、とクレア様は言う。

「でも、まさか錆が決め手になるなんて……」

「まさかでしたねー」

メイとアレアが泣いたあの日、私は二人の涙がクレア様の服を魔法石化させないことに気がついた。涙と血液は元は同じもののはずで、その違いが魔法石化の有無を分けるのであれば、血液に含まれる主成分に干渉することで解決出来るのではないか、と考えたのだ。血液の主成分である赤血球は鉄で出来ている。ならばそれを錆び付かせてしまえばどうだろうか、というのが決め手だった。私はレレアにラストモンスターを食べさせて、錆を発生させる能力を模倣させた。そして、二人のそばにレレアを置いてみたところ、血液でも魔法石化は発生しなかったのだ。

「まあ、一時的な処置ですけれどね」

ゆくゆくは、ユー様にお願いして月の涙を使わせてもらおうと考えている。月の涙は一度ユー様の時に使ってしまったので、今は月の光を溜《た》めているところだ。本来であれば教会の最秘奥を使わせてもらえるはずもないのだが、そこはコネと貢献である。ユー様個人には貸しがあるし、リリィ様やメイとアレアの件で教会にも貸しがある。多少のワガママは許してもらおう。

「リリィ元枢機卿も安心して旅をしていることでしょう」

「そうだといいですね」

リリィ様はメイとアレアのことが解決してすぐに旅立っていった。ものすごく感謝されてしまい、クレア様と二人で辟易《へきえき》するほどだった。リリィ様からは今でも時々手紙が来る。今はユークレッドにいるそうで、母の元を訪ねて服を脱がされたそうだ。

リリィ様可愛いもんね。

「二人のことを預かる以上、早く生活を安定させなければいけませんわね」

「教師のお仕事、頑張りましょう」

「それもそうですけれど、もっと根本的なところですわ」

私が不理解を示すと、クレア様は続けた。

「四人でずっと、幸せに暮らしていく覚悟……のような、そんなものですわ」

クレア様の顔には、大人びた雰囲気があった。

「今度こそ、わたくしは神に誓います。メイ、アレア、そしてレイ。三人のことをずっと愛し続けると」

そう言って笑ったクレア様に、私は愛しさがあふれた。何も言わず頷くと、強く抱きしめる。

「おかあさまたち、なにをおはなししてたのー？」

「わたくしたちもまぜてほしいですのー」

メイとアレアが戻ってきた。表情豊かな二人の顔に、出会った当初の面影は微塵《みじん》もない。

「二人とも、よく笑うようになったなって話してたの」

「？　たのしかったらわらうよー？」

「へんなレイおかあさまー」

そう言って顔を見合わせて、二人はころころと笑った。

はい、可愛い。

しばらく懐いてもらえなかった私だが、呪いの件を解決したことをきっかけに少しずつ距離を詰めていくことが出来た。それでも、クレア様のように一足飛びにとはいかず、かなり苦戦したのだが。レレアにすら好感度で負けていると悟った時は、かなり凹《へこ》んだものである。

「レレア、おそーい！」

「おそいですわー」

のろのろとした歩みで、レレアも戻ってきた。メイとアレアの無限の体力に付き合ったせいか、かなり疲労の色が見られた。

「もう、レレアにはまけないねー」

「すぐにクレアおかあさまとレイおかあさまにもかちますわー」

　出会ったばかりの頃の話をしていたので、今の二人の無邪気な笑みに少し胸が詰まる。

「クレアおかあさま、どうしたのー？」

「どこかいたいんですのー？」

　クレア様も同じ思いだったのか、目元に光るものがあった。なんでもないですわ、と誤魔化したが、メイとアレアは心配そうな様子だ。

「メイ、アレア。あれをやってあげたらどう？」

「どれのことなのー？　アレア、わかるー？」

「メイ、きっとあれですわー」

　二人してこしょこしょと内緒話をする。クレア様が不思議そうな顔をしている。

「「クレアおかあさまー」」

　メイとアレアはにこっと笑うと声をそろえて言った。

　――ちちんぷいぷい、いたいのいたいの、とんでいけ。

番外編1 ✤ 得たもの、失ったもの

バウアー王国は過渡期にある。

革命という大きな出来事に翻弄されているのは、何も貴族たちだけではなかった。担い手となった一般市民も、今後の生活の変化に対応を迫られている。ナー帝国の干渉を振り切り、無血革命を成し遂げたバウアー王国市民だが、すぐに生活水準が向上するわけではない。むしろ、サッサル火山の噴火の影響や革命という一時的な混乱のために、市民の生活は革命前よりも悪くなっていると言える。

つまり、今は色々と大変な時期なのだ。

「それは分かってるんですよ。分かってるんですけど……」

今、私のそばにはクレア様がいない。クレア様は新政権樹立のためにあちこちを奔走している。私もお手伝いしたいし実際にしてもいるのだが、いかんせん私は政治は素人である。新しい政府を作るなどという一大事業に出来ることなどたかが知れているのだ。せいぜいがクレア様の指示に従ってお使いをすること、そして――。

「疲れ切って帰ってくるクレア様を癒やすこと、くらいなんですよねー」

今、私が何をしているかというと、学院の寮にある調理室でクリームシチューを煮込んでいる。物資の不足により食材もあまり贅沢《ぜいたく》には使えない。特に野菜は火山の降灰のせいで、不作が続いている。手に入るものも、学院が貴族たちの園であった頃とは比べものにならないほどの貧相さだ。それでもどうにか痩せたニンジンとタマネギを手に入れて使っている。タンパク質源も以前は牛肉がほとんどだったが、今ではそんなものは贅沢品でほぼ手に入らない。私はこれまたどうにか手に入れた鶏肉《とりにく》を美味《おい》しく食べようと、あれこれ工夫している。

「レイ」

キーの高い、それでいて不思議と耳に馴染《なじ》んでいる声が聞こえた。振り返ると、クレア様が立っていた。

「おかえりなさいませ、クレア様。今日はお早かったですね？」

「ただいまですわ。会議が紛糾してしまって……皆、頭を冷やすために、今日は一旦お開きになったんですの」

「そうでしたか。難航してるみたいですね」

「ええ」

そう言うと、クレア様は椅子に腰掛けて目を揉《も》んだ。私は一旦手を止めて両手を洗うと、タオルをお湯で湿らせたものを渡す。

「これを目頭に当てて下さい。気持ちいいと思います」

「ありがとう。こうかしら……ああ……これは……効きますわね……」

そのままクレア様は数分じっとタオルを当てていた。よほど疲れているのだろう。

「女性を政治に参画させるかどうか、で意見が割れてますの。わたくしは当然賛成ですけれど、反対意見も根強くて」

「そうでしょうね」

二十一世紀の日本に暮らしていれば、女性参政権など当たり前すぎる事柄だが、この世界において女性が政治に参画するということは決して簡単に実現出来ることではない。

「わたくしがいる手前、まだ遠慮していらっしゃいましたけれど、殿方たちの基本的な疑念はこれに尽きますわ。すなわち、女性に政治なんて分かるのか？」

これまた二十一世紀の日本の常識に照らせばとんでもない暴言にしか聞こえないが、日本とこのバウアーでは置かれた状況が違いすぎる。

まず前提として、識字率や教育水準の問題がある。嘘《うそ》でも冗談でもなく、「政治ってなに？」というレベルの女性が多いのだ。もちろん、元貴族の女性は教養として知っているし、元平民の女性だって教育水準の高い者は知っている。でも、そんな人たちは女性全体の数からすれば一握りだ。

さらに女性は数が多い。ナー帝国との抗争の結果、兵役で男性が減っているので、絶対数としては女性の方が多いのだ。

そんな状況で女性を政治に参加させて、果たして政治が機能するのだろうかというのは、綺麗事《きれいごと》だけでは済まない問題をはらんでいる。

「わたくしは、とりあえず参加させてみなければ始まらないと思いますのよ。最初は戸惑うことも多いと思いますけれど、次第に形になっていくと思いますわ」

クレア様は前向きで楽観的だ。実際、全ての女性が今の男性並みの教養を身につけるまで待っていたら、いつまで経《た》っても女性は政治から置き去りのままになってしまう。それに、政治に必要なのはなにも学校で習うようなことだけではない。日々の生活に根ざした問題意識だって、政治にはとても必要なものだ。

だが、その辺りのことを説明しても、新政府のお偉いさんたちにはなかなか理解が得られないという。

「女性への偏見は、まだまだ根強いですわね」

「そうですね」

私はクレア様を後ろから軽くハグした。クレア様が身を預けてくる。体温が心地よい。

「なんだかいい匂いがしますわね。今日のお夕飯はなんですの？」

しばらく二人でお互いの存在を確かめ合っていたが、不意にクレア様が鼻をひくひくさせてそう言った。

「今夜はクリームシチューですよ」

「まあ。ご馳走《ちそう》ですわね。このご時世ですもの。用意が大変だったでしょう？」

元貴族のクレア様も、今はもうすっかり食糧事情をわきまえている。この夕食を整えるための私の苦労を、クレア様は瞬時に看破した。

「クレア様のためですから。部屋に戻って夕食にしましょう」

「ありがとう、レイ。いつも感謝していますわ」

その言葉だけで、私は全てが報われると思った。

部屋に戻り、食卓についたクレア様にシチューとバゲットを配膳する。本当ならこれになにか副菜をつけたいところだが、シチューで贅沢をしてしまったので今夜はこれが精一杯である。私の分も配膳し、席についた。

「それでは、いただきます」

「いただきますわ」

二人とも手を合わせて食べ始める。

「！　なんて瑞々《みずみず》しい鶏肉ですの。こんないい鶏肉が今どき手に入るものですの？」

クリームシチューを口にしたクレア様が嬉《うれ》しいことを言ってくれる。

「いえ、鶏肉自体は普通の胸肉です。下ごしらえがちょっとコツでして」

「何をしたんですの？」

「塩と料理酒を軽く振って揉み込んでから、少し置いておくんです。それから片栗粉を全体に薄くまぶします」

胸肉はそのまま調理するとパサつきが気になる部位の肉なので、下処理しておくのが定石である。

「それだけ？」

「はい。少しはパサつきが抑えられたかなと」

「少しなんてもんじゃありませんわ。わたくし、もも肉かと思いましたわよ」

「恐れ入ります」

クレア様が喜んでくれたようで何よりである。満足な材料が手に入らなくても、工夫次第で料理はいくらでも美味しくなる。もちろん、材料がいいに越したことはないのだが。

「ふぅ……。ご馳走様でしたわ。とても美味しかったですわ。さすがレイですわね」

「お粗末様でした」

そんなことを言いながら、クレア様に食後のコーヒーを出す。クレア様は新聞の夕刊に目を通しながら、コーヒーを一口飲んだ。

私は背中にクレア様の存在を感じつつ、後片付けを始める。料理は好きだが、洗い物は少し面倒くさい。

「レイ」

「なんでしょうか？」

「それで……いつにしますの？」

「？　何をです？」

クレア様が何を意図しているのか分からず、私は振り向かずに聞き返した。

「決まってるじゃありませんの。わたくしたちの結婚式ですわ」

「!?」

私は思わず皿を一枚取り落としそうになった。

「結婚式って……。クレア様、からかってらっしゃいます？」

このご時世、しかも私たちは同性同士だ。あらゆる意味で、今、私たちが結婚式を挙げるというのは、現実的ではないと私は思った。

「あら。レイはわたくしと結婚したくないんですの？」

「したいです」

そこは即答である。したくないわけがない。したいに決まっている。しかし、だからといって出来るかどうかというのは別問題だ。

「そもそも、まだ新憲法制定前ですし、新憲法でも同性婚は認められない見通しだったんじゃないんですか？」

私は洗い物を終えるとクレア様の対面に座って、疑問に思ったことを口にしてみた。クレア様は新

聞を畳んで、

「確かに法律的にはわたくしたちは結婚出来ませんわね」

と、あっさり認めた。

「でしょう？」

「でも、結婚式って別に法律的にどうという問題ではないと思いますのよ」

「というと？」

「結婚したいと思う二人が法律とは関係なしに、お互いの家族や友人たちに二人の仲を認めて貰う儀式、だとわたくしは思っていますわ」

クレア様の言うことは、二十一世紀の日本で言う人前式のコンセプトに近い。結婚式には色々な形式があり、神様の前で誓いを立てる神前式、仏様の前で立てる仏前式などがあるが、それ以外に人前式というものがある。

これは宗教的な儀式ではなく、互いの関係者に誓いを立てるという意味合いを持ち、若い世代を中心ににわかに広まりつつあった形式だ。古い価値観が支配的なこの世界において、クレア様がそういった価値観を持っていることに、私は驚きを隠せなかった。

「その考え方には私も大賛成ですが、お金の問題もありますよ？」

この世界の結婚式は披露宴も兼ねている。結婚式を行う側もお金がかかるし、招待される方だってそれなりにかかる。誰もが生活に余裕がない中、結婚式を強行したとしても来てもらえるだろうか。

「参加者は絞りましょう。わたくしたちの関係者は新政権でもそれなりの地位にいる者がほとんど。式に出るくらいの経済力はあるでしょう」

「ああ、言われてみれば」

「もちろん、レイのご両親の参加には、わたくしがお金を出します。お二人の参加しない式など意味がありませんもの」

「いえ、それは私が出しますよ」

　クレア様の貴族としての資産は、革命時に最低限を残して没収されている。それでも今のクレア様が普通に生活出来ているのは、市民たちがクレア様の功績を称《たた》えて寄付をしてくれたからだ。正直、貯金額は私の方が多い。二人で生活するに当たって、私は資産を共有しようと申し出たのだが、クレア様に拒否された。生活費は折半しているものの、お互いが個人で使うお金はそれぞれ自分で管理している。

「なら、それも折半《せっぱん》しましょう。とにかく、レイのご両親にはなんとしても参加して頂かないと」

「はあ……」

　クレア様はとにかく式を挙げることに前向きだ。私だって挙げたくないわけではないが、でも、もっと情勢が落ち着いてからでいいのではと思ってしまう。ノリノリのクレア様の気持ちに水を差したくはないので、とりあえずもう少し様子を見てみることにする。

「他に式に呼ぶのは、王子様方、レーネ、ランバート、ミシャ、お父様……お姉様とリリィ元枢機卿は難しいかしら」

「王子様方、マナリア様、リリィ様は多分、無理かと思われます」

「遠方のお姉様、取り調べ中のリリィ元枢機卿は分かりますが、三王子様方はどうして？」

「お忘れのようですが、クレア様はもう一市民です。王族が式に参列するのは、お立場上難しいかと」

「ああ……。そうでしたわね」

　クレア様自身気をつけてはいるのだろうが、貴族であることが普通であった感覚はなかなか修正出来ないようだった。今も新政府の要人と普通に会って対等に議論しているせいもあるだろう。クレア様は一市民という身分でありながら、その交友関係に新政府の重鎮が多い。

「分かっていたつもりですけれど……やっぱり残念ですわね。そうすると、来て頂けそうなのはレイのご両親、お父様、レーネにランバート、ミシャくらいかしら」

「クレア様の貴族時代のご友人はどうです？」

「今でも手紙のやり取りをする子たちはいますけれど……難しいでしょうね。貴族の地位を失っての生活に順応することに、今は精一杯のようですわ」

　生まれた時から裕福で様々な特権が与えられていた者が、突然それらを失ったらどうなるか。路頭に迷う者がたくさん出ても不思議ではない。もちろん、一市民として生活する分の資産は残されたのだが、貴族として生きてきた者がすぐに一般市民としての生活に切り替えられるかといえば、それは難しい。

「クレア様、やはりもう少し世情が落ち着いてからにしませんか？　そうすればクレア様のご友人方にも参加して頂けるようになるかもしれません」

「なんですの、レイ。さっきから煮え切りませんわね。わたくしと結婚したいと言った言葉は嘘ですの？」

「いえ、紛れもない本音ですが」

「だったら――！」

クレア様がどこか焦っているように見えた。その理由が私には分からない。私は手を伸ばしてクレア様の手を握った。

「何を焦っていらっしゃるんですか、クレア様」

「……」

「私たちはもう思いを確かめ合った仲です。結婚式なんていつでも出来ます。焦る必要なんてないはずです」

「……不安なんですのよ」

「不安？」

はて？

「私は何かクレア様を不安にさせるような態度を取ってしまっていましたか？　それなら直しますから、ご指摘下さい」

「違うんですの！　レイには何も問題ありませんわ。問題があるのは……わたくしですわ」

「？　クレア様のどこに問題が？」

クレア様はいつもパーフェクトにお可愛《かわい》らしいのだが。

「だってわたくし……もう貴族ではありませんもの……」

「……は？」

クレア様の言っていることが、私は理解出来なかった。思わず間抜けな声を出してしまう。

「だから、わたくしはもう貴族ではありませんのよ？　地位も名誉も資産もない。あるのは分不相応な教養と無駄なプライドだけですわ。こんなわたくしをレイがいつまで想《おも》ってくれるか……」

私はうっかりしていた。

貴族の地位を失ったことに、クレア様はもうすっかり順応していると思い込んでいた。クレア様だって元貴族――それも最上位にいた貴族だ。そんなクレア様が一市民として生きることになって、不安や戸惑いがなかったはずがないのだ。そばにいて支えている気になって、私は一体何を見ていたのか。

「クレア様、落ち着いて下さい」

「レイ……」

私は席を立つとクレア様の後ろに回って、その身体を抱きしめた。少しでも不安を取り除けるように。

私の想いが伝わるように。

「貴族でなくなっても、私がクレア様を想う気持ちは微塵《みじん》も揺らぎません。私がクレア様を好きなのは、クレア様が貴族だからではないですよ」

「……ええ、分かっていますわ。レイはそういう人ですもの。でも、レイのご家族は？　レーネやミシャは？」

「クレア様……」

クレア様にとって、貴族であることは生き方そのものだった。一時はその生き方に殉じて散ろうとしたくらいに。今でこそ私と一緒に生きることを選んでくれているが、クレア様を支えていた大きな支柱がなくなったことに変わりはない。クレア様は不安定になっているのだろう。

「クレア様、選挙に出ましょう」

「？　レイ、今はわたくしたちの式の話を――」

「ええ、分かっています。でも、今のまま結婚式を挙げたら、クレア様はきっと虚《むな》しい思いをすると思います」

「どうして？」

「クレア様には新しい生き方が必要です。自分はこうして生きていくのだという、芯になるものが。それがないうちは、ずっと不安なままです」

「……」

クレア様は考え込んでしまった。クレア様自身、分かってはいるのだろう。今の自分にはよって立つものがないということを。

本音としては、それが私であったらいいと思う。私に依存するクレア様をべたべたに甘やかしたいという暗い欲求がないと言ったら嘘になる。でも、それはクレア様のためにならない。万一、私が何かの理由でこの世を去った時、クレア様はその時こそ本当に何も支えがなくなってしまう。それではダメだ。

「……レイが何を言いたいのか、やっと分かった気がしますわ」

しばらく黙り込んでいたクレア様が、ぽつりとそう言った。見ると、目には強い意志を見せる光が戻っており、いつもの勝ち気なクレア様の顔をしていた。

「じゃあ？」

「いえ、わたくしは選挙には出ません」

「え？」

戸惑う私に、クレア様は微笑《ほほえ》みかけると続けた。

「新政権の一員として政治を担うのは、確かにやりがいのある仕事ではあるでしょう。きっと、わたくしの生きがいとして申し分ないものですわ」

「なら……」

「でも、それはダメ。せっかく苦労して市民による革命が起こったのに、旧体制の象徴とも言うべき人間が変わらず政治の中枢にいたのでは、何のための革命だったのか分からなくなりますもの」

「……」

世界の歴史を紐解《ひもと》けば、革命や政変が起こっても旧体制の構成員は新体制にある程度残るものなのだが、クレア様はそれを望まないようだった。ならば無理強いは出来ない。

「でも、探してみますわね。わたくしがこれと思える生き方を」

「はい。応援しています」

吹っ切れたような様子のクレア様の髪に、私は口づけを落とした。クレア様がくすぐったそうな声を漏らす。

いつかクレア様が自分の道を見つけられればいいと思う。結婚式は、それからでいい。私はいつまでだって待つ。

私が結婚する相手は、いつだってカッコイイそんなクレア様なのだから。

番外編2 ✦ 結婚式

かつてクレア様は言った。結婚式というのは儀礼的な意味合いよりも、個人的な意味合いの方が強い、と。二人が共に生きていくことを、お互いの身内に誓うということが、結婚式の意義である——クレア様はそんな風に言っていた。

私は今、その意味を噛《か》みしめている。

「緊張していますの？」

隣にいるクレア様が、面白がるような、珍しいモノを見るような目をして、私に語りかけてきた。その顔にはヴェールがかかっている。

「……どうやらそのようです」

「レイでもそんなことがあるんですのね。あなたには怖いものなど何もないのだと思っていましたわ」

「そんなことありませんよ。怖いものなんていっぱいあります」

「ふふ、そうですわよね。レイだって人間ですものね」

「例えばお酒を飲んだ時のクレア様とか」

「わたくしそんなに酒癖悪くありませんわよ!?」

「可愛《かわい》すぎて怖いんです」

「バ、バカ仰《おっしゃ》いなさい。……ほら」

大丈夫ですわ、とクレア様は白い手袋をはめた手で、私の手を握ってくれた。私も柔らかく握り返す。

今日、クレア様と私は結婚式を挙げる。

「ねぇ、レイ。わたくしたち、そろそろいいですわよね？」

新生活にも徐々に慣れ、教師の仕事も一段落した頃、クレア様がおもむろにそんなことを言ってきた。時間は夕刻。テラスに置いた椅子に腰掛けながら辺りを見回すと、空がだいぶ暗くなってきている。

メイとアレアは庭でレレアを追いかけ回しているが、そろそろ家に入るように言わなければ、などと思っていた矢先のことだった。

「すみません。何のことでしょう？」

私は何のことか分からなかったので、素直に聞いた。クレア様は察しが悪いですわね、とちょっと拗《す》ねた顔をしてから、

「結婚式、ですわよ。もうわたくし、自分の生きる道を見つけましたわ」

「ああ」

以前にもクレア様は結婚式をしたい、という話をしてきたことがあった。その時はクレア様が焦っているように見えて、よくよく話を聞いてみると、クレア様は貴族でなくなったことで不安定になっていたのだった。そこで私は、結婚式を挙げるのは、クレア様が新しい生き方を見つけてからにしま

しょう、と提案したのである。

その後、私たちは王立学院に教員として就職し、また、メイとアレアという新しい家族を得た。革命後の世界で、概《おおむ》ね新しい生き方を定着させたと言っていいかもしれない。

「学院時代の友人たちも、だいぶ生活が落ち着いたと言っていますわ。今なら式に来てもらえます。お給金も入りましたし、レイのご両親をお招きすることも出来ますわ」

だからね、いいでしょう、とクレア様は可愛くおねだりしてくる。

天使かな。

「そうですね。今ならちょうどいい時期かもしれませんね」

「それじゃあ……？」

「はい」

私は椅子から立ち上がってクレア様に近寄った。ひざまずいて、その手を取る。

「結婚して下さいますか、クレア様？」

「……はい！」

クレア様は最初ちょっぴり驚いた顔をしてから、大輪の薔薇《ばら》のように笑ってくれた。

「クレアおかあさまとレイおかあさま、けっこんするのー？」

「けっこんしきをしますのー？」

耳ざといメイとアレアがレレアに乗ってやってきた。

「うん。二人も出席してくれる？」

「もちろんだよー！」

「みとどけてさしあげますわー！」

二人はけっこん、けっこん、と囃《はや》し立てた。なんかこそばゆい。

「そうと決まったら準備ですわね。まずは日取りを定めませんと。二ヶ月もあれば準備を整えられるかしら？」

「そうですね。それほど豪華にするつもりもありませんし、それくらあれば十分かと」

そこから二人して、結婚式の準備に明け暮れた。式場は教会ではなく、フラーテル系列のレストランを押さえた。神前式ではなく人前式なので、教会である必要はなかったからだ。むしろ、精霊教会はまだ同性婚には懐疑的なので、私たちは教会では式を挙げることが出来ない。それでも、レーネの協力で、フラーテルの系列でもかなりいいレストランを借りることが出来た。

　招待状を出すのは、ドル様、レーネ、ランバート様、クレア様の学院時代のご学友、私の両親、ミシャ。三王子やマナリア様は、クレア様が一般市民となった今、身分が違いすぎるということで、今回は見送ることにした。招待状の代わりに、結婚しますという報告の手紙はもちろん送るが。放浪中のリリィ様は、残念ながら居場所が分からないために連絡が取れないが、これは仕方ないと諦めるしかない。

「ドレスは貸衣装屋で借りるしかなさそうですね」

「そうですわね……。こういう時、お裁縫が出来たら、と思ってしまいますわ」

「ウェディングドレスは普通、お裁縫の範疇《はんちゅう》ではないと思うんですが……」

などという会話があった後、クレア様は本格的に裁縫を始めるのはまた別の話。

そんなこんなで二ヶ月はあっという間に過ぎ、いよいよ結婚式当日を迎えた。

式場となるレストランには、既に来賓が集まっている。控え室でおめかしをしてもらっていたクレア様と私の元にも、楽しげに会話する声が届いていた。ビュッフェ形式にしたので、来賓は思い思いに飲み物片手に談笑している。

「そろそろ始めますね、クレア様、レイちゃん」

「分かりましたわ」

「今日はよろしくね、レーネ」

司会進行を務めてくれるのは、今や王国中に名を轟《とどろ》かす一大商店「フラーテル」の若女将《おかみ》、レーネである。彼女は花嫁であるクレア様と私を引き立てるような慎ましやかなドレスを身にまとっていた。

レーネは兄であるランバート様と商会を開いて一財産を築いた。しかし、社会的地位を得てからも、彼女はクレア様にずっと忠誠を誓っている。結婚式の会場探しを依頼してからこちら、ずっとお世話になりっぱなしだ。今日も部下任せにせず、自ら司会進行を請け負ってくれた。

「お任せ下さい。それにしても……お綺麗《きれい》です、二人とも」

レーネは感極まったようにハンカチを顔に当てながらそう言った。クレア様は真っ白なマーメイドラインのウェディングドレス、私は色は同じく白だが、スカートではなくパンツスタイルのスーツドレスを選んだ。

「クレア様が綺麗なのは当然として、私はなんかドレスに着られてない？」

「そんなことないわ。レイちゃんは黙ってれば美人さんなんだから」

「それ、褒めてる？」

「もちろんよ」

そう言って、レーネは微笑《ほほえ》んだ。

「さあ、舞台は整いました。後はお二人の入場です」

私たちを促したのは、レーネの伴侶であるランバート様だった。彼はモーニング姿である。その手は既に扉にかけられている。

いよいよ、結婚式の始まりだ。

「行きましょう、クレア様」

「ええ、レイ」

クレア様と私は手を握り合うと、二人で扉をくぐった。


拍手で来賓に迎えられた私たちは会場の奥へと通され、そこで来賓たちに挨拶を求められた。

「皆様、本日はお集まり頂きまして誠にありがとうございます」

クレア様が代表して挨拶をする。私はすぐ横でそれを見守った。クレア様はとても満ち足りた微笑を浮かべていて、ここに至るまでの平坦とは言えない道のりを思い出した私は感慨深いものがあった。

「今日ここに、わたくしクレア＝フランソワとレイ＝テイラーは結婚いたします。法的な根拠のあるものではありませんが、わたくしたちを結びつけているものは、それ以上の絆《きずな》です」

堂々と言うクレア様の言葉に、来賓が拍手で応えた。

「一部の方はご存じと思いますが、わたくしとレイの出会いははっきり言って最悪のものでした。そんな相手と今こうして結婚式を挙げようというのですから、人生というのは分からないものですわね」

少しおどけるようにクレア様が言うと、会場がどっと沸いた。

「でも、今ではレイはわたくしにとってかけがえのない伴侶です。この先の人生を共に歩んでいく相手は、彼女を置いて他にありえません。これまでもずっとわたくしをそばで支え続けてくれたレイ、あなたと出会えて本当に良かった」

私をじっと見つめながら放たれたその言葉は、リハーサルの時にはなかったものだった。思わぬ不意打ち。

ずるいよ、クレア様。そんなの嬉《うれ》しすぎる。

「レイおかあさま、ないてるのー？」

「クレアおかあさまになかされたのー？」

メイとアレアが近寄ってきてハンカチを渡してくれた。

「大丈夫だよ、メイ、アレア。ちょっと嬉しすぎただけ」

「へんなレイおかあさまー」

「めずらしー」

二人のおかげで、ちょっと会場が和んだ。あんまりしんみりしすぎない方がいいよね。私は涙をハンカチで拭うと、笑顔でクレア様の挨拶の続きを待った。

「本日お集まり頂いた皆様は、わたくしとレイが結ぶ絆の証人です。わたくしたちは皆様に恥じぬよう、誠実に、前向きに、そして幸せに生きていくことをお誓い申し上げます」

再びの拍手。それが鳴り止《や》むのを待ってから、クレア様は私の手を取って続けた。

「本日はお集まり頂きまして、誠にありがとうございました。どうぞ最後までパーティーを楽しんでいらして下さいませ」

そして、二人して頭を下げた。会場は割れんばかりの拍手に包まれた。


「クレア様、おめでとうございますわ！」

「私、感動しました！」

「ロレッタ、ピピ、ありがとう。今日はよく来てくれましたわね」

パーティーが始まって最初に挨拶に来たのは、私には見覚えのない二人の女性だった。ドレスの着こなしや所作からして、恐らく元貴族だと思われる。

「それにしても……まさかあの者と結婚なさるなんて……」

「私たち、彼女には色々と酷《ひど》いことを……」

あれ？　もしかして私、彼女たちに会ったことある？

「クレア様、そちらのお二人はどなたですか？」

「あ、あなた、私たちのこと覚えてませんの!?」

「散々、意地悪して差し上げましたのに！」

私が聞くと、二人は心外だ、とばかりに言った。

いやだって、ホントに記憶にないんだもん。

「ロレッタとピピは学院時代の同級生ですわよ。あなた、散々からかって遊んでたじゃありませんの」

「……ああ！」

クレア様の取り巻きその一、その二か。そりゃあ、記憶にも残らないはずだわ。

「思い出しました。失礼いたしました」

「まあ、思い出されない方が良かったのかもしれませんけれど」

「私たちのしたこと、許して下さいます？」

ロレッタ様とピピ様は、おずおずとそう言った。

「許すも何も、記憶にすら残ってませんでした」

「そうですわよね！　あなたはそういう方でしたわよね！」

「ホント……クレア様には申し訳ありませんけれど、この方のどこが良かったのかしら……」

二人は不服そうである。

「レイの良さは、わたくしだけが分かっていればいいんですのよ」

「まあ！」

「クレア様がそんなおのろけを仰るなんて！」

「この人、目を離すとあっちこっちで人を引き寄せるんですのよ。これ以上ライバルが増えたらたまりませんわ」

や、それは絶対、クレア様の勘違いだと思う。

「レイ……さん、クレア様のこと、頼みましたわよ？」

「幸せにしなかったら承知しませんからね！」

二人はそう念を押して離れていった。

「いいお友だちですね」

「ふふ、そうでしょう？」

ただの取り巻きとしてしか認識していなかったが、クレア様もちゃんと血の通った友だち付き合いがあったのだな、と今更ながらに気づいた。そう考えると、初期の私のクレア様へのアプローチは、クレア様にとって感じ悪く映っていても仕方なかったな、と思う。

「でも、彼女たちが処刑されずに済んだのも、レイのおかげですわ」

「貴族制度を終わらせたのも、何割かは私のせいですけどね」

「それは言いっこなしですわ」

クレア様が苦笑する。

次に挨拶に来たのは、司会進行の仕事が一段落したレーネとランバート様だった。

「ご結婚、おめでとうございます！」

「おめでとうございます、クレア様」

「ありがとう」

レーネはクレア様に抱きついてわんわん泣いた。嬉し泣きだ。

「私、レイちゃんは絶対、クレア様を幸せにするって信じてました」

「あら、そうだったんですの？　どうして？」

「従者としての勘です！」

「勘」

よく分からないが、レーネは私のことを随分と買ってくれていたらしい。

「クレア様もあんなにワガママし放題だったのが、すっかり大人になられて……」

「ちょっとレーネ、やめなさいな。あなた、わたくしの保護者みたいになってますわよ？」

「いいじゃないですか、今日くらい。小さい頃のクレア様には本当に手を焼かされて――」

レーネはしばらく管を巻いた。クレア様がげんなりしてる。可愛い。

「もうそのくらいにしなさい、レーネ。わたくしの面目が丸つぶれですわよ」

「もう貴族でもないのですし、いいじゃないですか」

「最愛の者の前ですわよ！」

「レイちゃん、聞いた？」

「耳に焼き付いたね」

「あ、あああ、あなたたち！」

レーネと二人でクレア様をからかって遊ぶ。レーネとランバート様が追放された時には、もう今生の別れかと思っていたのに。

「レーネ」

「なに、レイちゃん？」

「レーネは今、幸せ？」

私の問いに、レーネは目をぱちくりさせたが、やがて、

「もちろんよ。ランバートがいるし、大切な二人もこうして幸せになってくれたんだから！」

そう言って破顔するのだった。

「私たちも、お二人に負けないように幸せになるつもりです」

ランバート様が、レーネの肩を抱いて言った。

「じゃあ、勝負ですわね」

「負けませんよ、クレア様」

レーネはクレア様と握手してから、また司会の仕事に戻っていった。

レーネは手紙を預かっています、と言って、何通かを手渡してくれた。差出人を確認すると、ロッド様、セイン陛下、ユー様の三王子、そしてマナリア様の名前があった。クレア様と私の結婚を祝う文章がしたためられていたが、マナリア様の手紙にはこんな一文もあった。

『二人が破局したら、ボクのところへおいで』

絶対に行ってやるもんかと思いましたまる。

他にも何通か来ていたのだが、一通だけぼろぼろの手紙があった。差出人を見ると、

「……リリィ様」

バウアーを出て放浪の旅に出たリリィ様からだった。リリィ様はちょうどマナリア様のところへ立ち寄った所だったらしく、そこで私たちの結婚のことを知ったらしい。手紙には几帳面《きちょうめん》な文字で祝辞がつづられていて、最後にこう追記があった。

『追伸　愛人枠はまだ空いてますよね？』

「ありませんわよ!?」

クレア様はそのまま手紙を破り捨てそうな剣幕だったが、私がなだめて事なきを得た。

「まったく……。レイの女ったらしにも困ったものですわ」

「えええ……私のせいですか？」

「他に誰のせいだと言いますの」

そう言われてもなあ。でも、ジェラるクレア様はとっても可愛いと思います。

次にやってきたのはミシャだった。

「クレア様、レイ、おめでとう」

「ありがとうございますわ、ミシャ」

「ありがとね」

ミシャはドレスを着てはおらず、修道服だった。着こなしが完璧なので、このパーティー会場の中でも全く浮いていない。さすがは元上流貴族。

「ユー様からも手紙とは別に、個人的なお祝いの言葉を預かっています。精霊神の名の下に祝福を、とのことです」

「精霊教会は同性婚には否定的だったはずじゃないんですの？」

「教会はそうですが、元々、精霊教の教えに同性婚を禁じる教義はないのですよ」

ユー様曰《いわ》く、精霊神の下では、誰もが平等であるらしい。

「ユー様らしいですわね」

「ホントですね」

「ユー様ってば、王族の身分を捨ててからすっかりわんぱくになってしまわれて……」

ミシャは深く溜《た》め息をついた。

「伴侶としては気が気ではない？」

「誰が伴侶よ。私なんて身分不相応よ」

「そんなこと言ったら、クレア様と私だってそうでしょ」

「そうかもしれないけど……」

ミシャとしては、ユー様との関係はまだまだ悩みが尽きない事柄らしい。

「思い切ってどーんと飛び込んじゃいなよ」

「簡単に言ってくれるわね」

「経験者だから」

「……そうだったわね」

ミシャは苦笑する。

「まあ、今日は私のことはどうでもいいわ。お二人とも、本当におめでとうございます。また修道院に遊びにいらして下さい」

「ええ、ぜひ」

「またね、ミシャ」

ミシャは立食パーティーには参加せず、そのまま帰途についたようだった。

「クレア、レイ、おめでとう」

大らかな言葉とともに近づいて来たのは、メイとアレアを連れたドル様である。ドル様は政治の最前線を退いてからすっかり丸くなり、かつての傲岸《ごうがん》不遜《ふそん》な大貴族の姿は今や影も形もない。

「おかあさま、おめでとうー」

「おめでとうございますわ」

「ありがとうございます、お父様。メイとアレアもありがとう」

「ありがとうございます」

ドル様とハグを交わし、メイとアレアも抱きしめる。

「レイ……キミには本当にどれだけ感謝したらいいか分からない」

「大げさですよ、ドル様。私は結局、大したことは出来ませんでした」

「そんなことはない。私の計画では、革命にはもっと多くの血が流れ、私もクレアも生きてこの時代を迎えることは出来ないはずだった」

「それこそ、私だけの力ではありません。ドル様やクレア様、そしてその他のたくさんの人たちの行動の結果、ですよ」

「キミは謙虚だな」

「ドル様が買いかぶりすぎなんです」

ドル様と私がそんな話をしていると、

「おじいさま、むずかしいおはなしー？」

「わたくしたち、おなかがすきましたわー」

メイとアレアがドル様の服を引っ張ってそう言った。

「あはは、ごめんごめん。そうか、メイとアレアはお腹《なか》がすいたか。どれ、おじいちゃんが美味《おい》しいものを取ってきてあげよう。何がいい？」

「「クレームブリュレ！」」

相好を崩すドル様は、すっかり好々爺《こうこうや》と化している。革命を裏で操った策謀の人は、もうここにはいない。

「ああ、クレア」

「なんですの、お父様？」

「レイが好きかね？」

「ええ」

「革命前から彼女を知っている身から言わせてもらえば、彼女の好きはクレアの百倍はありそうだぞ。想《おも》いには想いで応えなさい」

「……覚えておきますわ」

「よろしい」

そう言うと、今度こそドル様はメイとアレアを連れて行ってしまった。

「釘《くぎ》を刺されてしまいましたわ」

「さすがのクレア様も、ドル様には敵《かな》いませんね」

「ホントですわ」

私たちは二人して笑った。

最後にクレア様と私は挨拶しに行くところがあった。

「レイちゃん、クレア様、本当におめでとう。とっても綺麗よ」

「……おめでとう」

「ありがとうございますわ、お義母《かあ》様、お義父《とう》様」

「ありがとう」

私の両親である。二人は精一杯のおめかしをして、はるばるユークレッドから参加してくれたのである。

それだけではない。

「ドレス、間に合って良かったわ」

「……元貴族の方に差し上げるなど、おこがましいとも思ったのですが」

「いえ、とんでもないですわ。本当に素敵なドレスをありがとうございました」

お忘れの方もいらっしゃると思うが、私の実家であるテイラー家は服屋である。貸衣装屋で借りるしかないと諦めていたウェディングドレスなのだが、なんと父と母が仕立ててくれたのだ。もちろん、材料費その他はこちら持ちだが、わずか二ヶ月の間にウェディングドレス二着を仕上げるというのは並大抵のことではない。父と母の裁縫職人としての腕を、私は初めて思い知った。

「お父さん、お母さん、ありがとう」

「娘のためだもの。当たり前よ」

「……うむ」

そう言って、父と母は静かに涙をにじませている。

「レイちゃんは昔から不思議な子だったけれど、こんなに立派になってしまったらもう完全に私たちの手を離れたわね……」

「……元々、レイは精霊から授かった子だからな」

涙が止まらない様子の母の肩を、父がそっと抱いた。

しかし――。

「それは違うよ、お母さん、お父さん」

「……？」

「私は二人の子。他の誰の子でもない。そのことに、私は誇りを持ってるんだから」

確かに二人は生みの親ではない。そして、転生者である私にとって、二人は育ての親とも言いづらい部分はある。でも、私の中にあるレイ＝テイラーの記憶は、二人から受けた深い愛情を確かに覚えている。二人がいなければ、私という人間はここにこうして成立していない。

「レイちゃん……」

「……そうか……ありがとう、レイ。愛する我が娘」

そう言うと、父は私をしっかりと抱きしめてくれた。

「クレア様、レイのこと、よろしくお願いしますね」

「もちろんですわ。必ず二人で幸せになります」

「ありがとう」

母もクレア様を抱きしめた。私たちはこの日、本当の意味で家族になった。


「お集まりの皆様、そろそろ宴《うたげ》も終わりの時刻となりました。最後に、新婦である二人から皆様にご覧に入れたいものがあるそうです」

料理もそろそろ尽きた皿が出始め、参加者たちにアルコールがいい感じに回った頃、レーネがそんなことをアナウンスした。

はて？　なにかあっただろうか。

知らないのは私だけかとクレア様を見ると、クレア様も首をかしげている。

どういうこと？

「新婦二人が永遠に愛を誓う印を、ここで皆様にご覧に入れたいと思います」

レーネが意地悪く笑った。来賓から黄色い声が上がる。

あー……、これってそういうことか。

「？　なんですの？　何が始まるんですの？」

クレア様はおたおたしている。まだ意味が分かっていないらしい。

「クレア様、誓いの口づけを、ってことですよ」

「ああ、なるほど、そんなことですの……って、えええ!?」

目に見えて動揺するクレア様。可愛い。

「だ、だからそういうのは人前でするものでは……！」

「結婚式ではむしろ王道でしょう」

「そ、そうですけれど！」

「ほらほら、覚悟を決めて下さい」

「ま、待って下さいまし！　ちょっと気持ちの整理を――」

「待ちません」

私はクレア様の両肩をつかむとその両目を真剣に見つめた。クレア様も堪忍したように居住まいを正した。

「クレア様」

「……はい」

「愛してます」

「わたくしもですわ、レイ」

「クレア様を一生、愛し続けると誓います」

「そばでずっと、支え続けますわ、レイ」

そうして、二人の唇が重なった。会場から歓声が上がる。

「これでもう、後には引けなくなりましたね」

「引くつもりもありませんわよ」

「覚悟はいいですか？」

「こちらのセリフですわ」

色気のない言い合いをする私たち。クレア様と私は、これくらいでちょうどいい。

「幸せになりましょうね、クレア様」

「絶対に幸せになりますわよ、レイ」

二人の花嫁は、確かめ合うように、もう一度唇を重ねるのだった。

番外編3 ✦ 甘いお酒

「ふぅ……」

「お疲れ様ですわ、レイ。二人はもう寝た？」

「ええ、ぐっすり」

時間は夜の二十一時を回ったところ。メイとアレアを寝かしつけてから、私はリビングへと戻ってきた。

リビングのテーブルでは、お風呂を終えて寝間着に着替えたクレア様が、一人で飲み物らしきものを飲んでいた。一リットルくらい入りそうなボトルに入った、金茶色の液体である。

「クレア様、それは？　ジュースの類いは切らしていたと思うのですが」

明日、市場に買いに行こうと思っていたのだが。

「これですの？　お酒ですけれど」

「!?」

さらっと言ったクレア様に、私は仰天した。

お酒？

お酒って言った、今？

「ちょっとクレア様。お酒なんて飲んじゃダメですよ！」

「どうしてですの？」

「どうしてって……。私たちまだ二十歳前じゃないですか」

「？　そうですけれど、それがどうかしまして？」

顔に疑問符を貼り付けたクレア様の様子を見て、私は思い出した。そういえば、この国では十五歳から飲酒が可能だった。ということは、クレア様も私もお酒を飲んでも法的には問題はない。それどころか、アルコールは種類によっては水よりも安い。クレア様が飲んでいるお酒は、そこそこ上等そうだが。

「ランバートが日頃のお礼にとくれましたのよ。飲みやすくてなかなかいいお酒ですわ」

「はあ……。でも、あんまり飲みすぎないで下さいよ？　健康にはよくありませんから」

「節度はわきまえていますわ」

恐らくだが、クレア様は貴族同士の付き合いやパーティーで、法定年齢よりも早くからお酒を嗜《たしな》んでいたに違いない。今世の私なんかよりはきっと、加減は分かっているだろう。

「おつまみでも作りましょうか？」

「そんなことはいいから、レイも一緒に飲みましょう」

クレア様がそう言うので、私もグラスを取り出してきて一緒に座る。お酒は蜂蜜酒のようだった。クレア様が手ずからグラスに注いでくれる。

「乾杯ですわ」

「乾杯」

グラスを合わせてから、私も恐る恐る口にする。

蜂蜜酒といっても、別に甘いわけではない。発酵の過程で糖分は分解されてしまうからだ。味としてはビールが一番近いだろうか。フレーバーが甘いので、純粋なビールとはまたちょっと感じが違うのだが。しかも、この蜂蜜酒にはどうやら香辛料が入れられているようだった。味わいと香りからするにシナモン辺りだろう。クレア様が言っていたように、非常に飲みやすい。シンプルに美味《おい》しいお酒と言えた。

「どうですの？」

「美味しいですね。確かに飲みやすいです」

「そうでしょう？　貴族時代に贔屓《ひいき》にしていた酒蔵のものを、レーネが覚えていてランバートに渡してくれたそうですの」

「なるほど」

さすがレーネ。メイドという立場ではなくなっても、彼女は一生、クレア様を主人と仰ぐに違いない。

彼女の心遣いに感謝しつつ、そのまましばし杯《さかずき》を重ねる。

「ねぇ、レイ。……幸せですわね」

「クレア様？」

夢見るような口調で、クレア様が言った。

突然どうしたのかと私がクレア様を見ると、クレア様は満面の笑みを浮かべていた。

「メイがいてアレアがいて、そしてレイがいて……。毎日が本当に夢のようですわ」

「夢じゃありません。クレア様が勝ち取った今です」

「みんなで、ですわよ。そこをはき違えてはいけませんわ」

お酒が回っても、クレア様は聡明なままだ。今のこの幸せを、自分一人のものだとは思っていない。

「教師の仕事は、どうですか？」

「やりがいがありますわね。子どもたちの、まあ言うことを聞かないこと聞かないこと」

言っている内容とは裏腹に、クレア様の口調は楽しげだった。

今、クレア様と私は、王立学院で教師をしている。生徒は貴族の子女層から、一般市民から選ばれたエリートに変わったので、王立学院も様変わりをしている。教える内容も、教養や作法偏重から魔法の比重が大きくなった。

「口にすれば何もかもが思いどおりになっていた貴族時代とは大違いですわ。でも、そこが面白いと思いますの」

「そうですか。良かったです」

クレア様の場合、プライドが邪魔をして上手《うま》く行かないかもしれない、と密《ひそ》かに私は危惧していたのだが、そんなことはなかったようだ。クレア様はクレア様なりに、今の仕事にやりがいを感じているらしかった。それはとても喜ばしいことだと思う。

「レイはどうですの？　今の生活に満足していまして？」

「クレア様がいらっしゃるのですから、これ以上なんて望めませんよ。メイとアレアもよく懐いてくれるようになりましたし」

いっときは死別を覚悟したほどなのだから、クレア様が生きてこうして一緒にいてくれること以上に望むことは何もない。最初はなかなか懐いてくれなかったメイとアレアも、今はすっかり打ち解けている。クレア様の言うとおり、今は本当に幸せだ。

「良かった。でもわたくし、一点だけ不満がありますの」

「おや。なんですか？」

私が尋ねると、クレア様はグラスを置いて、拗《す》ねるような顔をした。

「レイってば、最近わたくしに対して積極的じゃないんですもの」

「ぶほ」

むせた。

クレア様が何を言ったのか、耳では聞き取れたつもりだったが頭の理解が追いつかなかった。今、クレア様はなんと言った？

「失礼ですが、もう一度聞かせて頂けますか？」

「だーかーら！　レイが最近、わたくしを構ってくれないのが寂しいと言っていますの！」

今度こそきちんと聞き取って理解もしたが、クレア様の言葉とは思えなかった。気位《きぐらい》の高いあのクレア様が……構って欲しい？

「クレア様……ひょっとして酔ってらっしゃいます？」

「酔ってなんかいないですわよ！」

私の疑念をクレア様は否定したが、顔は真っ赤だし何より言動がもう怪しい。そもそも、酔っ払いほど自分は酔ってないと言うものだ。

「クレア様、何杯飲みました？」

「ボトル半本くらいですわよ。これくらいじゃ酔ったりしませんわ」

私はボトルを確かめると、既にほぼ空だった。私は二杯しか飲んでいないので、八割方クレア様が空けたことになる。クレア様は現状認識すら危うくなっている。

「クレア様、お酒はここまでにして、もう休みましょう」

「やーですわ。もっとレイとお喋《しゃべ》りします」

グラスを取り上げようとした私の手をかわして、クレア様はまた一口蜂蜜酒をあおると、拗ねたようにそう言った。

「クレア様……」

「学院時代のレイはもっと積極的でしたわ。わたくしにまとわりついて、クレア様クレア様って本当に可愛《かわい》いかったのに」

何やら言い出した。これ、今のうちに私が止めないと、後でクレア様が羞恥で死ぬやつではないだろうか。

「ねぇ、レイ。わたくしのこと、好き?」

「好きですよ」

「本当に?」

「嘘《うそ》偽りなく本当です」

「ふふ……そう?」

クレア様はとろけるように笑った。

やばい。いつもの勝ち気な笑みも大好きだが、たまにしか見せてくれないそういう表情は反則だ。

私は自制心を必死に保った。

「ほら、クレア様。ベッドに行きましょう」

「やーですわ。もっとレイといちゃいちゃしますの」

「……」

なんだこの可愛い生き物。

いや、クレア様は普段からお可愛らしいが、今日のクレア様はちょっとどうかと思うほど可愛いすぎる。私だってお酒を飲んでいる。いつもよりも理性のたがが緩んでいるのだから、このままだと間違いが起きかねない。クレア様とはとっくに深い仲だが、酒に酔った勢いでいたしてしまうというのはなんだか躊躇《ためら》われた。

「レーイ？」

「は、はい」

鼻にかかった甘ったるい声で私を呼ぶクレア様。私はだんだん自分を抑えるのが難しくなってきた。

もう、可愛いなあ。

「ねぇ、キスして下さる？」

「……クレア様、そこまでです。これ以上誘惑されると、耐えられる自信がありません」

「どうして耐える必要がありますの？　レイはわたくしのもの、わたくしはレイのものでしょう？」

かくり、と首をかしげるそんな仕草まで小悪魔的で。

そろそろ理性が限界である。

「クレア様、いいですか。私はクレア様が大好きなんですよ？」

「ふふ、嬉《うれ》しいですわ。わたくしも大好きよ」

「だから……。そういう可愛いことばっかり言ってると、私の理性が危ういんですってば」

「うふふ、そうなの？　嬉しいわ」

艶然《えんぜん》と笑うクレア様。

もう知らない。私は悪くない。クレア様が可愛すぎるのが悪い。

私は席を立つとクレア様のそばにひざまずいて手を取った。

「クレア様、抱いてもいいですか？」

「ふふ、やっとその気になって下さったのね。ええ、喜んで」

そう言うと、クレア様の方から口づけてきた。私はそれに応えながら、魔力で腕力をブーストすると、クレア様の華奢《きゃしゃ》な身体《からだ》を抱え上げた。

「ベッドに行きますよ」

「……ええ」

後はもうピンクな時間を思うさま過ごすだけ。

そう思っていたのだが、

「あ」

「あ」

「……」

「どうしましたの、レイ？　早くわたくしを連れて行っ……!?」

子ども部屋からこちらを覗《のぞ》く、二組の視線と目が合った。

「みつかっちゃったよー、アレア」

「みつかってしまいましたわねー、メイ」

メイとアレアは悪びれもせずにそう言った。

「二人とも……。寝てなかったの？」

「だって、レイおかあさまとクレアおかあさまの、たのしそうなこえがきこえたんだものー」

「おふたりがなかよしなさっていたので、ふたりでみまもってさしあげていましたのー」

「……！　……！」

しれっと答えたメイとアレアの言葉を聞いた時の、私の心境は察して欲しい。クレア様などもう、悲鳴が言葉になっていない。

「それでレイおかあさま、つぎはなにをするのー？」

「しんしつであそぶんですのー？」

欲望に支配されかかっていた頭が、急速に冷えていく。恐らく、クレア様の酔いも一発で醒《さ》めたことだろう。

「何もしないよ。一緒におやすみって言って寝るだけ」

「そうなのー？」

「つまらないですわー」

「ほら、だから二人もおやすみ。夜更かしすると、明日たくさん遊べなくなるよ？」

「それはいやー」

「わたくしたちはいいこですので、ちゃんとねますわー」

そう言うと、二人は大人しく布団に潜り込んでくれた。ほっと一安心したいところだが、私にはまだやることがある。

「クレア様……」

「～～～！」

腕の中で頭を抱えているクレア様のフォローである。

「酔いは醒めましたね？」

「……ええ」

消え入るような声が聞こえた。本当に穴があったら入りたい、私も。

「クレア様、一つルールを新しく決めましょう」

「同意いたしますわ」

私たちの家にはいくつかルールがある。日々の生活を送るための何気ない決まり事だ。今夜、そこに新たな一行が付け加えられた。

すなわち――お酒はほどほどに。

番外編4　✦　誕生日

季節は初夏。バウアー王国には四季があり、ようやく梅雨が明けたという頃のこと。

今日は学院も休日で、家族水入らずを満喫している。クレア様と私は自宅でメイとアレアの勉強を見ていた。

二人は教会にいたので最低限の読み書きは習っていたはずなのだが、馴染《なじ》めなかったためなのかあまり成績は良くないようだった。それでも、改めて教えてみれば飲み込みは早いようで、今は書ける語彙も増え、年齢相応の教養を備えるようになってきた。

「クレアおかあさま、これはなんてよむのー？」

メイがレレアに乗っかりながらクレア様に尋ねた。最近のメイはレレアの上がお気に入りらしい。

「これは誕生日、ですわ」

「たんじょうびー？」

「わたくしはしっていますわよ、メイ。それはひとがうまれたきねんびのことですわー」

クレア様の答えに、首をかしげるメイと得意そうに言うアレア。

「アレアは正解ですわ。二人の誕生日はいつなんですの？」

「わたしはわすれちゃったー。おぼえてる、アレアー？」

「もちろんですわ、メイ。十二の月の十三の日ですわー」

この世界の暦は地球の太陽暦に似ているが、少し単純化されている。一年は十二ヶ月であり、ひと月は三十日である。

「そうなんですのね。その日が来たら、二人ともお祝いしましょう」

「わーい」

「楽しみですわー」

無邪気に喜ぶメイとアレアを見て、クレア様が目を細めた。そして、不意にこちらを向いて、

「そういえばわたくし、レイの誕生日も知りませんわ」

と言った。

「当然ですよ。私自身にも分かりませんもの」

「どういうことですの？」

「お忘れですか？　私は精霊の迷い子ですので」

「あ……」

そうなのだ。今世の私は幼い頃にユークレッドの街を彷徨《さまよ》っていたところを、今の両親に拾われた。

つまり、正確な誕生日は分からないのである。

「それじゃあ、誕生日のお祝いなどはしなかったんですの？」

「平民にそんな経済的余裕はありませんでしたからね。せいぜい、新年と収穫祭くらいですよ、お祝いなんて」

平民は貧しくて多産な家が多い。家族の誕生日など祝っていたら、それだけで摩耗してしまう。誕生日を祝うというのは、貴族のイベントなのだ。

「そうですの……。じゃあ、レイの前世の誕生日はいつでしたの？」

「前世の、ですか？」

「ええ。レイの前世はそれなりに恵まれた家だったとうかがいましたわよ？」

革命が起きる少し前に、私が転生者であることはクレア様に説明してある。クレア様はそのことをよく覚えていたらしい。

「そうですね。この世界とは暦が微妙に違いますが、ざっくり言えば七の月の十九の日になるでしょうか」

「もうすぐじゃありませんの！」

そういうことは早く仰《おっしゃ》いなさい、とクレア様に怒られた。

「レイおかあさま、もうすぐおたんじょうびなのー？」

「おいわいしますのー？」

メイとアレアも食いついてくる。どうも誕生日を祝うということに興味が湧いたようだ。

「まあ、私の誕生日はどうでもいいので、メイやアレア、そしてクレア様のお誕生日の時は盛大に――」

「なに言っていますの！　どうでもいいわけないでしょう！」

思いっきりダメ出しされた。

「大切な家族の誕生日ですわよ。きちんと祝わなければダメですわ」

「そうよー」

「そうですわー」

三人がかりでこられると、私としては弱い。でも、前世でももう誕生日なんて忘れたい年齢だったのに、今更誕生日と言われても今一つピンとこない。

「誕生日まであと三日ですわね。メイ、アレア、準備をしますわよ！」

「はあい」

「はいですわ」

「あのう……クレア様、私はどうしたらいいんですか？」

「レイは普通にしていて。普段の家事をしていて下さるだけでも十分ですわ」

誕生日の準備はクレア様たち三人でするらしい。

「さあ、忙しくなりますわよ」


それからの三日間はあっという間だった。色紙を折ったり切ったりして、部屋の中は飾り付けられ、家の中はにわかにお祝いムードが高まっていく。クレア様は他にも何か考えているようだったが、私は準備に参加させてもらえていないので分からない。ちょっとした疎外感を抱きながらも、少しドキドキしている自分もいて、それは意外な発見だった。

そうして、ついに当日の夜を迎えた。

「誕生日おめでとうございますわ、レイ」

「おめでとうー」

「おめでとうございますわー」

お祝いはディナーですることになった。クレア様を始め、メイとアレアも祝辞を述べてくれる。

「ありがとうございます、クレア様。メイとアレアもね」

私は心を込めて一人一人にハグを返した。

「ささ、座って下さいな、今夜はちょっとご馳走《ちそう》ですわよ……と言っても、レイが作ったお料理なのが申し訳ないですけれど」

「ふふ、構いませんよ。材料費を出して頂いてありがとうございました」

「それくらいさせて頂けませんと、誰の誕生日か分からなくなりますもの」

クレア様はぎりぎりまで自分で作りたいと言っていたのだが、他の分野のエリートっぷりが嘘《うそ》のように、料理の才能だけは致命的になかった。そのため、料理は材料費だけ出してもらって私が作ったのだが、革命からこちら節約メニューが続いていたこともあって、存分に腕が振るえるのはとても楽しかった。

メニューはローストビーフ、ポテトサラダ、オニオングラタンスープ、バゲット、クレームブリュレである。

「では、頂きましょうか」

「あ、レイ。ちょっと待って下さる？　メイ、アレア。あれを」

「はーい」

「はいですわ」

そう言うと、二人は一旦子ども部屋に行ってから戻ってきた。

「はい、レイおかあさまー」

「おたんじょうびのおくりものですわー」

そう言うと、二人は丁寧に包装された包みを手渡してくれた。

「開けてもいい？」

「うん」

「もちろんですわー」

包装紙はどこかで買ってきたものだろうか。ラッピングのぎこちなさから、二人が手ずから包んでくれたものだということが分かる。私はこの包装紙も大事に取っておこうと思いながら、丁寧に包みを解いた。

「これは……似顔絵？」

中に入っていたのは、画用紙にクレヨンで描かれた私の絵だった。画面いっぱいに満面の笑顔の私が描かれていた。二人からは、私がこう見えているのだろうか。

「がんばってかいたのよー？」

「どうですか、にていますかー？」

「うん、そっくり。ありがとう、メイ、アレア」

私はちょっとほろっと来そうになりつつ、二人を改めて抱きしめた。二人は嬉《うれ》しそうに目を細めて抱き返してくれる。

本当に、自慢の娘たちだ。

「わたくしからもありますのよ？」

そう言うと、クレア様も頬を赤らめつつ、包みを渡してくれた。その表情が既にプレゼントです。

「これは……ハンカチ？」

「粗品で申し訳ないですけれど」

クレア様の言うことは謙遜に過ぎた。ハンカチにはとても細かい花々の刺繍《ししゅう》がされており、完全に一般市民の持ち物ではない。これは貴族の持ち物だ。使うのに躊躇《ちゅうちょ》してしまうほどの美しいハンカチだった。クレア様が自分で刺繍してくれたのだろう。よく見ると、

――Ｄｅａｒ　Ｒａｅ・Ｆｒｏｍ　Ｃｌａｉｒｅ・

という一言も刺繍されている。三日間でこのクオリティなのだから恐れ入る。こんなの宝物以外の何ものでもない。

「ありがとうございます、クレア様」

「ふふ、喜んで頂けたのなら、嬉しいですわ」

まさかプレゼントまで用意してもらえるとは思っていなかったので、私はかなり不意を突かれた。

正直、メイとアレアがいなかったら泣いていたと思う。

「さ、ディナーにしましょう。レイのお料理ですもの。美味《おい》しいに決まっていますわ」

「うん。おいしいー」

「あ、メイ。ぬけがけはずるいですわー」

「ふふ」

そうして賑々《にぎにぎ》しくお祝いのディナーは始まった。

「誕生日の一日が終わってしまいますわね」

「そうですね」

メイとアレアはもう夢の中である。二人が寝てしまった後、クレア様と私は二人だけで静かにお茶を飲んでいた。

「どうですの、少しは楽しんでもらえまして？」

「こんな嬉しい誕生日は前世も含めて初めてです」

前世でも家族との仲は良好だったから、誕生日は楽しいものではあった。でも、自分で選んで自分を選んでもらった家族と祝う誕生日というのは、また違った嬉しさがある。

「ふふ、良かったですわ」

「ありがとうございます、クレア様」

私は万感《ばんかん》の思いを込めて言った。大好きな人と誕生日を過ごせる——それがどれだけ幸せなことか、私はそれを噛《か》みしめていた。

「あなたがいなかったら、わたくしの人生はきっともっとつまらないものになっていましたわ。生まれてきてくれてありがとう、レイ」

「クレア様……」

その言葉を、クレア様が口にするということの意味。それを私は痛いほど理解している。クレア様は貴族として何不自由なく過ごしていた。そんな生活よりも、私との今の生活がいい、そう言ってくれているのだ。嬉しくないわけがない。

「ところで……。わたくしからもう一つプレゼントがあるのですけれど……」

「？」

「……察しなさいな」

クレア様がもじもじしている。これは……そういうことでいいんだろうか。

「私、今日はちょっと嬉しすぎて情緒不安定なので、だいぶオオカミになるかもしれないですけれど、いいですか？」

「今日だけは許してあげますわ。でも、わたくしが猟師になることだってありますわよね？」

「試してみましょうか」

「望むところですわ」

私はクレア様の手を引いてベッドルームへ向かった。

クレア様のもう一つのプレゼントは、最高でしたとだけ記しておく。

番外編5 ✦ 聖夜祭

今日は十二の月、二十四の日。二十一世紀の日本でいうと、クリスマスイヴに当たる日だ。

とはいえ、ここはゲームの世界である。クリスマスなんていうものはない。

——と、思いきやあるのだ。

聖夜祭というイベントが。

「一説には精霊神が降臨したのがこの日だと言われていますわ。精霊教にとっては重要な祭日ですわね」

「ほうほう」

クレア様の説明を受けるまでもなく知っていたことだが、得意げに語るクレア様が可愛《かわい》いので大人しく愛《め》でる。もうお察しのこととは思うが、聖夜祭のモデルはもちろんクリスマスである。こんなところも、妙に日本の文化——もちろん発祥はヨーロッパだが——が反映されている。

「どんなことをするんですか？」

「そうですわね。貴族ですと盛大にパーティーを開いてお客様を招いたりしていましたけれど、平み——ごほん、市民の場合はそこまで派手には祝わないとうかがってますわ」

貴族だった頃はさぞ盛大に祝っていただろう、と思われるクレア様は、頭の中の知識を引き出している様子で続ける。

「市民の場合は、部屋を少し飾り付けてみたり、もみの木を置いてみたり、後は家族や友人、恋人同士でプレゼント交換をしたりするそうですわよ？」

「へぇ、いいですね」

　こんなところもやはり日本風だ。欧米諸国のクリスマスはあまり騒いだり盛り上がったりはせず、どちらかというと静かに家族と過ごすというのが一般的だと聞いている。日本にとってのクリスマスのような盛り上がりは、欧米諸国だと新年のお祝いがそれに当たるのだとか。

「うちも市民式ですよね？」

「当たり前ですわよ。お客様を招くパーティーを開くのに、一体いくらかかると思ってますの」

「ですよね」

　やるとなれば場所を押さえ、料理を調達し、招待客へのもてなしも考えなければならない。貧乏からは概《おおむ》ね脱したとはいえ、教師二人の給料で出来ることではない。というか、そんなことにお金を使うくらいなら、私はクレア様やメイ、そしてアレアにお金を使いたい。

「でも、家族でのパーティーはしたいですわね。内々でのんびり祝いたいですわ」

「賛成です、クレア様」

　客を招いたりしなくても、家族と過ごす聖夜はきっと素敵だろう。大切な人たちと一年を締めくくる。

　それはとても幸せなことだ。

「料理も少しくらい贅沢《ぜいたく》をしましょう。任せてもいいかしら、レイ？」

「もちろんです。腕によりをかけますよ」

　クレア様のお願いに私は胸を叩《たた》いた。

パーティー料理か。腕が鳴るね。

「後、プレゼントも用意しましょう。お互いへと、子どもたちに」

「いいですね。じゃあ、今週末は買い出しですね」

メイとアレアにはお留守番してもらって、二人で買い物デートだ。決して不純な動機からではない。メイとアレアには何がプレゼントなのかを秘密にしておくためだ。

「楽しみですわ……」

「楽しみですね」

クレア様と私の間では、若干ニュアンスに違いがあったかもしれない。

「はーい、出来たよー」

「すごーい！」

「ごちそうですのー」

聖夜祭当日、クレア様、メイ、アレアは自宅のテーブルを囲んでいた。

私はミトンをした手で、焼きたての鶏肉《とりにく》を載せた大皿をどーんとテーブルの真ん中に置いた。テーブルには既に他にも料理が並んでいる。本日の献立は——。

鶏肉の香草焼き

ローストビーフ

枝豆とゴボウのポタージュ

根菜のゴロゴロサラダ
デコレーションケーキ
――以上の五品である。

香草焼きはこの世界の母から直伝の一品だが、塩コショウや香草を多めに使った豪華バージョンだ。ローストビーフも牛肉を使った料理は久しぶりである。ポタージュは枝豆とゴボウを煮てからすり潰し、牛乳と混ぜて塩コショウで味を調えた温かいスープである。サラダはレンコン、ニンジン、ジャガイモ、タマネギなどを温野菜にしてドレッシングをかけた、シンプルだが滋味《じみ》深い一品。目玉のデコレーションケーキは、メイとアレアが飾り付けしてくれたため、ちょっと不格好ではあるものの趣のある見かけになっている。

「それじゃあ、頂きましょうか」

「いただきます」

「いただきます！」

「いただきますわー」

パーティーが始まった。

部屋の壁面には、メイとアレアが頑張って作った色紙のオーナメントがいくつも飾り付けられている。もみの木は手に入らなかったが、代わりにこちらも色紙を折って作ったミニチュアもみの木がテーブルの上にちょこんと鎮座している。お金はそれほどかかってはいないが、手間暇はたっぷりかけた手作り聖夜祭である。

「おにくおいしい！」

「ぽたーじゅもおいしいですわー」

お料理の方も概ね好評のようだ。スープ以外はどれも大皿に盛り付けて、各自小皿に取り分けて食べるスタイルにしたのだが、どんどん減っていく。

「本当に美味《おい》しいですわ。わたくし、このサラダが気に入りましたわ」

「ありがとうございます。たくさん召し上がって下さい」

「ええ」

クレア様もフォークが進んでいるようで何より。私もローストビーフを一切れ口に運んだ。手製のオニオンソースだが、まあまあの出来である。

メイとアレアは今夜のためにお昼を少なめにしていたらしく、食欲旺盛にたくさん食べてくれた。おかげで作った料理はもれなく完売。ケーキも今日は少し不摂生して一人二切れずつで、ワンホールを食べきってしまった。

綺麗《きれい》になったお皿を流し台に持っていきながら、私は満足げに笑った。

「レイ、洗い物は後にして、先にプレゼント交換をしましょう。二人が待ちきれないそうですわ」

「あ、はーい。じゃあ、プレゼント取ってきますね」

私は一旦、寝室に戻ると、プレゼントの包みを抱えてリビングに引き返した。

「さあ、メイ、アレア、聖夜祭おめでとう」

「ありがとう！」

「ありがとうございますわー！」

メイとアレアへのプレゼントはクレア様と二人で選んだ。包みの中身は——。

「くつだ！」

「かわいらしいおくつですわー」

フラーテルで取り扱っているちょっといい靴である。ウォーターバイソンの革を丁寧になめしてあるので、水やよごれにも強い。仕立ても子ども向けということで、可愛らしくあつらえてある。

「かるーい！」

「ほんとうですわー」

革製品は通常重たいことが多いのだが、ウォーターバイソンの革は比較的軽い。動き回る子どもたちの足にちょうどいい、絶妙な重さ加減になっている。

「ありがとう、クレアおかあさま、レイおかあさま！」

「ありがとうございますわー」

二人が抱きついてきた。クレア様も私もそれを喜んで抱き留める。

「レイにはこれを」

そう言ってクレア様が包装された包みを私に手渡してきた。

お互いへのプレゼントは内緒ということで、この中身がなんなのかは私もまだ知らない。

「では、クレア様にはこちらです」

私もクレア様に包みを渡す。二人で同時にお互いのプレゼントを開けた。

「これは……コームですの？」

「はい。正確には『櫛《くし》』といいます」

「とても精緻な透かし彫りがしてありますわね」

クレア様に贈ったのは髪をとかす櫛である。つげという木を木工ギルドのギルドマスターが彫り上げた、ちょっとお高い一品である。つげの櫛の意味は、恐らくご存じの方もいるだろう。

「私が頂いたのは……、マフラーですね。これ、ひょっとして？」

「ええ、拙い出来で申し訳ないですが、一応、手編みですわ」

クレア様が頬を染めながら言う。

「拙いなんてとんでもないですよ。模様も綺麗ですし、裁縫ギルドの製品と比べても遜色ありません」

っていうか、アーガイル柄とか素人の仕事じゃないし。

「巻いてみてもいいですか？」

「ええ」

「では失礼して……わ、温かい」

「雪穴ウサギの毛糸で編みましたからね」

雪穴ウサギは冬も冬眠しない、ふっさふさの毛をしたウサギである。その毛糸なら、そりゃあ保温性は抜群だろう。

「ありがとうございます、クレア様。大切にします」

「櫛もありがとう、レイ。大事にしますわ」

二人、どちらからともなく口づけを交わした。

本当に幸せだ。

「ねぇ、おそとゆきがふってきたよ」

「ほんとですわー」

メイとアレアの言葉に窓の外を見ると、空から白いものがしんしんと降ってきていた。

「純白の聖夜ですわね」

「ホワイトクリスマスみたいなものですか」

「ほわい……？」

「いえ、こちらの話です」

四人で、しばし雪を眺めた。言葉はなかったが、それでいい。全員が全員、家族の繋《つな》がりを感じていた。

「今年一年、色々なことがありましたけれど、来年もよろしくお願いしますわ、レイ」

「こちらこそ、です」

もう一度口づけを交わして、私たちは微笑《ほほえ》み合った。

その夜は色々と燃え上がったのだが、それはまた別の話である。

番外編6 ✦ その苦しみは罰ではなくて

　コンコン、と木製の扉をノックします。夕暮れの薄闇の中、その建物の扉の意匠には精霊教のシンボルである羽根があしらわれているのが見えました。ここは精霊教会のスース支部である、スース北修道院です。

「はい、どなた……？」

「せ、精霊教会のシスターをしています、リリィと申します。わけあって巡礼の旅をしているのですが、食べ物を分けて頂けないでしょうか」

　中から顔を覗《のぞ》かせた初老のシスターに、私はつっかえつっかえ説明しました。シスターは私のことを観察するようにしげしげと見つめた後、

「今どき巡礼をなさるなんて、敬虔《けいけん》な方なのね。私はシスター・リレット。もちろん、食料は分けて差し上げますよ。ほら、お入りなさい」

　目尻の皺《しわ》を深くして、そう言ってくれました。

「あ、ありがとうございます。助かります」

　私はお礼を言うと、修道服についた埃《ほこり》を落としてから修道院の中に入れて貰いました。

　バウアー大聖堂に比べると、スース北修道院はとても小さな建物でした。まあ、大聖堂と比べたらどの修道院も小さいに決まっているのですが、ここは特に小さいように思えます。建物も古く、そろそろ建て替えを考えた方がいいような、そんな造りです。私はシスター・リレットの後を歩きながら、

それとなく室内を観察していました。

「ボロでびっくりなさったかしら」

「え、ええ、はい……じゃなくて！」

シスター・リレットの言葉があまりにも何気なかったせいで、私はうっかり本音をこぼしてしまいました。慌てて取り繕おうとしますが、私はあまり言葉が上手ではありません。あたふたしていると、

「うふふ、いいのよ。本当のことだから。私と同じで、この修道院もおばあちゃんなの」

　そう言ってシスター・リレットは鷹揚《おうよう》に笑いました。

「た、建て替えをなさらないんですか？」

「それも考えたのだけれど、この修道院は私の代で閉じることになっているの。近くに大きくて新しい修道院が出来たから」

「そ、そうなんですか……」

「ええ。だから、ここはこのままにしておこうと思うの。お金は取っておいて、取り壊すのに使ってもらうわ」

　修道院は基本的に裕福ではないことが多いです。お金は精霊教会全体で融通し合っているとはいうものの、やはり優先順位というものはあります。近い場所に二つも修道院はいりません。もしかすると、スースの精霊教会はこの修道院が古くなってきたから、新しい修道院を別に建てたのかもしれませんし。

「ああ、ごめんなさいね。ここにはあまり人が来ないものだから、ついつい余計なお喋《しゃべ》りをしてしまうわ」

「い、いえ、お気になさらないで下さい」

「ふふ、ありがとう」

「し、シスター・リレットはここにお一人でお住まいなのですか？」

「他に二人、若いシスターと一緒よ。そうね……ちょうどリリィさんと同じくらいの年齢かしら」

と、シスター・リレットが言ったちょうどその時、

「シスター・リレット、お客さん？」

「……」

私より少し背の高い二人の修道女が奥から顔を出しました。私は息が止まるかと思いました。

「れ、レイさん!?」

二人のうちの背の高い方の修道女は、生き写しかと思うほどにレイさんにそっくりだったのです。

突然大声を出した私に、レイさんそっくりの修道女は怪訝《けげん》な顔をし、もう一人はその陰に隠れてしまいました。

「私の名前はイーリェだけど……」

「……レイじゃない」

二人の否定の言葉に、私は我に返りました。そうです、レイさんがこんな場所にいるはずがありません。彼女は今、クレア様との新婚生活真っ最中なのですから。

そう、新婚……。

「……うっ……うぅ……」

「ちょっ……どうしたの!?　突然、泣き出したりして」

「いえ、ちょっと辛《つら》いことを思い出してしまいまして……」

「……この人、情緒不安定……」

　レイさんのそっくりさんには心配され、もう一人には呆《あき》れられてしまいました。

「あらあら……、どうしましょ。食料を分けて欲しいとだけ言われていたのだけれど、これは一晩泊まっていってもらった方がいいかしらね？」

　私たちの様子を眺めていたシスター・リレットが、のんびりとそう言いました。

「い、いえ！　そんなご迷惑をおかけするわけには……」

「遠慮することないわ。イーリエ、マリ。リリィさんにお部屋を用意して差し上げて」

「はーい」

「……はい……」

　なぜか泊めてもらう方向で話がまとまり始めています。

「ほ、本当に大丈夫ですから！」

「ここはシスター・リレットの厚意に甘えておきなよ。それに……悪いけど、ちょっと身なりを整えた方がいいって」

　思いのほか押しの強いイーリエさんに背中を押されました。言われて自分の姿を見下ろすと、修道服はあちこち擦り切れ、かなり薄汚れていることに気づきました。ちなみに口数の少ない方がマリさんだそうです。

「お裁縫は出来る方？」

「う……あ、あまり得意ではないです」

「そんな感じだよね。とりあえず部屋でこれに着替えて。修道服は繕っておくから」

苦笑すると、イーリェさんは部屋着を見繕って渡してくれました。

「す、すみません……」

「同じシスター同士、助け合うのは当たり前でしょ？　じゃあ、着替えたら呼んで」

「……もうじきご飯……」

そう言うと、二人は部屋を出て行きました。

「……ご厚意に甘えようかな」

これまでの旅路でも、修道院に泊めてもらうことは何度かありました。でも、こんなに積極的な親切を受けたのは初めてのことで、私は胸の奥が温かくなるのを感じました。


「それでは日々の糧を得たことを、精霊の主に感謝して――」

「「「いただきます」」」

食堂――という言葉からイメージされるほど広くはない部屋で、私は三人の修道女と共に夕飯を頂くことになりました。

食前のお祈りを唱えてから、私はパンに手を伸ばしました。献立はパンと空豆のポタージュにゆで卵――精霊教の修道院としては標準的なものです。作ったのはイーリェさんだそうで、そういえばレイさんもお料理が得意だったなあ、と私はまた少し切なくなるのでした。

「少しは落ち着いたかしら」

一つ目のパンを食べ終わった頃、シスター・リレットが優しく言葉をかけてくれました。

「は、はい。先ほどは失礼しました」

「ふふ、いいのよ。何か悲しいことでも思い出しちゃったの？」

「……じ、実は、失恋を……」

「まあ」

しぶしぶ白状した私の言葉に、シスター・リレットは微笑《ほほえ》ましいものを見る目を向けてきました。

「リリィさんみたいな可愛《かわい》い人を振るなんて」

「……見る目がない……」

他の二人は同情的です。私はいたたまれなくなって話題を変えようとしたのですが、

「ねぇ、相手はどんな人？」

「……聞きたい……」

イーリエさんとマリさんが食いついてきました。察するに、この修道院で暮らす二人は、新しい話題に飢えていたのでしょう。珍客がもたらした恋バナはちょうどいいデザートだったに違いありません。

「す、素敵な人です。とっても。でも、彼女にはもう心に決めた人がいて……」

「そっかぁ……」

「……それは辛《つら》い……」

もごもごと言った私の言葉に、イーリエさんとマリさんはますます同情の色を深めます。しかし私は、大きなうっかりをしでかしたことに気づいていませんでした。

「彼女？」

「あっ……」

シスター・リレットが耳ざとく聞きとがめました。表情こそ険しくはないものの、明らかに詳しい説明を求める顔をしていました。

これは……白状するべきなのかどうか……。

「もしかして、リリィさんは女性に想《おも》いを寄せてしまったの？」

「……は、はい……」

穏やかな、それでいて誤魔化しを許さないシスター・リレットの口調に、私は正直に答える他ありませんでした。精霊教は同性愛には否定的です。表だって迫害したりはしませんが、恋愛は男女でするものという考え方が支配的なのです。

私は咎《とが》められるかなと覚悟をしました。

「そう……。そうなのね」

しかし、シスター・リレットはそれ以上何かを言うことなく、静かに食事に戻りました。

「……？」

なんとなく、不思議な空気でした。気まずいというのは確かなのですが、でも、それだけではないような。

私はこの雰囲気の意味するところは分からず、結局それから何も言わずに食事を終えました。

「リリィさん、起きてる?」

その日の夜、もう後は寝るだけという時間になって、部屋の扉をノックする音が聞こえました。

「は、はい。まだ起きています」

私はベッドから身体《からだ》を起こして身なりを整えました。

「入ってもいい?」

「ど、どうぞ」

ノックの主はイーリエさんでした。

「こめんね、夜分遅くに」

「い、いえ。どうなさいましたか?」

「……ちょっと、相談したいことがあってさ」

そう言うイーリエさんは、とても深刻そうな顔をしていました。レイさんそっくりの彼女がそんな顔をしていると、まるでレイさん本人が落ち込んでいるかのようで、私は落ち着かない思いがします。

「り、リリィで良ければ相談に乗りますよ。何でも話して下さい」

精霊教会の枢機卿《すうききょう》として、他人の相談に乗る術《すべ》は学んでいました。大聖堂では腫れ物扱いだったために、それを活かす機会には恵まれませんでしたが、これはいい機会かもしれません。

「ありがと。相談っていうのは……その……」

イーリエさんは口ごもってしまいました。言いづらいことなのでしょうか。

「イーリエさん、ここに座って下さい」

私は座る位置を少しずらしてベッドに隙間を作ると、そこにイーリエさんを招きました。イーリエさんは少し躊躇《ためら》う様子を見せましたが、やがて隣に座ってくれました。

「悩んでいても、言いにくいことってありますよね」

「……うん」

「お夕飯の時に話したリリィの想い人――レイさんは、ちょうどリリィのそんな悩みをすくい上げてくれた人なんです」

「……」

　私はまず、自分のことをイーリエさんに話しました。レイさんとの出会い、同性愛者である引け目を救われたこと、クレア様も一緒になった不正貴族摘発、そして――私の裏切りも。

　私の身分や登場人物のプライバシーは伏せましたが、旅に出る前にあったことのあらましを、私はイーリエさんに話しました。

「リリィさん、そんな波瀾万丈《はらんばんじょう》な人生を歩んできたんだ？　なんか悩みなさそうなのに」

「ひ、酷《ひど》いですよー！」

「ふふ、ごめん」

　そう言って短く笑ったイーリエさんは、表情をまた少し硬くして、

「相談っていうのは、マリのことなんだ」

「……もうお一方の同居人さんのことですね。リリィにはとても仲が良さそうに見えましたが……」

　イーリエさんの陰に隠れるようにしていたマリさんは、イーリエさんのことをとても信頼しているように見えました。

「うん、仲はいい。いいんだけど、マリが私に向ける感情と、私がマリに向ける感情は……多分、違

うの」

「それは……」

ひょっとして。

「多分、私も同性愛者なんだと思う」

おどけるように言ったイーリエさんの顔は、でも笑っているのに辛そうで。

「マリとはね、幼い頃からずっと一緒なの。私たち二人とも、親に捨てられてさ」

イーリエさんもマリさんも、シスター・リレットを母親代わりに、まるで姉妹のように育ってきたのだ、と彼女は言いました。

「私が姉で、マリが妹。端から見たらきっとそんな感じだし、マリもシスター・リレットもそう思ってる。でも、私は違う。違うことに気がついちゃったの」

妹同然の存在を性的な目で見てしまう罪悪感。

それを悟られることの恐怖。

そして、自分の想いを不純なものと説く精霊教の教え。

まるで世界が自分を否定しているみたい、とイーリエさんは語りました。

「ねぇ、リリィさん。私はどうしたらいいの？　私、こんなことを思ってしまう自分が大嫌い……」

とうとう空笑《そらわら》いも出来なくなり、イーリエさんはすすり泣きながら顔を伏せてしまいました。

私はいても立ってもいられなくなって、その身体を抱きしめました。イーリエさんはそのまましばらく泣き続けました。彼女の頭を撫《な》でながら、私は懸命に考えました。どうすればこの傷ついた心に寄り添ってあげられるかを、私なりに。

「イーリエさん、まずあなたに言うべきことは、あなたが抱える苦しみは、罰ではないということです」

私の言葉に、イーリエさんがはっとした表情で顔を上げました。

私は続けます。

「誰かを好きになる、ということは理屈ではありません。それはもう、自分でもどうしようもないことなんです。そして、それは決して罪ではありません」

「でも、精霊教は――」

「精霊教の教えのうち最も大切なものは何か、イーリエさんはご存じですか？」

反論しようとするイーリエさんを抑えて、私は問いを投げかけました。怪訝な顔をしつつ、イーリエさんは少し考えて、

「精霊神様の下では、誰もが平等であること」

「その通りです。それが一番大事なんです。その他の教義は歴史の過程で後から付け足されたものに過ぎません」

「それが……？」

「誰もが平等であるならば、同性愛者が想いを否定されるのはおかしくありませんか？」

「！」

それは、彼女にとって思いもよらない考え方だったようでした。私は、まるで過去の自分をそこに見ているような気持ちになりました。

「レイさんはもっと論理的に同性愛を肯定して下さった気がしますが、リリィにはそこまでのことは

出来ません。でも、そんなリリィでも一つだけ自信を持って言えることがあります」

「それは、何ですか？」

私は慎重に言葉を選び、こう言いました。

「神様は、あなただけを罪人にするようには、世界を作っておられない、ということです」

これは、信仰に生きる私がたどり着いたこと。もしかしたら信仰のない人にとっては、何の薬にもならないかもしれない、でも切実で重要な真理。

「同性を好きになるリリィやイーリエさんにとって、確かにこの世界は辛いものに思えるかもしれません。でも、世界を辛いものにしているのは、神様ではなく人です。そこを間違えてはいけません」

信仰の核心は神様への信頼です。信仰に生きる者にとって、神様から否定されていると感じることは、自己の絶対的な否定に他なりません。そうなった者の行く末は、信仰の否定、世界の否定、果ては自分からの逃避——すなわち死です。

「まずは自分の想いを肯定しましょう。全てはそれからです」

「……」

イーリエさんは深く考え込んでいるようでした。修道院の夜は穏やかで、私たちは世界から取り残されたような静けさの中にいました。でも、信仰に生きる私たちには分かっています。神様は、常に隣で見守っていらっしゃる。

「……でも、マリには振り向いてもらえないかもしれない」

「それは仕方のないことです。異性愛者の方だって、自分の想いを肯定してもらえるとは限らないでしょう？　そこは甘えてはいけないところです」

もっとも、異性愛を正常とする社会規範のせいで、同性愛者の想いが実りにくいというのは動かしがたい事実ではあります。とはいえ、そこは相手のせいではありませんし、そうした社会規範を変えていくことこそ、今を生きる私たちの使命だと思います。少なくとも、私の尊敬するあの人は、ずっと何かと戦っていました。

「……まだ整理がつかないけど、少し腑《ふ》に落ちた気がする。私のこの苦しみが罰ではないって言ってもらえて嬉《うれ》しかった」

呟《つぶや》くようにそう言うと、イーリエさんは目元を拭って笑ってくれました。

「マリに応えてもらえるかどうかは分からないけど……うん。私だけは自分の想いを否定しないようにするよ。ありがとう」

どこか吹っ切れた様子の彼女は、やっぱり私のよく知るあの人に似ているな、と思いました。

「それでそれで⁉　それからどうなったんですの⁉」

「え、えーと……」

「がっつきすぎです、クレア様。リリィ様が引いてます」

旅から帰ってきた私は、レイさんとクレアさんのおうちにお邪魔して旧交を温めています。土産話として話したうちの一つが、クレア様に大ヒットしたらしく、食いつきが凄《すご》いです。出されたお茶を飲む暇もないような状態を見かねたのか、レイさんがクレア様をたしなめました。

「ざ、残念ですが、その後のことはリリィにも分かりません。翌朝には、リリィは次の目的地へ旅立ってしまったので」

「イーリエさんに手紙を出しましょう！」

「そ、そこまでしなくても……」

「いいえ、いいえ。レイにうり二つの子なのでしょう？　一目、いいえ、二目は見たいですわ！」

　そこですか。クレア様、本当にレイさん好きですよね。いえ、私だって負けないくらい好きですけれど。

「そんな……クレア様が浮気を！」

　お茶を淹《い》れ直してくれつつ、聞きとがめたレイさんがそんなことを言いました。

「そんなわけないでしょう。ずっとずっとレイにぞっこんですわ」

「クレア様……」

「敬称などいりませんわ！」

「クレア！」

「レイ！」

「……そろそろおいとました方がいいのでしょうか」

　なんとなく遠い目になりつつ、私はレイさんが淹れ直してくれたお茶に口をつけました。

　イーリエさんのことは私自身も気になってはいるのですが、あの後どうなったのかを確かめるのは少し怖い気もするのです。自分なりに言葉を尽くしたつもりですが、人の感情はどうなるか予測がつきません。イーリエさんの想いが実ったのかそうでないのか、どちらになったとしても、彼女がその後どうしているのか、何の保証もないのです。

でも、私は信じています。

どんなに辛いことがあっても、神様は信仰する者を決してお見捨てにならないということを。

EXTRA2 ✦ 出会い

「この資料は何ですか、大橋《おおはし》さん！」

夕方のオフィス。疲労と空腹と眠気の三重苦でかすみがかった頭に、上司からのお小言が飛んできた。曰《いわ》く、私が担当した部署の監査報告書に不備があるとのこと。

「すみません。今直します」

「直せばいいってもんじゃないわよ！　いつも言っているでしょ！　私たち監査は常に完璧な――」

申し訳なさそうな表情を顔に貼り付けて、内心では溜《た》め息をついた。私こと大橋零《れい》は中小規模の総合商社の監査部に勤めている。上司の言うとおり正確さが求められる職種ではあるのだが、いかんせん理想と現実というものがある。仕事量とそれに対応する人員が釣り合っていないのだ。少数精鋭などと言えば聞こえはいいが、実のところ人材不足なのである。

折しもバブル崩壊という日本全体が遭遇している社会難のせいで、どこの会社も人件費を切り詰めている。私の就職活動も困難を極め、あんな自分を切り売りするような真似《まね》は二度とごめんだと思っているから、辞職を考えることはないものの、めまいのするようなサービス残業には理不尽を感じざるをえない。

まあ、そんな少数精鋭で仕事に当たっているので、正確性や生産性など推して知るべしである。この人数で全部署の監査をカバーしろという方が無理なのだ――とは口には出さない。無駄だからだ。

お小言を聞くのも時間の無駄だなあと思いながら、右から左へ聞き流し、私は今日は何時間寝られるかなあなどと時計を見る。午後六時——今日も定時退社など夢のまた夢だ。


「ホントマジあの上司死ねばいいと思う」

「うぉーい、おいおい。零さんや、気持ちは分かるけど口が悪すぎる」

「上役様、誠に恐れ入りますが早々にご逝去あそばされますようお願い申し上げます」

「同じじゃねぇか」

「あははは」

翌日の夜。私がビールを飲みながら悪態をつくと、詩子《しいこ》がツッコミを入れ、美咲《みさき》が呆《あき》れ、小咲《こさき》が朗らかに笑った。私たち四人は高校時代のクラスメイトだった。いっとき反目し合っていた時期もあるが、その後仲直りして卒業後もつかず離れずの関係を続けている。今日は久しぶりの飲み会だった。

「大変そうだね、零ちゃん」

「公務員を選んだ小咲と美咲はホントいい選択したよ。一般企業はマジでクソだよ」

「だから口悪いぞー」

「公務員だっていいもんじゃねぇぞ？　サビ残は変わらねぇし給料安いしよ」

そう言うと、美咲はぐいっとジョッキをあおった。

「私らの場合、自分で稼いでいくしかないもんね。玉の輿《こし》なんて望むべくもないし」

「それなぁ」

ここにいる四人はみんな性的マイノリティだ。詩子と私が同性愛者、小咲はバイセクシュアル、美咲はトランスジェンダーなのである。皆結婚はおろか普通の恋愛すら難しい。小咲はワンチャンあるが、彼女は美咲一筋を宣言しているので、現状同じことだろうと思う。

「やっぱリアルはクソだわ」

「今日の雫は荒れてんなあ」

「そんな傷心の雫に、詩子さんがいいものをあげよう」

詩子はジョッキを置くと、鞄《かばん》から何やら四角いものを取り出した。

「『Revolution LilySide』……？」

「そ、私が関わった新作」

詩子はフリーのアニメーター兼イラストレーターをしている。専門学校卒業後コツコツ仕事を続け、今ではそこそこ売れてきているらしい。

「関わったって、どんな感じに？」

「初作監《さっかん》。褒めろ」

「わお、おめでとう。ついにかあ」

「よく分かんねぇけど祝い事か。飲め飲め」

「美咲君、ほどほどにね」

詩子によれば、この作品は「Revolution」という乙女ゲームのスピンオフ的な位置づけらしい。元のゲームは王子様たちとの恋愛を楽しむものだが、「LilySide」はその名の通り百合《ゆり》作品なのだとか。

「私、百合ゲーム苦手なんだよねぇ。なんかすんごいキラキラしてたり、不自然にドロドロしてたりするし」

「フィクションに過度なリアリティを求めるんじゃありません。それにこの作品はいい線行ってると思うよ？」

「……まぁ、プレイしてみるけども」

「あ、プレイしたら感想レビューよろー」

　そんなこんなで、その日はお開きになった。


『あら皇女殿下、ごきげんよう。今日も危機感の足りないお顔ですわね』

　画面の向こうでつり目がちな碧《あお》い瞳が笑っている。いや、嘲笑《あざわら》っている。飲み会から帰宅後、私は早速詩子から貰《もら》ったゲームをプレイしていた。

　彼女の名前はクレア＝フランソワ。皇女である主人公の国、ナー帝国の敵対国家であるバウアーから引き抜かれた女性軍人だ。彼女はいわゆる悪役令嬢と呼ばれるポジションのキャラで、主人公の恋を邪魔して最後には逆転される当て馬的なライバルキャラである。

　そんな彼女に、私はどハマりした。何がいいって、その不完全さがたまらない。このゲームは百合作品なので、他にも一般的な意味ではより魅力的な攻略対象の女性たちが登場するのだが、私はその誰よりもこのクレアというキャラに惹《ひ》かれた。性格は飽くまで苛烈。皇女である主人公にもずけずけと物を言い、ヒロインの一人である皇帝ドロテーアの覚えもめでたい。悪役令嬢キャラながら見せ場も多く、詩子によるとこれは「Revolution」無印からの救済措置なのだとか。

　一方で、クレアには明確な欠点がある。なによりも性格が悪い。ワガママで自己中心的で、思ったことをなんでもずけずけと言ってしまう。そのあけすけな態度は皇帝ドロテーアこそ評価しているようだが、多くの者からは反感を買っている。戦い方も友軍を無視した独断専行が多く、戦功こそ大きいものの、彼女と戦場を共にしたがる者は少ない。控えめで穏やか、調和を重んじる主人公とは真逆の性質を持つのが彼女、クレア＝フランソワという女性である。

　気がつくと私は、クレアを愛《め》でるためにこのゲームをプレイしていた。

『クレア、まだあの仕事は片付かないんですか？　相変わらず無駄が多いですね。もう少し効率よく働いたらどうです。外様《とざま》のあなたが重用《ちょうよう》されているのはひとえに陛下の恩寵《おんちょう》あってのこと。それに応えたいとは――』

　クレアがゲームの中で上司に小言を言われている。この上司はバウアーからやってきたクレアのことを目の敵にしていて、説教というよりはやっかみ半分の言いがかりをつけているのだ。さしものクレアも軍の規律には逆らえないと見えて、先ほどからだんまりを決め込んでいる。

「クレアですらこうなんじゃあ、私みたいなのが上司に言い返せるわけないよねぇ」

　そんなことを口にしながら、マウスをクリックした次の瞬間、クレアの表情が一変した。氷点下、嘲《あざけ》りを隠そうともしないその瞳が私を貫いた。

『どう無駄が多いんですの？　聞いて差し上げますから仰《おっしゃ》ってごらんなさい。感情論ではなく具体的にお願いしますわ』

『え？　あ……それは――』

『ああ、ごめんあそばせ？　このような場で話すことでもありませんわね。ドロテーア陛下を交えて拝聴しますわ。詳しい話はその時に。それではごめんあそばせ？』

立て板に水とばかりにまくしたてると、気圧されて何も言えない上司を残して、彼女はマントを翻し去って行った。

しびれた。

クレアのように毅然《きぜん》と振る舞えるとは、私にはとても思えない。でも、強く強く憧れた。確固とした自我とどこまでも高いプライド、そして自分を貫く意志。それらは私にはないものだ。

高校のキャンプファイヤーで、炎に自ら焼かれていく蛾《が》たちの姿を、私は思い出していた。

「またあなたですか、大橋さん！　あなたは本当に企業人としてダメね！」

今日も今日とてお小言祭りである。新たに任された仕事で、どうも私はまた何かやらかしたらしい。明らかに人員が足りていないので、仕事に無理が出ている。結果、ミスが多発するわけだが、それを個人の能力でカバーすることを求められているのが現状だ。人を増やせよと言いたいのが本音だが、人件費は企業が負担している最も大きなコストなので、そうそう増やすことも出来ないという事情も分かっている。

でも、限度ってものがあるでしょ。

「あの、具体的にどのような部分が問題なのでしょうか？」

試しに聞いてみた。言い返されるとは思っていなかったのだろう。課長は一瞬動揺したが、すぐに勢いを取り戻して続けた。

「どこですって？　部分的な話じゃないわよ。全部よ全部！　あなたの前任者はもっと――」

「そうですか、では根本的に引き継ぎと社内教育に問題がありますね。ぜひヒアリングしたいです」

「あ、え？　いや、その――」

「Ａ２会議室を押さえておきますね。部長にも同席して頂きたいので、スケジュール確認しておきます」

そこまで言って、私はニッコリと笑みを浮かべると最後にこう言った。

「課長のご都合はいかがでしょうか？」


「ちょっと、詩子、どういうこと⁉」

『……零、あんた今何時か分かってる？』

携帯から聞こえてくる詩子の声はなんだかくぐもっていたが、そんなのは知ったこっちゃない。

「午前二時だよ！」

『そうだよ、丑三《うしみ》つ時だよ。よい子は寝る時間だってば』

「そんなことより！」

『私の睡眠時間はそんなことかぁ……んで？』

私のトリセツを誰より知っている詩子は、何かを諦めたかのように嘆息したが、話は聞いてくれるようだった。

「『Revolution』無印だよ！」

『え？　零、無印やったの？　あれ、ヘテロ向けだよ？』

「やったよ！　どういうこと!?　救いがなさすぎる！」

『そう？　どのキャラでもそれなりに救いはあるでしょ。確かに悲恋が多いけどさ』

「私が言ってるのはクレア様のことだよ！」

『クレア……様？』

　詩子の口調が何を言っているんだお前は、という空気を纏《まと》った。

『もしかして零……？』

「そうだよ、私はクレア様推しだよ。レボリリの革命エンドは死ぬほど良かった。クレア様の斬首シーンはもう何回見たか分かんない」

『推しの斬首シーンって見たくなるものなの……？』

「斬首前の長口上が最高でしょう!?　文学史に残すべき名文だよ!?」

『よりによってクレアに堕ちたか……。ご愁傷様』

「様をつけろ貴様」

『……こりゃ重症だわ』

　ぜーはーと一旦息を落ち着ける私。

「クレア様が幸せになるルートってないの!?」

『ないよ。それがクレアの――』

「敬称」

『クレア様の運命だもの。……私、深夜二時に叩《たた》き起こされて、なんで理不尽に怒られてんの？』

「ない……あのクレア様が幸せになるルートがない……」

あんな素敵な人が報われることがないなんてあっていいんだろうか。ネットで二次創作をひたすら漁《あさ》ったのに、誰も彼女の救済ルートを書いてはいなかった。見る目がなさすぎるよ、世界！

「詩子、表紙絵カラー一枚と、モノクロ挿絵四枚頼んだらいくら？」

『え。零、あんたまさか……』

「うん、同人誌出す。クレア様が成り上がる内政もの。クレア様は財務大臣の娘だし、コネはあると思うんだよね。知識人でもあるから、きっと農政とかも詳しくて――」

『ストップストップ！　あんた、仕事が忙しくて即売会からは足を洗ったんじゃなかったの？　仕事がマシになったとか？』

「絶賛、ブラック中」

『身体《からだ》壊すよ……？』

「クレア様が不幸なままの現状の方が心にくる。というか、クレア様は健康にいい」

『ダメだこりゃ』

「というわけで、イラストよろしくね。納期とか細かい仕様とかは後でメールする。それじゃ」

『あ、ちょ、待って零――』

詩子が何かを言いかけていたが、私はさっさと通話を切った。仕事の疲労は濃いが、やる気は充実している。この手でクレア様を幸せにする――その使命に燃えていた。

「まずは設定資料集の読み込みからかな」

時間は限られているが、仕事とは比べものにならないモチベーションがあった。

――待ってて下さい。必ず幸せにしてみせますからね、クレア様！

あとがき

「私の推しは悪役令嬢。 -Revolution-」第三巻のご購入ありがとうございます。作者のいのり。です。本書はわたおし。第一部の完結巻です。サッサル火山の噴火に端を発する「革命」という大きな時代の奔流に、果敢に立ち向かうレイとクレアの物語をぜひ楽しんでいただければと存じます。

　第一部の完結巻と申し上げましたが、実はわたおし。には第二部がございます。レイとクレアが結婚し、メイとアレアを迎えて幸せに暮らし始めた後の話です。第二部の概要を簡単に申し上げますと、「ナー帝国での冒険」と「時空を超えた永遠の恋物語」というものになります。こちらも続けて出させていただけたらいいなあ、などと思っておりますので、引き続き応援よろしくお願い申し上げます。

　さて、本巻が発売と同時に告知がなされていると存じますが、この度わたおし。はアニメ化が決定致しました。お話自体は随分前に頂いておりまして、忘れもしない二〇二一年八月十一日のことです。そこから数えて一年半近く、Fanbox 等でも進行中の企画があるとしか申し上げられず、悶々とした日々を過ごしておりました。ですが今日、満を持して皆様にご報告致します。これも全てウェブ連載の頃からわたおし。シリーズを支えてくださった読者の皆様のお陰です。このご報告が皆様への最大の恩返しであると思っております。この喜びを分かち合っていただけることを願ってやみません。

　わたおし。アニメは青乃下先生のコミカライズも元にして構成されており、小説にはないマンガオリジナル要素なども反映していただいているので、ぜひ楽しみにしていただければと思います。気になるストーリーやキャラデザ、キャストさん等、今後の動きはぜひ公式サイトをチェックしていただければと存じます。わたおし。アニメ、ヤヴァイですよ！

最後に謝辞を。

編集の内藤様。本書でも大変お世話になりました。特に本書に関しましては、私事のゴタゴタで今まで以上にご負担をおかけしました。こうして無事に出版できましたのは内藤様のお陰です。ありがとうございました。アニメについても引き続きどうぞよろしくお願いします。

イラストの花ヶ田先生。今回も素晴らしいイラストの数々、誠にありがとうございます。先生のキャラクターデザインなくしては、アニメのレイたちも存在し得なかったわけで、先生への感謝は筆舌に尽くし難いです。心より御礼申し上げます。ありがとうございました。

コミカライズ・アニメ原作の青乃下先生。コミカライズに引き続き、アニメでもビジュアル面で全面的なバックアップをいただき、ありがとうございます。先生の創作に向き合う誠実さにいつも背筋が伸びる思いです。これからも私の良き目標であっていただければと存じます。

そして我がパートナーである秋さん。とうとうこの日がやって参りました。きっとこれを読んで驚いていらっしゃることと思います。黙っていてごめんなさい。あなたがいなければ、この物語そのものが生まれず、従ってアニメ化などもあり得ませんでした。週末はぜひ盛大にお祝いしましょう。

そして、本書を手に取ってくださった皆様に最上の感謝を申し上げます。ありがとうございました。

それでは第二部でお目にかかれますことを祈りつつ、この辺りで失礼致します。いのり。でした。

二〇二二年九月十五日いのり。拝

Pixiv Fanbox: https://inori-0.fanbox.cc/

Twitter: https://twitter.com/inori_narou

私《わたし》の推《お》しは悪《あく》役《やく》令《れい》嬢《じょう》。-Revolution《レボリューション》- ③

本作は電子書籍「私の推しは悪役令嬢。」(愛中出版株式会社)を
加筆修正・改題の上、書籍化したものです。

[初出]
第七章 王宮/最終章 革命/エピローグ/番外編1 得たもの、失ったもの/
番外編2 結婚式/番外編3 甘いお酒/番外編4 誕生日/番外編5 聖夜祭/
番外編6 その苦しみは罰ではなくて
…「私の推しは悪役令嬢。」 小説投稿サイト「小説家になろう」で掲載
EXTRA1 のろいとおまじない…電子書籍「私の推しは悪役令嬢。」②(愛中出版株式会社)
EXTRA2 出会い…書き下ろし

2023年1月1日 初版発行

[著者] いのり。
[イラスト] 花《はな》ヶ《が》田《た》
[発行者] 野内雅宏
[発行所] 株式会社一迅社
〒160-0022 東京都新宿区新宿 3-1-13 京王新宿追分ビル 5F
電話 03-5312-7427(編集)
電話 03-5312-6150(編集)
発売元:株式会社講談社(講談社・一迅社)

[印刷・製本] 大日本印刷株式会社
[DTP] 株式会社三協美術
[装丁] SAVA DESIGN

ISBN978-4-7580-2473-0

おたよりの宛先
〒160-0022 東京都新宿区新宿 3-1-13 京王新宿追分ビル 5F
株式会社一迅社 コミック百合姫編集部
いのり。先生・花ヶ田先生